捜査一課殺人班イルマ

エクスプロード

結城充考

目次

一　エクスプロード

m

　狭い通路を急ぎ足で進む水谷英二《ミズタニエイジ》は、女性職員に呼び止められた。次回の理工学部教授会の日程についての相談だったが、水谷は生返事をしてしまう。早く研究室へ戻る、ということで頭が一杯になっていた。職員と別れ、足を速める。結局何と返答をしたのか、思い返せなかった。物性物理学を学生たちに講義する最中、素粒子論に触れたところでその方法を思い立ち、それからはずっと上の空が続き、上の空でいることだけはかろうじて自覚していた。

　丁字路を曲がると、通路の突き当たりの大きな窓が視界に入る。硝子《ガラス》を透過する午後の光も、最上階に近い二十二階からの街の光景も、水谷が三十年以上研究室に通う中で見慣れたものだ。しかし、今日はどこか何かが違って見えた。通路を舞う埃《ほこり》が光を反射して輝き、窓の前に並ぶ分別用の屑《くず》入れさえ色鮮やかに感じる。

　何かが変わるのだ、と思う。これからは。今からは。

研究室の扉に設えられた指紋認証機器に人差し指を入れ、解錠する。室内中央に設置された銀色の円筒形容器《チャンバー》が、水谷を出迎えた。

チャンバーは内部を真空にするためのバキューム・ポンプや重水素を送り込む圧縮機《コンプレッサー》や電源や昇圧トランス、センサーやPCとも繋《つな》がれ、奇妙な前衛芸術のように狭い空間の大部分を占めている。虎の子の機械――そもそもは退官間近の、再就職の伝《つて》もない水谷が世間の気を引こうと、有り合わせの設備と試料で作製した常温核融合実験装置だったが、本当にエネルギー源となり得る発熱が検出され始め、研究費の増額を認められるようにもなり、その結果、最重要研究機械へと格上げされたのだ。

三十年前には、水谷自身が真正面から否定していた常温での核反応であり、エネルギーの発生だった。原子核同士を融合させるには通常、摂氏《せっし》一億度もの環境を作り上げる数十メートル規模の巨大な核融合炉が必要となるはずなのだ。しかしこの装置であれば……重水素ガスを吸蔵させた金属素材に電流を流す小さな絡繰《からく》りで、入力以上の過剰熱を発生させることができる。

水谷はチャンバーと接続したPCを起動させた。思いついた数式を打ち込み、確認する必要がある。PCの隣に、自分宛の小包が置かれていることに気付いた。准教授の新発田《シバタ》か、助教の徳野《トクノ》が教授室で代わりに受け取ったものだろう。研究室に入ることのできる人間は、限られている。

発電装置として実用可能なほどのエネルギーを得た時には、チャンバーは名誉と富を同時に生み出す、無限の金鉱となるはずだった。

一つの、大きな問題が存在した。チャンバー内で起こった核反応の結果を説明する、確固たる理論が存在しないことだ。計測結果がはっきりと存在しても、背骨となる理論はどれも仮説の域を出ず、その全てが証明されないまま今に至っている。

——だが、その不安定な状況も、今日で終わるかもしれない。

科学技術論文用のエディタに、水谷は次々と文章と数式を打ち込んでゆく。

合金に吸蔵させ、閉じ込めた重水素クラスターへ、クーロン静電気力と金属抵抗を加味した電流を流し、斥力《せきりょく》を超えた核融合(D-D反応)を実現する……。

水谷は時間の経過を忘れ、作業に没頭した。やはり、と思う。

ひと月前、チャンバー内で発生した過剰な熱は、水素吸蔵合金を歪《ゆが》ませるほどのものだった。この数式を当てはめれば、合金内部での重水素原子の振る舞いも、発熱現象も整然と理解することができる。

——私は物理学史上に名を残すかもしれない。

そう思いつくと、キーを打つ指先が興奮で震え始める。立ち上がり、部屋の隅に置いた珈琲《コーヒー》メーカーのスイッチを入れてマグカップへ注ぎ、気持ちを落ち着かせようとする。窓外の、道路と川を挟んだ向かい側には新産業開発機構の入った建物が見えている。因縁を感じる組織だった。あの国立研究開発法人の本部がそこに移転したのは今から十年と少し前、という程度の話だ。それ以前にはまた別の場所で、常温核融合を巡る騒動を見下ろしていたことになる。

　席に戻って珈琲を啜《すす》り、机上に置いたカップが小包に触れた。注文していたパラジウムのワイヤーが届いたのだろうか。落ち着きを幾《いく》らか取り戻すと、水谷は改めて三十年前のことを思い起こした。常温核融合を拒絶していた、当時の科学界を。

　否定していたのは自分だけではない。科学者のほぼ全員が、ほとんど個人的に作製した小型の常温方式を馬鹿げた空想の産物として排除し、数兆円規模の巨大な核融合炉にのみ注目し、あるいは労力を注ぎ込んできた。当時の常温における核反応現象を解明しようとしていた研究者たちを、愚か者扱いさえした。

　研究者の一人を思い出し、水谷は眉を寄せた。その男の主張していた理論を。

　水谷は、自らが液晶画面上に記した数式を改めて見詰める。既視感を覚えていた。これは、あの男が主張した、「拘束クラスター理論」そのものではないのか……

　しばらくそのまま画面を凝視し、苦笑して両肩の緊張を緩《ゆる》めた。奴の主張は、中途半端な実験に基づく空論でしかなかった。経過を無視して、いきなり結論らしきものに飛びついた無理な論理であり、慎重に実験を重ね、導き出したこの数式とは、比べることもできない。どれだけ似通って見えたとしても、それはあくまで表面的な話だ。

水谷は珈琲をまた一口、飲み下す。気にするな、とつぶやいた。そもそも奴は、変人揃《ぞろ》いの研究者の中にあっても札付きの奇人で、すでに学界からは完全に弾《はじ》き出されている。奴の話に耳を傾ける学者も報道関係者も、現在では一人も存在しない。もし話題になるとすれば、奴にまつわる過去の事件の方だろう。その話を最近、研究室内で持ち出したのは新発田だったか徳野だったか。あるいは奴を話の種にしたために、奴の研究まで思い起こしたのか。

馬鹿馬鹿しい、と思う。書き記した論文の草稿を、じっくりと眺めた。これこそ本物の理論というものだ。量子力学を基に、核融合研究の夢を現実化させる数式……水谷は、理論の次の段階を考えていた。この数式は現在の実験結果を説明するだけでなく、さらに拡張すれば、理論値の限界近くまで核融合を一気に促進させることができるかもしれない。実現した際には、たとえ小規模な実験装置であっても膨大なエネルギーが利用可能となるはず。

大きく深呼吸をすることで、興奮を鎮《しず》めようとする。先走るな、と自分を戒《いまし》めた。目前の論文に集中しなくては。これから論文完成に向けた、忙しい日々が始まる。数式に準じた実験を繰り返す必要がある。

まず、環境を整えるべきだ。カップを置き、小包を手に取った。送り状の品名欄にはやはり、試料、と印刷されている。依頼主欄の店名に覚えはなかったが、元々必要な事柄以外、記憶に残す質《たち》でもない。店名の後に書かれた、（ｅｘ）、という括弧《かっこ》でくくられた略字の意味も分からなかった。二十センチ四方ほどの直方体。テープを剝《は》がし、箱の蓋《ふた》を開けた瞬間、きんと鋭い音が鳴った。水谷は箱の中に、金属製の塊《かたまり》を見たように思った。その不確かな印象が、水谷英二の最後の記憶となった。

小包の爆発はＰＣとマグカップと水谷の体を四散させ、チャンバーと各種の計測機器を収めた金属製の棚、そして重水素の詰まったタンクを破壊して被害を広げ、蝶番《ちょうつがい》を壊して扉を室外へ吹き飛ばし、屑入れの空缶とペットボトルを撒《ま》き散らし、通路の突き当たりの窓硝子を破《やぶ》ってその破片を大学の敷地外まで散乱させた。

i

助手席のダッシュボードに設置された基幹系無線機が、通信指令本部の新たな要請を知らせている。無線機から流れる男性の声に上擦《うわず》っていて聞き取りづらく、イルマはマイクスピーカーを手にして耳元に近付けた。

『至急至急、警視庁から各局、第一方面麴町《こうじまち》ＰＳ警察署管内、立て籠《こ》もり事件発生、現在も継続中』

　通信指令本部長、本人の声。

『付近の地域課警察車両《PC》、警察官《PM》、機動捜査隊《キソウ》は至急、応援に向かわれたし。場所は千代《ちよ》田《だ》区……』

　近傍《きんぼう》だった。しかも、ほとんど進行方向の建物。硝子張りの超高層建築だったはず。イルマはマイクロフォンのスイッチを押し、捜査車両の識別符号《コールサイン》を告げ、

「捜査一課殺人班二係二名、応援に加わります」

　運転席でステアリングを握る部下の宇野《ウノ》が一瞬、まともに顔を向け、

「大学研究室の事案は」

「爆発事故でしょ。鑑識と爆発物対策係《バクタイ》以外、大した仕事はないって」

　駅構内で発生した傷害事件現場へと向かう途中、被疑者が確保されたために急遽《きゅうきょ》行き先を大学研究室に割り当てられたのだったが、第一報の通り研究機械の爆発事故であるなら殺人班の出番はない。

　サイドウィンドウを下げ、腕を伸ばして赤色灯を車外へ出し、底の磁石《じしゃく》をルーフに密着させる。サイレンのボタンを勝手に入れ、緊急走行を周囲へ知らせた。途端に前後の一般車両から、その動揺が伝わってくる……悪いことしてないなら、そんなにびっくりしなくてもいいのに。

「そこを右へ」

指示を出して年下の男性警察官の横顔を見ると、何かいい出そうとする様子で唇が薄く開いていたが、すぐに硬く閉じ、十字路で車速を落とし無言でステアリングを切った。警察車両の急な出現に速度を緩めた前方の軽自動車を、宇野は丁寧《ていねい》な車線変更で追い越した。

フロントグラスを通して雲の多い空を仰《あお》ぐイルマは、左、と指差した。高層建築の並ぶオフィス街の中でも、ターコイズ色の硝子に覆《おお》われた一際雲に近いビルは、イルマの視界に入り続けている。その建築物のどの位置で事案が発生したのか、外観からは判断ができなかった。記憶が確かなら、建物の階のほとんどは大手電気通信事業者のオフィスが占めているはずだ。

幹線道路から脇道に入ると四車線から二車線に狭まり、道路の先を警察車両と救急車と梯子《はしご》付きの大型消防車が埋めていた。

車が停まりきる前に扉を開けて、歩道へ飛び出した。ライダースジャケットから警察手帳と捜査一課の腕章――自前の上着にピンで穴を開けて留める気にはなれない――を両手に持って掲げ、肩先で野次馬を押し退けて立入禁止テープ《キープアウト》に近付き、制服警察官へ目顔で挨拶《あいさつ》を送り、規制線の内に入った。

超高層ビルの足元へと弧《こ》を描く石畳《いしだたみ》の車寄せの中に、小型の人員輸送バスが停まっており、あれは特殊犯捜査係《SIT》を運ぶためのものとイルマは見当をつけるが、隊員たちの姿は見えない。頭上をヘリが飛んでいる。警視庁航空隊の機体ではなかった。たぶん、爆発事故からこちらの事案へと乗り換えた報道機関のものだろう。

小さな子供の泣き声が聞こえる。円錐《えんすい》型の噴水の向こう側に、大勢の子供たちが集められていた。皆、三、四歳の就学前の幼児ばかりで、社内の保育施設から避難してきたのだろう、母親や父親に次々と引き渡され、現場から立ち去ろうとしている。泣いている子供はエプロンをした女性保育士に抱き上げられ、周囲を見渡し保護者を探すようだった。けれど見付けられた様子はなく、保育士の首を固く抱き締める。抱き返した保育士も泣いているのに、イルマは気がついた。

噴水を回り込んで入口の自動扉に近寄り、そこに守衛代わりに立つ数名の制服警察官へ、応援に来たことを告げる。若い方の警察官が、

「二階の奥に防災センターがあります。前線本部をそこに設置しています。エレベータは使用しないように、という話です。エスカレータは建物内に存在しません。入口傍の階段を使い、二階へ向かってください」

イルマは頷《うなず》いて、大理石の敷かれたビル内に足を踏み入れる。背後の物音で、宇野が追いついたのが分かった。もう一つの自動扉との間、風除室内にも警察官がいて、皆一様に青ざめた顔で無線や携帯電話を手に慌《あわ》ただしくどこかと連絡を取りつつ、エントランスを出入りしている。この物々しさはただ事ではない、とイルマは思う。

つまり被疑者は武装している、ということ。そして、人質となった市民がおり、今も解放されていない、ということ。

扉を開けた途端、液晶モニタで囲まれた防災センターの中央に固まる黒ずくめの男たちが、一斉《いっせい》にこちらを見た。漆黒《しっこく》の突入服《アサルトスーツ》の上に防弾ベストを着込み、シールドつきのヘルメットを被った十数名。その他に、地域課の制服警察官と私服の機動捜査隊員も数名いた。水色の制服を着用しているのは防災センター職員で、脇に立つ私服姿の者たちはSITの庶務班だろう。ブルゾンを着た年嵩《としかさ》の男がSIT管理官らしく、

「……応援か。殺人班だな」

一瞬口籠《ごも》ったのは、こちらが女性警察官なのを見て取ったためだろうか。イルマと宇野を手招きし、長机に広げたビル内の案内図の傍へ近寄らせ、

「時間がない。一度だけ説明する……先に配置についていろ」

命じられたSIT隊員たちは直《ただ》ちに動き出し、無言で続々と防災センターを出ていった。イルマは背後を振り返る。壁に埋め込まれた大量のLEDランプが、配電状況や給水の様子やエレベータの到着位置を知らせている。どの図柄も、このタワービルが三十階建てであるのを示していた。二週間前に受けた「災害時救助活動」の講習を、イルマは思い出す。停電時、エレベータ内に閉じ込められた住民を迅速《じんそく》に救い出すにはどんな方法があ

るのかを、地域課員に交じり実習させられたのだ。

「被疑者は一人」

管理官の低い声に、イルマは耳を傾ける。

「約一時間前に武器を持って建物に押し入り、二十七階を占拠した。そのまま一切の呼びかけに応じようとしない。被疑者は侵入する際に、一階エントランスの守衛二名を銃撃している。一名はすでに死亡が確認された」

イルマの隣に立つ地域課員が、小さな唸《うな》り声を上げる。職員が、紅潮《こうちよう》した顔で手元のPCを操作し、室内上部にある大型モニタに何かを表示させた。防犯映像。管理官は画面を見上げながら、

「もう一名の守衛も重傷だが意識はあり、防犯カメラの記録にも大型銃らしき武器が映っている。男の素性、動機ともに一切不明だ」

鮮明な映像。濃い色のつなぎの服を着た大柄な男が二人の守衛へと詰め寄り、胸元に武器を突きつけ、引き金を引いたのが分かった。立て続けに発砲し、どちらの守衛も背後へ吹き飛ばされるように倒れ、床に体を打ちつける。散弾銃？　見たことのない形状。３Ｄプリンタで自作したものかもしれない。けれど、あの奇妙な銃は肩から提げた黒い箱と繋がっていて……

サイトウだ、と宇野が口にする。その言葉に、イルマもはっとして、

「斉東克也《サイトウカツヤ》」

説明を続けようとする管理官へ、

「特別指名手配被疑者。喧嘩《けんか》相手への過度な暴行で二年間の実刑。そして釈放後、すぐにその相手を殺害し、逃亡」

「海外の民間軍事会社に在籍していた男です」

宇野が言葉を添え、

「自衛隊の在籍中に機械加工技能士の資格を得ており、武器の作製に精通していたはずです。家宅捜索した際には、自宅から小型旋盤《せんばん》や多くの工具が発見されています」

嫌な予感がする。斉東は、喧嘩の相手だった男の胸部を何かの武器でずたずたにし、殺したのだ。男の肋骨《ろっこつ》と内臓に食い込んでいたのは、沢山の金属球だった。感情的な暴力行為にも見えるが、技術力の高さと、刑務所から出た途端、相手の自宅住所を見付け出したその敏捷《びんしょう》性は、男の怜悧《れいり》な能力を物語っている。

そして奴が今突然、電気通信事業者を襲ったわけは？　単なる凶暴な気紛《きまぐ》れ……ではなかったとしたら？　でも、見当すらつかない。

「だからこそ、時間がないというわけだ」

管理官は、新たな情報を嫌悪するように顔をしかめ、

「二十七階には今も数名の社員が残されており、身を隠している。彼らの内の幾人かは

携帯端末《スマートフォン》で情報を届けてくれた。少なくとも……社員の一人が殺害されている」

交渉の通じない、凶暴な元傭兵《ようへい》。

「これ以上の被害を許すわけにはいかない。直ちに動き出さねばならない。SIT第一係《トクイチ》と第二係《トクニ》をエレベータで二十三階に送り、階段で二十六階と二十八階へ移動させ、上下から挟撃する」

「……エレベータを使うと、動きを察知されてしまうのでは？」

イルマの質問に、管理官は忙《せわ》しなく何度も頷いて図面を指し示し、

「見ろ。二十七階は西側のホール、東側のオフィス・エリアで構成されている。両側を分断する格好で中央にエレベータ設備が集中し、その全てが被疑者の位置するオフィス・エリアからは死角になり、回り込まなければ確認できない。間近までの利用は音で気付かれる危険性が高いが、四階分離れていれば問題ないはずだ」

イルマも図面を指差し、

「上下の階からは、北と南の階段を通って接近するのでしょう？　オフィスは展《ひら》けている。今度は逆に、被疑者の視界に入ってしまうのでは」

「一気に決着をつける。他に方法はない」

「狙撃《そげき》班は？　外から、というのは」

「現場配置はしている。が、付近の高さの合う建物からはうまい位置がない。被疑者の動

きは硝子窓を通して今も向かいの建物から捕捉させているが、ピンポイント狙撃には遠すぎる。で、君たちの役割だが」

素早く残りの人員を眺め渡し、

「機捜、地域課、殺人班は被疑者の逃亡を遮《さえぎ》る後方支援部隊として、要所を固めてもらいたい。このビルの一フロアの床面積は五〇〇〇平方メートル近くあり、広大だ。人手は幾らでも欲しい。我々の装備を貸与する。殺人班と地域課二名は上の階でA、B班。他は下の階をC、D班として受け持ってくれ。もちろん、実際に確保するのは我々だ。あくまで万が一を想定しての要請だが……当然、完璧な安全を保障することもできない」

時間が止まったように思える。幼児の泣き声が、耳の奥で再生される。

「自信が持てないのであれば、今のうちに現場を離れてくれ。無理強《じ》いも非難もしない」

机上の無線機が、配置につきました、という隊員からの報告を知らせた。

意外なことに、宇野が無言のままこちらを押しやり、装備を並べる机へと歩き出した。離脱する者はいなかった。庶務班と隊員による無線感度の最終確認を耳に入れながら、イルマもホルスターと自動拳銃を身につけるために急ぎジャケットを脱ぐ。

＋

「ウノ」

ジャケットの内側に片手を差し入れ、イルマは貸与された自動拳銃を確かめつつ、隣に立つ部下へ、

「このホルスター、マジックテープが硬すぎる。先に外しておいた方がいいみたい」

「銃が落ちませんか」

「逆立ちしなければ、大丈夫でしょ」

エレベータ内の案内板で確かめたところ、二十七階は「ネットワーク技術本部」となっていた。階数表示を見上げる。たぶん、背後に並ぶ機捜と地域課員たちも同じように、事案の発生現場が近付く様を視覚的に捉《とら》えている。イルマのすぐ後ろには地域課の若手巡査が位置しており、荒い呼吸が唸り声のように聞こえ、それを本人は気付いていない様子だった。イルマは腋《わき》の下の拳銃を、ジャケットの上から軽く叩《たた》く。その仕草で緊張が和《やわ》らいだりはしなかったが、ふと現実感が薄れそうになるのを留《とど》めることはできた。SIT管理官からは、万が一のことがあった際には躊躇《ちゆうちよ》なく発砲するよう、命じられていた。警告射撃の必要も急所を外す必要もない、と。

予定通り、二十三階で降りた。全てのフロアがほとんど同じ構造をしている、という話は庶務班から聞いていた。整形無柱空間と呼ばれる、柱をフロアから極力排除した見晴らしのいい造りであることも。フロア奥の階段へと駆けつつイルマは、やはりこの建築構造は相手にとって有利に働く、と考えずにいられなかった。

階段の昇降口で、一同を先導する形になった機捜の男性隊員が動きを緩めた。二人組の機捜隊員には見覚えがある……にもかかわらず、二人は刺々《とげとげ》しい空気を発していた。単に緊張のせいかもしれなかったが、以前にこちらが無意識に縄張りを越えてしまい、悪印象を与えてしまった可能性も捨てきれない。どうでもいいけれど。

C、D班の警察官と二十六階で別れ、イルマは地域課員二人と宇野とともに階上へと急ぐ。被疑者の存在する二十七階に近付き、足音を殺して段を昇った。階段の位置からオフィスまでは距離があり、斉東の耳に届くとは思えなかったが注意を払わずにいられない。二十八階の階段に地域課員を残して、イルマと宇野は南側の、もう一方の昇降口へ向かう手筈になっている。すでに踊り場からその下にかけて黒いアサルトスーツを着たSIT隊員が並び、息を潜めて階下の様子を窺《うかが》っていた。地域課員二人と頷き合い、イルマはその場を離れた。

しんとしたフロアの床でブーツの踵《かかと》が鳴らないよう、静かに急ぎ足で通路を進む。広大なオフィス・エリアを横目に、二十八階を横断する。間仕切りも境目もない長机の上に電源タップが等間隔に置かれ、同じ型の電話機、ノートPCがそこに繋がり、回転椅子とともに隣り合って並んでいる。

大きな窓が机の列を囲むように広がっていた。遠くで薄く、黒煙が空へ立ち昇っている……というよりも黒煙の名残《なごり》が、目に留まる。その位置からして、爆発事故のあった大学校舎のものに違いない。

奇妙な感覚に陥《おちい》り、イルマは立ち止まりそうになる。腑《ふ》に落ちないものを感じたせいだった。大きな二つの事案が、これほど近くで同時刻に起きるものだろうか。

歩きつつ振り返る宇野に、どうかしましたか、と訊《たず》ねられイルマは、別に、と返した。どうも最近では、部下の方がこちらのお目付け役を自任しているように思えてならない。

昇降口から踊り場に到着すると、狭い階段の傾斜に二列で並ぶSIT隊員が一様に振り返り、すぐに姿勢を戻した。

先頭のSIT係長が、イルマたちの到着を無線機で前線本部へ知らせる。スピーカーを耳に押し当て、作戦開始の合図を待つ構えを作った。自分も同じ型の無線機を貸与されていることを、イルマは思い出す。片手の中のハンディ機は、汗まみれになっていた。

無言の時間が流れる。イルマはジャケットの上からもう一度、自動拳銃を確かめた。落ち着け、と自分にいい聞かせる。私たちの役割は、後方支援。もしも被疑者が逃走する事態が起こったとしても、階上へ向かう可能性は限りなく低い。

ＳＩＴ係長が片手を挙げ、それを合図に全体が素早く中腰で動き出す。

完全武装した特殊犯捜査係の強襲。すぐにこの事案は終わるだろう。

イルマは確保の様子を感じ取ろうと階下の昇降口まで降り、オフィス・エリアの一部が窺えるよう数歩分、フロアに出た。整然と動く隊員たちの後ろ姿が、エレベータ設備の向こう側に消えた。後ろから、ジャケットの肘《ひじ》の辺りを引っ張られる。確かに踏み込みすぎると、被疑者に目視される恐れがあった。

突然、周囲から激しい雑音が起こり、イルマは思わず首を竦《すく》める。頭上から、冷たい何かが降り注ぐ。宇野に強く引かれ、昇降口へと駆け込んだ。

全身が濡《ぬ》れている。天井のスプリンクラーが稼働し、散水を開始していた。騒音の量からすると、フロア全体の消火装置が動き出したように聞こえる。宇野と顔を見合わせた。

でも、なぜ。

二十七階は大量の散水で白く煙っている。先の方へ目を凝《こ》らそうとするがエレベータの裏側の壁に阻《はば》まれ、うまく見通すことができない。通路の奥で、降り注ぐ驟雨《しゅうう》に滲《にじ》む黒色が、幾つか床に固まっているのが見えた。おかしい、と眉をひそめた時、無線機の液晶が前線本部からの呼び出しを無音で知らせているのが分かった。無線を接続しスピーカー部分を耳に押し当てると、報告を、と指示するＳＩＴ管理官の声が聞こえ、イルマは、

「二十七階のスプリンクラーが動き出した」

水音に負けないよう、声を大きくしなければならず、

「散水でうまく見通せない。隊員数名、奥で倒れているように見える。そっちではモニタしていないの？」

『隊員からの報告がない。C班、D班とも交信できない。そちらで、もう少し状況を把握できないか』

「何かおかしい。火災の発生は見当たらない。他にそっちで、分かっていることは？」

『スプリンクラーの作動は確認している。それに、二十七階フロアは電圧降下が……』

散水の中に再び身を晒《さら》そうとしたイルマは、はっとする。無線機を宇野へ押しつけ、

「すぐに戻る。水に触れるな」

宇野が何かをいい出したが、耳を傾ける猶予はなかった。階段を駆け上がり、二十八階へ向かう。階下の状況が幻であるように、静かな空間が広がっていた。イルマはオフィスに走り込み、長机の上の筆立てを弾き飛ばして手近な電源タップからコードを引き抜き、電話線も外した電話機を抱え、もう一度階下を目指した。残りの段差を飛び降り、驚く宇野を尻目にフロアへ向かい、電話機を滑らせた。

受話器が外れ、カールコードで繋がった電話機とともに回転し、数メートル先で止まった。電話機の液晶画面が瞬き、消灯し、そしてまた光るのを繰り返している。電流が、と口にして呆然《ぼうぜん》とする宇野からイルマは無線機を取り返し、管理官へ、

「罠《わな》が仕掛けられている。二十七階は電気が流されている。たぶん、床に。スプリンクラーからの散水を浴びて、水溜《た》まりと繋がった者は感電する。この階の電源を今すぐ落として。隊員たちが危険だ」

仕掛け好きの、元傭兵。家庭用電源からの電流でも、人を殺すことは可能だ。以前、ユニットバスの浴槽の中で充電中の携帯端末を使用して感電死した若い女性を、イルマは見たことがある。

『……二十七階の遮断《しゃだん》器が機能しない。電気配線のネットワークが……』

「だったら、大元から消して。配電設備じゃなく」

イルマは災害時救助の実習を思い起こし、

「受電設備の遮断器を落とすんだって」

『それでは、建物全ての電力が……』

「今すぐっ」

無線機のスピーカーから、慌ただしい物音が聞こえてくる。すぐに辺りが暗くなり、散水も一気に止まった。滴《しずく》の垂れる音が雨音のように届き、そして、その合間から呻《うめ》き声が聞こえてくる。複数人の呻き声。SIT隊員、あるいは残された会社員の声だろうが、照明の消えた、外光が頼りなく届くだけの薄暗さの中では判断しきれない。

もっと近くへ、と考えたイルマが前に出ようとして、後ろから宇野に腕をつかまれた。

低い駆動音が周囲で小さく響き、次の瞬間に天井のＬＥＤ照明が再び点灯する。方々からの唸り声が大きくなった。イルマは振り返り、階段の半ばまで宇野を押し戻し、

「スプリンクラーは止まってる」

声を少し落として、

「ゆっくり歩けば、ブーツのゴム底が電流を阻んでくれるはず」

「駄目です」

真剣な視線が返ってくる。

「我々も全身が濡れています。電流を防ぎきれません」

強く嚙《か》み合わされたイルマの奥歯が鳴った。無線へ、

「電力をしっかり切断して。何しているのさ」

『予備電源が動き出した。自動的に働く。ここからでは、止められない』

「予備電源設備は、どこに」

『……屋上の電気室の中、ということだ』

無線機を宇野へ放り、

「私がいく。ここから離れないで。携帯端末《スマホ》で連絡するから、中継してよ」

「電源設備の操作は覚えていますか？　災害救助実習の時には、主任は余り興味が……」

「間抜け扱いしないでよね。完璧だって」

階上へと駆け出した。全力で三階分走ると息が切れ、太股《ふともも》に鈍《にぶ》い痛みが溜まり始める。小さな踊り場の、鉄製の扉をイルマは見上げる。残りの段を登り、ノブをつかんで開くと、大型の空調室外機の並びが視界を塞《ふさ》いだ。十数台設置された室外機はそれぞれ空に向けて羽根を回し、その合奏が屋上のコンクリートに振動を響かせている。

呼吸を詰まらせる強い風から顔を背《そむ》け、電気室を探す。室外機の切れ目から、街の上部の灰色が広がっていた。屋上の中央を占める台状の緊急救助用スペースを回り込んだところで、電気室のフェンス扉を発見した。

扉の金具が大きな南京錠の重みで曲がっている。ブーツの踵で何度か思いきり蹴りつけると、貧弱な金具が南京錠とともに落ち、反動で扉が薄く開いた。

意外に広い内部では、受電盤や電灯配電盤や動力配電盤が整然と列を作っている。予備電源装置を見付けようと、イルマは室内を見回した。一番奥に、「燃料電池発電設備」のシールの貼られた大きな灰色の立方体が存在する。

駆け寄ってコントロールパネルを開いたイルマは、顔をしかめた。実習で触れた機械の、どれとも似ていない。電源と関係のありそうなボタンを片っ端から押していくと、天井の電灯の光が消えた。携帯端末で宇野へ連絡を入れ、二十七階の照明も消えたことを確認して、

「何か進展は？」

訊ねると、管理官へ問い合わせる時間が空いたのち、

『……防災センターの電力も消え、何もモニタできないそうです。機動隊と特殊部隊《SAT》の応援を呼んでいるということで、どこか安全な場所で控えていて欲しい、と管理官から指示がありました』

役割のやや重なるSATの出動を要請するのは、SIT管理官にとって苦渋の選択だったろう、と思う。けれど、到着がいつになるかは分からない。感電した隊員には応急処置が必要だろうし、社員もまだ二十七階に残されたままだ。

幼児の泣き声。覚悟がむしろ冷気となって、胸の中に浸透してゆく。入口の壁に設置されたキーハンガーに幾つもの鍵が下がっているのを、イルマは覚えていた。細長い形状の特徴的な鍵も。

「管理官に伝えて」

入口に戻って鍵を手に取り、

「被疑者の確保を試みる」

『何ですって?』

「相手は一人でしょ。たぶん斉東は、この状況をよく把握している。その隙《すき》を突く」

奴の背後を取ってやる。

「ウノ、拳銃の用意をして。確保、の声が聞こえたら駆けつけること。以上」

反論が聞こえる前に、通話を切断した。

＋

照明の消えた二十八階のエレベータの前で爪先《つまさき》立ちになり、扉の上部に解錠キーを差し入れた。乗り場のロックが外れ、イルマが両手を隙間に差し込んで左右へ力を込めると、エレベータ籠《ケージ》との連動のない薄い扉は簡単に開いた。

昇降路を見下ろすが、外光の届かない内部はすぐ間近から暗闇に塗り潰《つぶ》され、地上までどれほどの距離があるのか、うまく感じ取ることができない。ケージも見当たらず、きっと一階に戻されているのだろう、とイルマは見当をつける。何か、この世とは別の場所へと繋がる陥穽《かんせい》を覗《のぞ》き込んでいる気分だった。

時間がない。階下からは滴の垂れる様子が今も雨音のように届いているが、もうずっと弱まってしまっている。電源の落ちた中央エレベータを通じて警察官に接近されるとは、被疑者も想像しないはずだ。後は――私の決心次第。

たった一階分にすぎない、と考えて自らを鼓舞し、暗がりの中、イルマは扉の脇を上下に走る太い平形のコードが、ところどころコンクリートの壁に金具で固定されているのを確かめる。昇降路へ身を乗り出し、コードをつかんで体重を掛けると頼りない手応えがあったが、メインロープには手が届かず、構わずそのまま下りることに決める。

腕の力とブーツの爪先の摩擦を頼りに、二十七階へ向かう。コードはつかみづらく、デニムの硬さが動きを邪魔し、水に濡れたブーツはコンクリートの表面を滑りそうで、想像以上に不安定な状態のまま動くことになった。

徐々に水滴の滴《したた》る音が大きくなる。同時に、焦りも込み上げた。水音がこれ以上乏しくなる前に、二十七階に辿《たど》り着く必要がある。雑音が消えた時には、こちらの動きは被疑者に筒抜けとなってしまうだろう。

両腕が痺《しび》れてきた。下の階の扉が足元に見える。その上部に、扉を開閉させるための連動ワイヤーがスプリングの奥に見え、それを引くだけで内側から簡単に——

両手に異様な感触が起こった。驚いて見ると、平形コードを留める金具がコンクリートから抜けるところだった。体重を掛けすぎた、と気付いた時には遅く、幾つもの金具が連続して外れ、イルマへと降り注ぎ、頰《ほお》を掠《かす》めて昇降路の下方へと落ちてゆき、体も壁から離れたが、コード自体はまだ上部で固定されていた。ジャケットの中で、マジックテープを外したホルスターから拳銃が抜けかけているように感じ、肘で強く腋を押さえた。大丈夫……抜けてない。

コードにしがみつくイルマは爪先と膝《ひざ》を使い、体の揺れを吸収した。強く嚙み合わせた歯の間から安堵《あんど》の息を漏らし、耳を澄ます。落ちた金具の衝突音は聞こえてこなかった。

まだ一階に到達していないとか……それはそれで、愉快な想像ではないけれど。

静かに、さらに一メートルほど下りると、片手を伸ばし、連動ワイヤーに触れる。バランスの悪い姿勢が再びコードを不安定に揺らし、イルマの焦燥《しょうそう》が高まるが、うまくワイヤーを握ることはできた。徐々に力を込め、扉を開ける。室内を回り込んで差し込む外光が、信じられないほど眩《まぶ》しく感じられる。また少し体の位置を下げ、隙間に差し込んだ指先で扉を大きく開き、イルマはゆっくりと二十七階に降り立った。

その場にしゃがみ、呼吸を整える。新たな緊張が胃の中に現れ、大きな塊になろうとする。ジャケットのファスナーを下ろし、自動拳銃の銃把《じゅうは》を握り、そっとホルスターから取り出して安全装置《セイフティ》を外し、立ち上がった。

床の水溜まりで音を立てないよう靴底を滑らせて、エレベータ設備の陰からオフィス・エリアとその周辺を窺った。

紺《こん》色のつなぎの服を着た、背の高い男の背中が少し離れた位置に見えた。底の高い編み上げ靴を履《は》いた両足を肩幅に開き、悠然《ゆうぜん》と立っている。広い通路のあちこちにオフィスから電源コードが延び、剥《む》き出しの先端を晒していた。通路の両端、階段に近い位置では何人ものSIT隊員が倒れているはずだったが、イルマの場所からは視認することができない。通路に置かれた観葉樹の大きな葉から、水滴が滴り続けている。オフィス・エリアはほとんど濡れていない様子だった。つまり斉東は、スプリンクラーの散水箇所を意図的に選択した、ということだ。

電気配線のネットワークが、といいかけた管理官の言葉を思い起こす。斉東は、社内ネットワークに侵入したのでは、とイルマは想像する。水滴の音に交じり、誰かの呻き声が耳に入った。

斉東がこちらに気付いた様子はなく、イルマは両手で自動拳銃を構え、つなぎの背中へ差し向け、音を立てないよう摺《す》り足で少しずつ近付き、オフィス・エリアのベージュ色の絨毯《じゅうたん》に足を踏み入れた。

オフィスの中央辺りで斉東が立ったまま机上のノートPCを用い、熱心に作業を続けている。イルマは、うまく相手の真後ろに回り込むことができた。一体、斉東は何をしている？　突発的な自暴自棄の暴走とは思えなかった。明確な目的があり、そのために全てを計算し、実行しているように見える。けど、何を？

イルマは相手の背中に拳銃の照準を合わせたままでいる。すぐ傍まで近寄っていた。警告の必要はない、と指示されていたが、実際に射撃可能な位置まで接近してみると、突然後ろから発砲する、という決断も簡単にはできない。

斉東はノートPCの脇に、武器を置いている。不思議な形状。銃器を模してステンレスで自作した、玩具《おもちゃ》のように見える。小銃でも、散弾銃でもない。それでも、やはり銃と同じ機能を持っているのだろう。武器の銃把らしき部分からチューブが延び、黒い箱形の機械と繋がっている……市販のコンプレッサー？　その時になってようやく、窓際で俯《うつぶ》せに倒れた背広姿の男性を、イルマは発見する。背広の背中がささくれ立つように裂け、赤く染まっていた。指先さえ動いてはいなかった。

一度だけ警告を送る、とイルマは決意する。不審な動きがあれば、胴体へ向かって必ず発砲する。動きのある中で、腕や脚だけを狙うことはできそうにない。

撃つ。相手の出方次第では。

静かに深く息を吸い込んだ時、何かの動く様が視界の隅に見えた。

オフィス・エリアの端、回転椅子に隠れる格好でスーツスカートの女性が事務机の下に潜り込んでいた。イルマと同世代の、髪の長い小柄な女性。大きく見開いた両目が、助けを訴えている。大怪我があるようには見えない。通路の水も届いてはいなかった。イルマは拳銃から離した片手の人差し指を自分の唇に押し当ててみせた。女性社員の目から涙が流れる。感情を抑えようと努め、洟《はな》を一瞬、啜り上げた。

その音にイルマが焦り、自動拳銃を構え直すが、すでに机上の武器は斉東の手の中にあり、銃口がこちらを向いていた。

警告を発する間もなく、衝撃を胸に叩き込まれたイルマは後方の通路へ弾き飛ばされた。大理石に後頭部と背中を打ちつけ、意識が遠のく中で、奇妙な銃声が二度立て続けに起こった。思考が染み入るように戻り、イルマは二、三発目の銃弾がこちらへ撃ち込まれなかったのを知った。それでも、すぐに体勢を立て直すことができない。全身のどこにも力は入らなかったが、かろうじて拳銃を手放していない感触はあった。

ようやく開けた両目に、斉東の近付く姿が映った。顎《あご》の張った武骨な容貌《ようぼう》が逆光を受け、陰となっている。銀色の武器を改めてイルマの顔面へ向けた。

自動拳銃を持った腕が持ち上がらない。思わず、固く目を閉じた。何かを思い出す余裕もなかった。瞼《まぶた》の裏の深い暗闇を見詰めたまま数秒がすぎ、異変を覚えたイルマは目の前で、銃口から空気だけが弱々しく吹き出ているのを知る。男の顔が、不満げに歪んだ。

通路に仰向《あおむ》けになったまま拳銃を構えようとした時、男が手製の武器を大きく振り被った。間に合わないと悟《さと》り、歯を食い縛るイルマは、動くな、という宇野の鋭い声を聞いた。

「武器を下ろせ。警告はこれきりだ」

斉東は頭上に持ち上げた銀色の武器を素直に下ろし、机上に戻した。宇野がイルマへ、

「主任、無事ですか」

「……すっげえ痛《いて》え」

これ本当に機能してんの……ジャケットの下に着込んだ防弾ベストを、顎を引いて確かめる。金属製の球が胸の辺りに、幾つも食い込んでいた。

イルマはやっと、男へと自動拳銃を持ち上げる。斉東は陰の中で少しだけ目を細め、けれどそれ以上の表情の変化はなく、ゆっくりと両手を軽く挙げてみせた。

＋

大学校舎の二十二階にエレベータから降り立った途端、焦《こ》げ臭さが強く鼻を突いた。通路を折れると風を感じ、突き当たりの窓硝子が完全に消えている光景に気がついた。外の街並みの中に、自分自身が二時間前までそこにいて、被疑者確保に悪戦苦闘したターコイズ色のビルが突き立っているのが見える。体内の疲労と痛みがまた、滲み出るように存在を訴え始める。休息しろ、と東《アズマ》係長からはいわれていたが、もう一方の現場も見ておきたかった。事故ではなさそうだ、という一課の見立てを聞いてしまったからには。

硝子のない窓の傍に、歪んだ扉が立て掛けられている。研究室内はあちこちが煤《すす》け、白い壁紙との対比で斑《まだら》模様に見える。中央には一抱えほどの、溶けかけた大きな消火栓のような装置が転がっていた。初老の鑑識員が一人、部屋の奥に立ち、床に並べられた証拠品をファイルに書き留めているところだった。見知った鑑識員。渕《フチ》はイルマを見るなり、どうしたんだその格好は、と顔をしかめていった。

「上着に穴が空いてるのか？　顔にも擦《す》り傷。また交通違反車を追いかけ回して、事故にでも遭《あ》ったのかい」

「それは交通機動隊《コウキ》の頃の話でしょ……これ、銃撃されたんだって」

渕へ歩み寄り、ずたずたになったジャケットの前を引っ張ってみせ、

「防弾ベストが全部受け止めてくれたんだけど……ほんと、胸に穴が空いたかと思った」

「散弾銃か？　何口径だ」

「立て籠もり犯自家製の空気銃。金属の球が沢山、ベストに食い込んでた。ねえ……すぐ傍で起きた事件なんだけど。何も聞いてないの？　ヒロインの活躍を」

「また人の話を聞かず無茶しました、って話だろ……怪我はないのか」

「救急隊に見てもらって体捻《ひね》ったり深呼吸したりしたんだけど、肋骨に異常はなさそうで、打撲《だぼく》だろうって。湿布貼ってお終《しま》い」

「少しは日頃の行いを反省したかい」

「……湿布が冷たいのよね。フチの小言で、心まで寒くなりそう」

「呼び捨てにするな。こっちはこっちで忙しかったんだ。事故のはずが、どうも殺人の可能性が濃厚となってな」

「だから初動捜査に加わることに……」

　室外から立ち話が聞こえてきた。声を落としていい争っている。入口から外を窺い、通路の十字路で向かい合う中年男性二人を確かめる。一方は、組織犯罪対策課から捜査一課へ移ったばかりの和田《ワダ》管理官だった。もう一人には見覚えがない。イルマが室内に下がり聞き耳を立てると、爆発物、思想犯、捜査本部、主導、の単語が届いてきた。それらの言

葉で、管理官の相手に見当をつけることができた。

公安一課の幹部だろう。爆発物の用いられた事案が政治思想にまつわる犯行である可能性を嗅《か》ぎ取り、確かめるために現場までやって来たのだ。次第に興奮を募らせたらしく、二人の声が大きくなり、細部が聞き取れるようになった。公安幹部は、これから所轄《しょかつ》署に設置されるはずの特別捜査本部に自分たちも参加したいと申し入れ、それを管理官が拒否するというやり取りが続いていた。管理官は刑事部とは別個の、公安の捜査員を特捜本部に参加させて指揮系統を乱したくない、という意向を言外に、けれど明確に伝えている。

犯人が思想犯ではないという保証も……公安固有の情報を利用しては……爆発物に関する知識も我々は……そういい立てて食い下がろうとする公安幹部の要請を和田管理官は、警備部が特捜本部に交ざりますから、と伝えて退けようとしている。

この事案に政治思想が関わる、というのは疑わしいとイルマも思う。とはいえ殺人の理由に、すぐに思い当たるものもなかった。なぜ大学教授が狙われたのか。こんなにも大掛かりに。殺意が余りに大きすぎるのでは。室内の中央に戻り、溶けかけた銀色の装置を見下ろし、渕へ、

「……これが実験中に爆発しました、って話じゃないの」

「そこに繋がった水素のタンクは、被害を広げるのに一役買ったらしいがね……その装置自体に爆発の可能性はないそうだ」

「何をする装置……」

「知らずに現場をうろついているのか、お前は」

手に持ったペンで装置を指し、

「そいつは小型の核反応炉だよ。被害者の教授は、そいつでエネルギーを生み出す研究をしていたそうだ」

イルマは思わず装置から身を離し、

「なんか危ないもの出てるんじゃないの、これ……」

「無知な奴だ」

渕の笑みが顔中に皺《しわ》を作り、

「お前が心配しているのは、ウランを燃料にした核分裂炉だろ。そいつは核融合と呼ばれる技術なんだぜ。核分裂の場合、反応が広がりすぎると暴走の危険があるらしいが、核融合はもっと難しくてな、外からの働きかけがないと反応がすぐに止まってしまうんだと。そもそもこいつは常温での小規模な核融合だからな、そんなに大きなエネルギーは出力されないわけだが……正直いって、俺もさっき理屈を聞いたばかりだよ。要するに、爆発の心配はないって話さ」

「ふうん……」

一応頷くが、完全に理解したとはいい難い。理系学部出身の宇野なら、分かるのだろう

けど。渕へ、

「それなら、何が爆発したの」

「こっちへ来な。触るなよ」

渕は自分の足元をペン先で示し、

「科学捜査研究所《カソウケン》へ送る奴だからな。燃えて、崩れかけているものもある」

イルマは壁際に寄せて置かれた、壊れた椅子やラックの一部らしき金属を除《よ》けて近付き、床の上に並べられたビニール袋へとしゃがみ込んだ。様々な金属片や何かの塊が袋に小分けにされ、収められている。これらはきっと物証の一部だろう。大きなものは、すでに運び出されたのだ。

焦げ臭さが増したように感じる。臭いが約二ヶ月前の、東京湾上での事案を連想させた。イルマはその時、国家事業であるメタンガス採掘のための巨大プラットフォーム、「エレファント」に作業員とともに嵐の中閉じ込められることになり、そこでも爆発物を駆使する《爆弾魔《ボマー》》と対峙《たいじ》し、苦闘を強いられ、その際に負った体中の打撲がようやく消えかけたところでまた、胸元に大きな痣《あざ》を作る破目になってしまった。伝え聞くところでは、《ボマー》は施設の破壊については肯定し、殺人については単なる事故であると否定しているという。イルマからすれば、いつでも聴取に参加して面と向かって問い詰めたいところだったが、捜査を担当する殺人犯捜査第四係からの応援要請はなく、彼ら自身の力だけで起訴に持ち込むつもりらしい。

気になるといえば、ターコイズ色のビルで起こった事案についても同様だった。少なくとも守衛を含めた民間人が二人、ＳＩＴ隊員の二名が亡くなっている。イルマと宇野が確保した、被疑者である元傭兵をどの係が担当して聴取するのかも知らなかったが、虐殺《ぎゃくさつ》犯といっていいあの男に、どんな犯行動機があったのか知っておきたいとは思う。地道な証拠固めに駆り出されたくはないけれど。

もう一つ、思い出したことがある。あの事案に関してイルマが一番気になるのは、エントランス前で不安そうに泣いていた幼児が建物内にいたはずの父親か母親と再会できたかどうかだったが、それを知る術《すべ》は今のところ見当たらない。

目の前に並ぶ、数十のビニール袋。赤黒く見える小さな塊は、人体の一部だろうか。紙片まで細かく分けられている。その中の一つに、イルマは目を凝らす。

「送り状……」

首を傾《かし》げてつぶやくと渕は頷き、

「その通りだ。状況からすると、机に載った何らかの荷物が爆発した、って様態らしい。机は真ん中から砕けていたよ。もう運び出したがね。運のいいことに、送り状の切れ端に依頼主のペン字が残されていた。それもまた、捜査の起点となるはずだ」

焼け焦げた送り状へ目を凝らす。住所の一部と、会社名らしき片仮名が丁寧な文字で記載されている。でも、きっとどちらも偽りの情報だ。片仮名の後には括弧でくくられた、（ｅｘ）、の略字……どういう意味だろう。

「……爆発ってのは、実に曖昧《あいまい》なものでな」

聞き覚えのある、ざらついた声が入口の方から聞こえ、

「影響は局所的に現れる。火災とは違うんだ。高温の継続時間はとても短い。だから周囲への燃焼の影響も斑に見える」

上背《うわぜい》のある、出動服姿の男が立っていた。土師《ハジ》だ。警備部警備第二課、爆発物対策係。機動隊とは違い黒色の姿であるのは、制服が静電気を発生させない別種の素材で出来ているためだったが、この男が着ていると、まるでその冷ややかな性格に合わせて自分勝手にあつらえたように見える。会いたいと思える相手ではなかった。

「……その講釈は、前にも聞いた」

「そうだったな」

土師はゆっくりと近寄りつつ、

「あの時の講釈は、お前さんへの貸しだ。わざわざ返しに来てくれたのか？　もうほとんどの捜査員が、被害者の身辺捜査に向かっているってのに」

「あなたこそ、どうして本部へ戻らないわけ……」

「爆発物処理班《エス》と一緒に、学内の荷物を全部点検していたのさ。配送物も含めてな」

「何か出た？」

「何も」

イルマの前で立ち止まり、少しだけ首を傾げ、笑みを浮かべる。頬の大きな痘痕《あばた》が歪んだ。その凹凸《でこぼこ》は恐らく火傷《やけど》の痕《あと》だろうが、本人に確かめたことはなかった。

「だが、あんたに会えて、個人的な収穫はあったわけだ……さて、いい忘れていたが、俺への質問は一分十万円だ。実際に、それくらいの価値はあったはずだぜ」

イルマは大袈裟《おおげさ》に首を竦め、

「それなら、後で明細書を送ってよ」

「まあ、四十万ってところか。いや、現金じゃなくたっていいんだ」

一歩下がって、こちらの全身を眺め回し、

「なんならもっと色っぽいやり方でも、な。何しろお前の見た目は、全然悪くないからな……もっと髪を伸ばすべきだとは思うがね」

「……今度はあなたが多額の負債者になっちゃうでしょ」

イルマも微笑んでみせ、

「億単位の」

土師が急に天井を仰ぎ、大声で笑い出す。いい加減にしとけよ、と不快そうにいったのは証拠品の記録を続ける渕だった。土師はイルマと同じ警部補の階級だったから、渕からすると上司にあたるはずだが、古強者《ふるつわもの》である鑑識員は相手をしばらくの間睨《にら》み据《す》えていた。土師は渕を無視し、横を向いて笑い続けている。相手にしてはいられない。そもそも、土師がどこまで本気で貸し借り云々《うんぬん》の話を持ち出したのか、イルマにも分からないのだ。全部本気だとしても、全部冗談であってもおかしくはなかった。

反《そ》りが合わない人間は多くいたが、土師はそれとはまた別種の人間だった。厄介《やっかい》なのは灰汁《あく》の強い性格だけでなく、その上にやたらと頭が切れる、というところにある。土師も特別捜査本部に参加するのだろうか？　勘弁して。本気で。

いつの間にか、和田管理官と公安幹部との会話が途絶えていた。土師の声が大きいものだから、場所を移してしまったのだろう。代わりに、誰かの靴音が近付いて来る。現れたのは宇野だった。今もにやついている土師に会釈《えしゃく》をしたが、宇野はこの男と会うのは初めてで、警戒する態度は少しもなく、イルマはむしろ部下の自然体に救われた気分になる。

宇野はイルマへ、聞き込みの割り当てを東係長から聞いてきました、と伝え、

「係長は、無理に捜査に加わる必要はない、といっていましたが……どうしますか」

「聞き込みに加わる。寝ていても、いいことはないしさ」

いこう、と宇野を促《うなが》して、枠だけとなった扉から研究室を出た。

またなイルマ、という笑みを含んだ声が、冷気のように背中に届いた。

＋

爆発現場から運び出した証拠品の鑑定結果が科学捜査研究所から届いたのは、事案発生翌日の、夜の捜査会議だった。

現場である大学校舎にほど近い警察署の講堂が、特別捜査本部に宛てがわれていた。皇居や国会議事堂までを管轄区域に含める警察署でもあり、建造物として大きな造りだったが、爆発事件とともに元傭兵による立て籠もり事件の捜査も補助しなければならず、刑事課はきりきり舞いしていることだろう。とはいえ、未だに被疑者を絞ることさえできていない爆破事件の方が、ずっと多くの刑事課員を割《さ》かれているはずだった。

会議で開示される情報は、朝に聞いたものと重複した箇所も多かった。イルマは他の捜査一課員から離れ、室内の隅で長机の上に頬杖《ほおづえ》を突き、報告の一つ一つを聞いていた。隣に座る宇野は、生真面目《きまじめ》に全ての報告に耳を澄ましている。

同じ問題が蒸し返されている。大学内に、防犯カメラがほとんどない、という事実。

自治を大切にする大学でもあり、学生を監視することにもなり得る映像は構内では記録しない、という方針になっているらしい。正門には外部からの来訪者を確認するためのカメラが唯一備えつけられていたが、出入口は他に幾つもあり、飾り程度しか役に立ってはいなかった。そして敷地内には古い建物も多く、改装があちこちで行われており、工事に関わる人間が常に出入りし、部外者を警戒する雰囲気もなかった。正門の記録映像は捜査支援分析センター《SSBC》により確認されていたが、目ぼしい成果は今も上がっていない。

所轄署の若い女性警察官が、幹部たちの机に紙コップの珈琲を並べた。庶務班が和田管理官や所轄署長や刑事課長たちの並ぶ雛壇《ひなだん》の脇で、運び込んだ黒板に被害者の情報を丁寧に貼り出している。

水谷英二《ミズタニエイジ》。六十一歳。理工学部物性物理学教授。隣接区の自宅から週三日、地下鉄を使い大学研究室へ通っている。週五コマの授業を教え、週一回のゼミナールを担当していた。

他の報告もあった。やや偏屈な性格、と評する者もいて誰とでも仲がよかったわけではないが、その程度の気難しい教授は大学内には他にもおり、取り立てて殺される理由にはならない、という。ただし、爆発物によって殺害されたその様は強い恨みに基づく可能性があり、身辺捜査はこれからも慎重に続けてゆく。遺体の損傷は激しく、体は胴体だけでも五つに分かれ、手脚はそれ以上に断裂されていた、ということだった。イルマが他の捜査一課員から聞いたところによると、司法解剖を担当した法医学者は捜査員へ、誰が視《み》ても所見は同じだ、遺体から破片を取り除くだけの作業なら警察でやってくれ、と不平を並べたという話だ。

頻繁《ひんぱん》に報告者へ質問を挟む三十歳前後の男性捜査員が、最前列にいた。答えを熱心に手帳に書き込んでいる。会議の進行を妨げる行為にも感じ、目の前の管理官は苛立《いらだ》っているのでは、と想像するがどうやらその逆で、しきりに頷くことで部下への同意を示している。その仕草で、二人の関係に思い至った。

男性捜査員は和田管理官が捜査一課へ異動する際に、組織犯罪対策課から同時に転属させた、腹心の子分だ。確か、見上《ミカミ》といった。上昇志向の強い上司にぴったりの野心家、の印象。その隣に座る小男の姿にも見覚えがある。

金森《カネモリ》だ、と気付いた。イルマも所属する二係から七係に移ったのは、やはり和田管理官の異動と同じ時期だった。相性の悪い中年男が二係から出ていったのをイルマは喜んでいたが、管理官腹心の部下の教育係に収まっているとは、想像していなかった。

経験豊富な熟練の捜査員、と見做《みな》されたのだろうか。イルマからすれば、無駄に歳を取って腹の出た動きの鈍い奴、というだけでしかない。管理官は恐らく捜査一課内に、早急に自らの派閥を作ろうとしている。

庶務班員の一人が立ち上がり、科捜研の鑑定結果を発表し始める。イルマも上体を起こした。

爆発物によって吹き飛ばされた研究室の扉には指紋認証式の錠が設置されており、そのバッテリーの内蔵された機械には入室者の指紋が記録されている、という新たな情報が講堂の捜査員たちを騒《ざわ》めかせた。

「……その日、被害者である水谷氏が入室する前に研究室の扉を開けたのは、准教授の新《シ》発《バ》田《タ》晶《アキ》夫《オ》ただ一人です。問題の荷物は、共同の控室である教授室には運ばれていませんでした。つまり新発田氏が直接、爆破の起きる約二時間前に研究室に持ち込んだと考えられます。室内からは時限式装置の部品は発見されておりません。荷物の梱包を開くことで起爆する仕掛けが施されていた模様です」

色の白い、若手の女性庶務班員が緊張の面持《おもも》ちで報告を続け、

「先程、大学と自宅マンションへ電話連絡を入れ、新発田氏の所在を確認しましたが、いずれにもおりませんでした。大学教授室の職員から新発田氏の携帯端末へも連絡をしてもらいましたが、電源が切られています。行方不明、といっていい状況です」

一瞬にして、講堂内の温度が跳ね上がったように感じる。

「もう一つ……荷物に貼り付けられた送り状の切れ端が残されていたのですが、そこに記載された片仮名の一部と合う店名等は、現在見付かっておりません」

庶務班員の頬も紅潮しており、

「ですが筆跡自体、新発田氏によるものの可能性が高い、と科捜研ではみています」

犯人は、新発田——

声に出すまでもなく、誰もがその発想を共有しただろう。高揚感と同時に、安堵の空気が講堂を満たした。珈琲を啜っていた管理官が満足そうに、隣に座る署長と頷き合った。

捜査方針も決まったようなものだった。捜索差押許可状を取得し、新発田晶夫の自宅を検《あらた》める。身辺捜査の継続。そして、本人の行方を捜すこと。

おい、と講堂の中央辺りから、大声がした。

「爆発物の種類は、判明したのか」

そう言葉を投げたのは、土師だった。背広を着ていたために、そこにずっと座っていたのをイルマは気付かなかったのだ。女性庶務班員が慌てて書類を見直し、

「……成分分析の結果、トリメチレントリニトロアミンが主成分と分かり……つまり、プラスチック爆薬であるとのことです。スチール製の容器に詰められ釘《くぎ》や鉄球が威力を高めるために用いられた、と鑑定されています」

「マーカーは」

「マーカー？」

「爆発物マーカーだよ。多国間条約で定められた、爆発物の発見を容易にするためにあえて混入する、目印となる物質だ」

始まったよ、とイルマは思わずつぶやいてしまう。土師の知識は確かなものだったが、その分、他人に対して容赦がない。

「ニトログリコールやニトロトルエン。爆薬に、それらが含まれていたのか」

懸命に書類を捲《めく》る庶務班員へ、厳しい口調で続け、

「含まれていればそれは、正規品の爆薬ということになる。含まれていなければ、裏ルートで出回ったものを手に入れたか自作した、ということになる。重要な話だぜ」

「……急ぎであったため主要成分以外の検査は行われていないようです。恐らく……」

「恐らく、は答えじゃねえよ」

講堂内が静まり返っている。全員、困惑しているのだ。土師はその空気を意に介さず、

「最初から、爆発物対策係《こっち》が残渣《ざんさ》鑑定すればよかったんだよ。半端な仕事をしやがって」

「爆対《バクタイ》、いい加減にしろ」

和田管理官が割り込み、

「今肝心なのは入手経路よりも、犯行に及んだのが何者かという点だ。余計な口を挟むな」

「……こういう話ができないなら」

土師は黙ろうとせず、

「どうして俺らが特捜本部に呼ばれたんですかね……」

「必要な時は、こちらから助言を求める」

管理官が姿勢を正して相手を睨みつけ、

「それまで、その口を閉じていろ」

土師が首を竦めたのが見え、それだけで講堂内に安堵の空気が流れ出す。

腕組みして傍観するイルマは、わずかに土師に同情していた。土師の肩を持つつもりは

なかったが、その反感は理解できなくもない。和田管理官の進行による捜査会議に三度参加して、余りに標準的すぎるように感じていたところだった。少しも脇道へ逸脱することがなく、それでいて報告の細部を掘り下げる瞬発力がなく、どうも捜査に対する感覚が鈍いように思えてしまう。

管理官の裁量により、特捜本部捜査員を二手に分け、一方が新たに被疑者として設定された新発田晶夫の行方と身辺捜査を担当し、もう一方が被害者である水谷英二に関する聞き込みを受け持つことになった。

勘の働かない奴、とイルマは思わず眉間《みけん》に皺を寄せる。

和田管理官の用心深い方針は、無意味に捜査力を分散しているように思える。被疑者として新発田が明確に浮かび上がった以上、その確保に捜査力のほとんどを注ぎ込むべきでは。一言進言してやろうとイルマはタイミングを計っていたが、庶務班からこれまで通り地取り——事件現場周辺の聞き込み——捜査の担当をいい渡された時には思わず天井を仰ぎ、口を出す気を失ってしまった。

例の腹心の部下と金森には被疑者の周辺捜査、手柄を立てるのに最も適した役割を与えているのが分かると、馬鹿馬鹿しくさえなった。やるけどさ、別に。イルマは管理官の派閥の外にいられるのを、幸運と思うことにする。大学構内での聞き込みだけなら所轄署の警察官と組む必要もなく、部下の宇野と動くだけで済み、それはそれで気分も楽だ。

当の宇野は、と見ると気負いも緊張もない、平然とした顔で傍に立っている。イルマが溜め息をつき、庶務班の机から離れ、大人しく扉へ向かおうとした時、雛壇から声がかかった。

「お前が一課の一匹狼って奴か。入間祐希《イルマユウキ》」

和田管理官の声が絡《から》みついてくる。

「報告書が短すぎる。次からはもっと丁寧に書いて提出するように」

「……報告するほどの証言がないもので」

宇野がイルマのジャケットの袖《そで》をつかみ、引っ張るのが分かった。

「証言の重要性を判断するのは、我々だ」

管理官は長机に片腕の肘を突き、その人差し指の関節に四角張った顔を載せ、

「お前は対象者の様子を観察し、証言をよく聞き、できる限り先入観を排除して書類を作成すればいい。次に詳細な報告書が上がってこなかった時には突き返すから、そのつもりでいろ」

詳しく書けばいい、ってものじゃないって。

「もう一杯、珈琲をいただ……」

「なんだと?」

宇野の指先に力が入った。講堂の外へ急ぎ連れ出そうとしている。イルマは部下に誘導

されながら、

「もっと冴えた頭で考えた方がいいかな、と」

管理官が絶句したのは視界の隅に見えた。宇野に引っ張られ、押し出されるようにして講堂を出る。その直前には、扉の傍に立っていた土師の、薄ら笑いの前を通り過ぎた。

＋

和田管理官の悪口を並べ立てるのにも飽《あ》き、イルマは脚を組んでレストランの木製椅子の背に、深くもたれた。向かい側で聞き役に徹して、「そうですね」とか「確かに」とか相槌《あいづち》を打つだけだった宇野は、今も捜査についての事柄を記した手帳を小振りな机の上で捲り、聴取のための予習を続けている。イルマは三つ年下の部下にも文句がいいたくなり、ノーネクタイのスーツ姿を眺め、

「もっと鍛えたら？」

清潔感はあるけどさ、と考えつつ、

「特に肩の辺り。華奢《きゃしゃ》でしょ」

「鍛えると、何かいいことでもあるんですか」

「……警察官っぽくなるじゃん」

「主任の方が、警察官らしくないですけど」

「背筋を伸ばしなよ。もっと男らしく」

「主任こそ、余り女性らしくはないですが」

「……上司に向かって態度、悪くない？」

「上司への態度は仕事を円滑に進める上でとても大切な要素だと、本当に理解していますか？」

旗色が悪くなり、イルマは口を噤《つぐ》んでそっぽを向いた。

窓際の席は、大学校舎二十五階からの風景を見下ろすことができた。緩い弧を描く河川が、曇天《どんてん》を鈍く反射している。携帯端末を取り出し机に置くが、教授室からの連絡はまだ届いていない。職員の話が本当なら、今日の聴取対象者である被害者の同僚教員たちの出勤時間は全員午後になるはずで、後二時間はこうして時間を潰していなくてはならない。校舎を出入りする警察官のために、現場に近い会議室として教員用のレストランを開放してもらえたのは大学側に感謝するべきだろう、とはイルマも思う。それでも殺人のあった二日後に、爆発現場とその上下の階を除き、ほとんど全面的に講義を再開させたのは随分《ずいぶん》と気忙《きぜわ》しいことと、と考えずにいられない。お陰で聴取対象者の予定を押さえるのが難しくなってしまった。「学問の自由」も、もう二、三日空けてからでいいのに。それに、ここは暖房を入れてくれないし。

またもや、頭の中に管理官の悪口が次々と浮かぶ。叩き上げのくせに、ただ段取りを踏むだけの捜査指揮者。隙を作らないことだけを考え、捜査力を結局鈍らせ、錆《さ》びつかせてしまう迂闊《うかつ》な人間。そうかと思えば派閥作りには馬鹿に積極的で――

イルマはレストランの扉を横目で見た。誰かが入って来る気配が届いたからだったが、意外な人物たちが目に留まった。

見上と金森。見上が前に立ち、真っ直《ます》ぐにこちらの方へ歩いて来る。イルマは内心、舌打ちした。彼らが挨拶をしに、わざわざここまで足を運ぶはずがない。管理官の差し金だろう。

見上が何もいわず、イルマの斜向《はすむ》かい、宇野の隣の席に腰を下ろした。金森が追随して、イルマの横に顔を背けて座る。睨みつけて追い払おうとするが、金森は目を合わせようとしなかった。捜査一課の中で、最も気の合わない男。イルマはこの中年男性と何度か大喧嘩をしていた。宇野が突然現れた二人へ交互に、困惑した視線を送っている。見上は窓外の光景を少しの間見渡してから、

「和田管理官とは、喧嘩をしない方がいいですよ」

口調は柔らかく、

「下手に喧嘩をして、損をするのはあなたの方ですから」

「……時には度胸も必要」

警告？　イルマは鼻で笑い、

「そういえ、って命じられたわけ……」

見上が微笑んだ。

「管理官とは、警察官として十年近くの縁になります。あの人の仕事を、ずっと傍で見てきました。今まで、同じやり方で足場を築いてきたんです」

イルマは相手の言葉に集中しようとする。彼の話は、注意深く聞く必要がある。

「ですが実際のところ、野心家というほどでもないのですよ。管理官は他にやり方を知らない、というだけで。新しい場所に移った際には、少しでも自分の領域を広げておかなければ安心ができない。それだけです」

見上のやや細い両目から、威嚇《いかく》らしき色は窺えない。けれど、油断するつもりもなかった。こちらに同調させつつ、失言を引き出そうと狙っている可能性もあるのだから。イルマは慎重に、相手の落ち着いた様子を観察する。襟元《えりもと》から見える紺色のネクタイは、凝ったスクエアパターンが繰り返し小さく編み込まれている。輪郭《りんかく》のしっかりした、濃いグレーのカシミアコート。どれも高級そうに見え、それらを本人は恐らく一種の投資と考えている。強い上昇志向を隠す気もなく、その態度はむしろ清々《すがすが》しいくらい。それに、高級な身なりが似合っていない、というわけでもない。

「……どんな方法を取ろうが、構わないのだけど」

イルマは片眉を上げてみせ、

「捜査に関して有能なら、さ」

見上も笑みが大きくなり、

「管理官の捜査に対する勘は鈍いですよ、実際のところ」

あらぬ方向へ視線を泳がせていた金森が、慌てて見上を見た。

「あの人は、自分自身でもそれを理解しています。管理官の長所はそこですよ。自分の限界を見極めているんです。だからこそ何ごとも逸脱せず、段階を踏もうとする。自分自身、勘が働かないことも知っている。そのために決して前線に出ようとはせず、常に後衛に回ろうと心掛け、その位置で足場を踏み固めて居場所を確保するんです」

率直ない方に、イルマも啞然《あぜん》としてしまう。

「大丈夫、管理官は自分に足りないものを他人に求める。あなたが優秀であることは、すぐに実感するでしょう。そうなったら今度は逆に、あなたを頼りにするはずです」

それは、あの男の派閥の中に否応《いやおう》なく引き入れられることでもある。イルマが黙っていると、

「警戒する必要はありません」

片手がテーブルを越えて、こちらへと伸びてくる。

「見上真介《ミカミシンスケ》です。私はあなたのことを知っている。いかに優秀か、という事実を。係は違

っても階級は警部補で同じ。仲良くすべきでしょう？」

「……それ、いいね」

イルマは見上の手を特に感情も力も込めず、握り返した。テーブル上の握手を、宇野が不思議な現象でも起こったように眺めていた。金森の視線がこちらと見上の顔を何度も往復している。

「で……わざわざ忠告に来てくれたわけ？　被疑者の周辺捜査を中断して？」

見上は手を放してゆっくりと姿勢を戻し、

「少し、違います」

コートの内側から写真を一枚、取り出した。三十歳前後の男性の顔が正面から写っている。何かの証明写真か、教員紹介用のものだろう。眼鏡《めがね》を掛けた、神経質そうな面立ち。歳の割には白いものの多い、やや長い髪。

「これ、新発田？」

「そう。事務室に提供してもらいました。特捜本部にはろくな写真がない、ということでしたから。これから本部に戻るわけですが……短髪の女性警察官も来ている、と聞いたもので。折角ですから挨拶でも、と」

「それはどうも。じゃあ、その写真を持って早く戻らないと、ね」

「警戒する必要はない、といったでしょう」

見上は写真を人差し指で叩き、

「用事はもう一つ。この傍で起きた立て籠もり事件。被疑者の身柄は警視庁本部で留置しているわけですが……聴取は六係が担当することになりました。私の同期がそこにいるのです。続報を聞きたいですか」

否定すれば、それは嘘《うそ》になってしまう。けれど素直に聞きたい、という気にもなれず唇の端を曲げて相手を見詰める。

「お互いの情報を共有しましょう」

見上がそういい出し、イルマは思わず両目を細めてしまう。

「どんな情報を……」

「あらゆる情報を。縦割りの弊害《へいがい》をなくすために、といったらそれらしく聞こえますか？

……正直にいえば」

テーブルに載った調味料の小瓶《こびん》を軽く傾けて、

「上から降りてくる情報だけでは、心許《こころもと》ないのですよ。あなたの検挙率の高さは、事実として受け止めるべきものです。そして、現在の情報を共有した場合……あなたの方がより多くの利益を得るのでは？　私は管理官の近くに位置し、あなたは今のところ、不本意にも縁へと追いやられている」

野心家。上昇志向を隠そうともしない。でも、その方がずっとつき合いやすい。

「……了解」

イルマは頷く。

「でもあなたのいう通り現在の私には、特に話すべきことがないのだけど」

「約束だけで充分です。とはいえ、私の持つ情報もわずかです。で、斉東についてですが」

斉東克也。突然、超高層ビルに立て籠もり、武器と仕掛けを用いて幾人もの命を奪った元傭兵の凶悪犯。

「現在に至っても、本人は犯行動機を明らかにしていません。ただ、現場となったオフィスの捜査で、判明した事実があります」

「何……」

「斉東は、独自に作製した空気銃を所持していました。コンプレッサーで銃の内部のピストンを高圧にし、数十発の鉄球を前方へ撃ち出す仕組みです。あなたは確か、防弾ベストの上からその威力を、まともに受けたとか」

イルマは苦々しい気分で頷いた。深呼吸すると、今も痛みが走る。

「その武器で、斉東は三名の民間人を攻撃しました」

見上が話を続け、

「他に標的となったのは、三点だけです。一点はあなた。もう二点は、ノートPCとUSBメモリでした。それで、全弾を撃ち尽くしたらしい」

頭の中で、何かが繋がったように思える。背後から近付いた時、斉東はノートPCの前に立ち、熱心に操作し続けていた。そして私に気付き、振り向き様に一撃を放った。

――そう。問題はその後だ。

斉東は、続けて私へは空気銃を使用せず、他のどこかへ二度発砲したのだ。標的は、ノートPCと記憶媒体。つまり。

「……つまり、PC上で行っていた何らかの作業、その痕跡を消そうとした」

「その通り」

満足げに見上が頷き、

「実際、PCもメモリも鉄球によって、ずたずたに破壊されています。科捜研もデータの復元には成功していません。斉東は、あなたへ二発以上の発砲をして確実に命を奪うことより、何らかの証拠、その隠滅を優先した」

「……斉東ははっきりした意図を持って、電気通信事業者のビルに立て籠もった、と」

「内部情報に触れるためでしょう。殺害された会社員は、恐らくそのための操作を指示され、その後に殺された可能性が高い」

徹底的に計画された犯行？　イルマは考え込んでしまう。唐突な印象だった。斉東の前科は、武器には凝っていたにしろ、感情的な、反射的な暴力というべき犯行だった。そんな男がなぜ、電気通信事業者の情報を欲しがるのだろう？　誰かの個人情報を手に入れようとしていた？　でも、そのハッキング的な目的と殺人も含めた派手な立ち回りは、矛盾しているように思える。そして……オフィス・エリアで俯せに倒れていた、会社員のことを思い起こした。

「被害者となった会社員の家族構成、知ってる……」

「被害者の？　なぜです？」

「ビルの入口で子供が泣いて……いや、なんでもない」

知らない方がいい、という話もある。頭を切り替え、

「会社のサーバに、アクセス記録は残っていないの？」

「サーバは悪意あるソフトウェア《マルウエア》で汚染されて、今も完全な復旧ができていないそうです。社員を通じて正式にアクセスしたわけですから、技術的な困難は何もない。斉東は電子的にも、通信事業者をずたずたにしたことになります。ただし、感染したのは社内のサーバですから、被害は事業内容に関するものだけで、電話回線などインフラへの影響は全くないそうですが」

不幸中の幸い、といっていいものかどうか。きっと通信事業者は現在、大変な混乱に陥っていることだろう。どんな意図が、その混乱を引き起こしたのか。斉東の意図。計画性。あるいは、単独犯ではないとしたら——

イルマはある言葉を思い出す。湾上のプラットフォームで確保した、《ボマー》の言葉

だった。

——あんた、友人はいるか？

——いずれあんたも、あんたの住む世界もまとめて……

確保された際の、捨て台詞《ぜりふ》にすぎない。でも。イルマはなおも考え込む。奴も新発田も、プラスチック爆薬を使用していた。約二ヶ月の時間を置いた、爆破事件の連鎖。その程度で関連性を疑うのは、発想が飛躍しすぎているのだろう。けれど……やはり、どうしても気になる。それに、時間がない。イルマは立ち上がり、正面に座る部下へ、

「ウノ、ここ任せるから。聴取をお願い。私は警視庁本部へ戻る。ちょっと会いたい人間を思い出した」

同行しましょう、といって見上も席を立った。急な申し入れにイルマは少し呆《あき》れ、

「そっちは、特捜本部でしょ」

「届けものをするだけでしたら」

テーブル上の写真に人差し指を置いて、金森へと滑らせた。

「誰にでもできます」

金森が顎を引き、一瞬眉を寄せたように見えたが、無言で写真を受け取り、背広の内へ差し入れた。

「……ちょっと先走りすぎじゃない？」

イルマは見上へ、

「自分が邪魔者かもしれない、って考えたことある？」

「邪魔はしません。大丈夫。こちらは特捜本部の車で来ています。私が運転しますので……金森さん、本部で会いましょう。宇野君」

金森と同様、困惑した様子の宇野は、口を挟むことができずにいる。見上はイルマの部下にも親しげに、

「上司をお借りしますよ……彼女の行動力を拝見したのちは、もう一度ここまで送り届け、お返しします」

なんかいえウノ、とも思うが、見上も彼にとっては上司にあたる。迂闊な口を利《き》くことができるはずもなかった。宇野はそれでも、冷静さを取り戻したように見える。無表情に、了解しました、と短く返答した。

+

「それで……誰に会うのですか」

大学の敷地内から小型のセダンを発進させつつ、見上が訊ねた。イルマは車内のやたらときつい芳香剤の臭いの中で、どうやってうまく呼吸をするか試行錯誤しているところだ

った。特捜本部で用意したレンタカーのはずだが、芳香剤は見上が車内に持ち込んだものだろうか？　ダッシュボードの上に、外国製らしき青色のボトルが置かれている。

「喫煙可能車らしいですよ。芳香剤も最初から用意されていました」

見上が見透《みす》かしたようにいい、コントロールパネルの外気導入スイッチを入れ、エアコンをつけてくれた。幹線道路に入り、セダンの速度が上がる。ようやく芳香剤の臭いが薄れ始め、口を開く気にもなり、

「……《ボマー》に会う」

「《ボマー》……斉東ではなく？　東京湾上のメタンガス・プラットフォームで起きた、あの件が何か……ああ」

見上が深く頷き、

「どちらも爆発物の関わる事案、ということですか。それにしても、性急ですね」

「そうじゃなくて……奴の勾留期間が、もうすぐ切れてしまうの。後二、三日で拘置所へ送られるはず。あっちに送られた後では聴取するのも手間がかかるけど、本部にいる今なら簡単でしょ」

なるほど、ともう一度頷き、

「関連性は……人物同士ですか、それとも爆発物の種類？」

見上は手柄に飢《う》えている。手柄のために、人脈を水平に広げようとしている。和田管理

官が縦に派閥を作ろうとするのとは、対照的に。少し、相手にするのが面倒にもなってきた。

「まだ情報共有できる段階じゃないから」

仲良くすべき、ではないような気がする。

「聴取は私がする。静かにしていてくれると、助かるのだけど。というより……取調室の外で待っていてくれる？」

「捜査の不利になるようなことは、何もしません」

自信に満ちた野心家の横顔。細く高い鼻梁《びりょう》。

「私は相手の心が読めますから。隣にいた方が、むしろ聴取は有利に進むと思いますよ」

イルマが、何かひと言いってやろうと口を開きかけた時、

「お子さんは、いませんでしたね。結婚もしてません。今思い出しました」

「何の話……」

「立て籠もり事件で、亡くなった会社員。つまり、建物の前で泣いていた子供は、彼とは全く関係がありません」

横目でこちらを確かめ、

「安心しましたか」

イルマは何も答えなかった。ほっとしていない、といえば嘘になる。けれどその事実を喜んでしまっては、今度は会社員の死を軽んじることになる——深く考えるな、と自分へ

向けて忠告する。立て籠もり事件は斉東を確保したことにより、すでに解決している。現在の捜査に集中しなくては。

俯せで亡くなっていた背広姿の会社員。顔を見ていないのがせめてもの救いと考え、その発想にも嫌気が差した。助手席の窓の外に街路樹を越え、警視庁本部庁舎が見えてきた。

イルマは静かに深呼吸をした。心が読めるなら、と思う。せめて本部に着くまでは黙っていて。

＋

地下駐車場からエレベータに乗り、本部六階の捜査一課の大部屋に入るまで、確かに見上は口を開かなかった。

通路から部屋に入ると、プラットフォームでの殺人事件捜査を引き継いだ四係の席を真っ直ぐに目指した。現場検証や関係者への聞き込みは終わり、証拠の整理と被疑者の聴取に集中しているのは、イルマも知っていた。ほとんどの捜査員が席に着いていて、その中には係長もいた。こちらを見上げる目に歓迎の色はなかったが、直談判を続けるうち、新たな証言を引き出す機会となる可能性を認め、取調室での聴取を今一度設定することになった。見上が言葉を添えたのも、助力となったかもしれない。

取調室の一室に、イルマは自分用のノートPCを持ち込み、供述調書のテンプレート書類を開いた。係長たちは迷ったのち、隣室からマジックミラーを通して観察することに決め、結局は部屋を出た。取調官が完全に入れ替わることで被疑者の様子がどう変化するか確かめたい、という話だった。去り際に、奴は手強《てごわ》いぞ、と係長が伝えた。

被疑者の入室を待つ間も、隣の椅子に座る見上は黙ったままでいた。雰囲気を察しての沈黙だろうが、考えごとを続けるイルマにはありがたい。時折、見上の視線がこちらの何気ない動きに注がれるのは分かっていたが、それについて何かいうのも面倒だった。

――あんた、友人はいるか?

――いずれあんたも、あんたの住む世界もまとめて……

留置係員がトレーニングウェア姿の男を連れて入って来た。

相手は薄ら笑いを浮かべた顔で俯《うつむ》き、係員に手錠を外され、着席を促されて腰紐《こしひも》をパイプ椅子に括りつけられた後も顔を上げなかった。

係員が取調室を出ていき、イルマは事務机を挟んで座る相手の様子、約二ヶ月振りに会う《ボマー》を観察するが、髪が伸びたこと以外特に変化は見られない。髭は綺麗に剃《そ》られていた。相当手痛い目に遭わせたはずだが、絆創膏《ばんそうこう》の一つも貼られていなかった。鼻筋の中央に色の濃い部分があるような気がしたが、その程度だ。警察官として、被疑者が無傷であるのは喜ぶべきかもしれなかったが、男の行った幾つもの犯罪の内容を想起すれば、物足りなくも思える。

沈黙が続き、やがて男が面を上げ、取調官がイルマだと認めた途端笑みが消え、血の気が失せた。睨みつけ、

「何も変わらない」

溢《あふ》れ出ようとする憎悪を押さえつけているのが分かる。

「あんたが出て来たところで、俺の証言が変わったりはしないぜ。改めていってやる」

顎を上げると細い首の喉仏《のどぼとけ》が目立ち、

「あの海上プラットフォームで事故を起こしたのは、確かに俺だよ。爆薬を用いたことも、否定していない。動機を知りたいか？　事故を起こせば金が入るんだ。それ以外に理由はない。あえて殺人を犯す理由は、どこにもないんだ。人が死んだのは発生した事故が予想外に広がったせいで、故意じゃない。全ては、事故だ。巻き込まれた人間に、運がなかっただけさ」

《ボマー》はつまり、殺人罪から過失致死傷罪への減刑を狙っている、ということ。黙って聞くイルマへ、

「俺は死んだ人間たちと、何の利害関係もない。だろう？　不幸が発生した時には、とに

かく犯人捜しをしたがるのが世の中ってものだが、無理に罪を作り上げるわけにはいかない。事故は事故だ。結果だけがあって、そこに動機が隠されているわけじゃないんだ」

粗雑な、身勝手な論理。腹立たしく、口を挟まずにいられない。

「……あなたは間違いなく、殺人罪で起訴される」

冷静な態度を装い、

「後は全部、裁判で明らかになる。いつでも証言に出向いてやる。覚悟しておくことね」

「あんたが証拠だと主張するものは皆ごく微量な、曖昧な痕跡だろう？　それで立証できると思うのかい？　いや、むしろ証拠を偽造した可能性だってあるよな。俺は堂々と冤罪《えんざい》を主張する。当然の権利だ」

「ご勝手に。でも」

証拠の一部は雨で流されてしまった、というのは事実だったが、

「科学捜査の進歩を甘く見ないこと。安易に否定すればするだけ、世間への心証は逆効果に働くから、根拠のない意地を張るのも適度に、とは忠告しておくけど」

話が主題から完全に逸《そ》れている。イルマは少し長い瞬きの間に、頭を冷やそうとする。そもそも《ボマー》の犯行には、黒幕の影を感じる……彼女自身は共謀者の存在を認めていなかったが、「外部の協力者」という線は捨てきれない。その方向から攻める、と決め、

「とはいえ……責任を分担することは、できるかも」

無理に表情を和らげ、

「外にも共犯者がいるなら、ね。お友達は多い方？」

「……留置場でも新聞は読めるんだけどな」

こちらの意図に気付いたらしく、

「一昨日《おととい》の爆破事件の話だろう……専門家の話を伺《うかが》いにやって来た、ってわけだ」

「爆薬を用意したのは……お友達の一人、でしょ？」

探りを入れる必要もなくなり、

「何か、私たちに警告したいことがあるかも、と思って話を聞きに来たのだけど」

「つまり警察は相当、焦っているわけだ」

満面に笑みをたたえ、

「無駄だよ。俺は何も知らない」

「前に、仄《ほの》めかしてたよね」

「何の話かな……」

嬉《うれ》しげに、

「警察の悪い癖だね。さっきもいっただろう？　結果があるからといって、原因を捏造《ねつぞう》するのは間違ってるよ。俺には関係のない話さ」

イルマは口を噤んだ。揃えた自分の指の爪を眺めることで、苛立ちを隠した。友好的に情報が開示される、とは最初から期待していない。問題はどう《ボマー》の自尊心を刺激し、情報を引き出すか、そのやり方であって……

「口元が硬いな」

今までイルマの隣で聴取を眺めていた見上が突然口を開き、

「強い不安を示している。嘘を笑顔で隠しているわけだ」

「嘘だと？　俺はそもそも爆発物に関しては何も否定していないんだ。俺の独自性を表現した、作品群だからな」

「それも嘘だ。表情を見ていれば分かる。独自性……違うね」

見上は相手を真っ直ぐに凝視し、落ち着いた口調のまま、

「独自の技術で作製したものじゃないだろう？　お友達から習ったんじゃないのか」

「馬鹿な」

自尊心を攻撃された《ボマー》は顔を赤らめ、

「俺がどのくらいの時間、爆薬について調べ、孤独な作業を続けていたと思うんだ？　俺の知識に匹敵する者が、他に何人存在すると？　爆薬の歴史は道教の煉丹《れんたん》術士の研究から始まった。試行錯誤が続けられ、徐々に洗練されていったんだ。その歴史に対して、俺ほど誠実で実践的な者がいたか？　誰もが賛同するはずだ。俺を分かったつもりになるなよ……知ったような口を利いて、恥をかくのはあんたの方だぞ」

「分かるさ。心理士の資格を持っているからね。私は人の心が読めるんだ。君は今、指先で顎の下に触れた。そこには副交感神経が走っていてね、触れることで君は無意識に血圧を下げ、心拍数を抑えようとしているんだよ」

背広の内側に手を差し入れ、革製の名刺入れからラミネート加工されたカードを取り出し、事務机に置いた。顔写真付きで、心理士、と確かに印刷されてはいたが、イルマはその資格が国家から保証されたものでも社団法人や財団法人が発行したものでもない、無名の一民間団体による独自の証明書であるのを見て取った。心理分析を生業《なりわい》とするには頼りない資格のはずだったが、恐らく相手はそのことに気付いていない。

「……俺には関係のない話だ」

《ボマー》が苛立たしげにいった。心を読んでいるかどうかはともかく、見上が的確に被疑者の怒りを刺激し、動揺させているのは明らかだ。イルマはこの機を逃すまいと、

「そう。この件は、あなたとは関係がない。それを今、明確に証言して。つまり知っている情報は全て開示すること。そうしなければあなたはまた別件で再逮捕されて、勾留期間を二十三日、延ばすことになる。あなたは今、あなたに匹敵する者の有無を話題にし、その存在を否定しなかった。いる、ということでしょ？　この件で、あなたが不利になることはない。でも、何も話す気がないなら、再逮捕を覚悟して」

急に口を閉ざした被疑者の態度からは、葛藤《かっとう》が見て取れる。けれど怯《おび》えているのではな

く、情報の提供が自己愛にどう影響するかを量っているのだ。《ボマー》自身は、今回の件には関わっていない。心理士でなくても、それくらいのことは分かる。イルマは続けて、

「あなたには、似た趣味を持った友人がいる。そうでしょ？」

「……ネット上だけの関係だ」

「ネットで、どんな話を」

「爆発物について、さ。それが罪になるとでも……」

「いいえ。話題を共有する人間の中に、あなたが気になる人物はいた？」

「中途半端な知識をひけらかす奴らばかりさ……」

「あなたに匹敵する者は？」

わずかに、《ボマー》の口元が笑ったように見えた。

「……一人だけだね。本物は」

「その人物の名は」

「本名で会話をすると思うかい？」

「じゃあ、ハンドルネームを教えて」

「……イーエックスと名乗っていたよ。アルファベットで。小文字だったな」

イルマは内心はっとしていた。爆発物の詰められた荷物。その送り状の末尾に記された、括弧でくくられた文字。ｅｘ。間違いない。意味は……専門家《expert》？　いや、それより

も、爆破者《exploder》、爆発させる《explode》、だろうか？　イルマの体内で焦りが込み上げ、

「《ｅｘ》との交信記録が欲しい」

「存在しないね。あるはずがない。俺のＰＣデータが全部フォーマットされていることは、警察も知って……」

「あなたが、その人物に何かを譲ったことは？」

「爆薬の材料を、か？　譲った相手がへまをしたら、どうする？　今じゃ、ネットで何でも手に入る時代だろ。質はそれぞれだろうがね」

「《ｅｘ》はあなた同様、爆発物の専門家、と考えていいのね」

「……気をつけなよ」

《ボマー》の顔に、本物の笑みが浮かんだ。

「俺が爆薬に魅《ひ》かれるのは、結果が力そのものを表しているからだ。少量の物質が、非日常的な力を発生させる事実……だが、《ｅｘ》にとっての爆薬は、手段にすぎない」

「手段？　何を達成するための」

「奴が達成したいのは、社会そのものを破壊することだ。焼け野原にしたいのさ」

「動機は……」

「知らないね。衝動を抱えたまま、生きてきたんだろ。そんな人間が手段に気付いた時が一番危険だって、捜査一課の刑事さんなら知っているんじゃないのかね……」

+

《ボマー》への聴取を終えたイルマは捜査一課の大部屋に戻り、殺人犯捜査第四係の捜査員たちと話し込んだ。四係での、《ボマー》再逮捕の可能性を訊ねるためだった。大学で起きた爆破事件の被疑者、《ｅｘ》を知る重要人物として勾留期間を延長し、警視庁内に留め置いた上でのさらなる聴取の必要性を訴えるが、四係の返答は否定的なものだった。

「特捜本部の事情も分かる。が、うまくはいかないだろう。こっちの件でも聴取を継続したいところだが……奴は肝心な話となると口が硬くなる。背後があるのか、金だけが目当ての短絡的な犯行なのか、それすらもはっきりしない。施設へのハッキング一つとってもな、外注の可能性だってあるんだ……いや、そんな話はいい」

係長は、体調でも悪いように背中を丸めて渋面《じゅうめん》を作り、

「四係ではすでに二度、再逮捕をしている。殺人罪、建造物損壊罪、激発物破裂罪の状況証拠は揃っているから、起訴し裁判に委《ゆだ》ねるのが最良だ。それ以外の罪となると、無理筋になるだろう。特捜本部の事案と関わりがあるとはいえ、それは奴自身の犯罪じゃない。必要なら、拘置所へ身柄を移管したのちに聴取を継続してくれ。裁判もあって手続きは混乱するだろうが……これ以上、警視庁に留めておくことは無理だ。後は、課長に掛け合っ

てもらうしかないな」

何とか再逮捕の口実がないかイルマもその場で探ろうとするが、いい考えは浮かばず、そもそも特別捜査本部の正式な要請ではなかったから、強く要求することもできない。

「いったん戻りましょう」

イルマと四係との長い立ち話を、一歩下がった位置で聞いていた見上がいった。指差した窓外が黒色へ染まりつつあるのを教えられ、警視庁に入ってからすでに相当な時間が経過しているのを知り、異を唱える気持ちも失せて、イルマは四係に礼をいって部屋の隅の複合機へ向かう。供述調書を二枚ずつ印刷して一方は四係へ渡し、大部屋を出た。

通路で、大学校舎に残した部下の宇野に連絡を取ると、関係者の聴取はすでに終了した、という話だった。イルマは吐息を漏らし、

「……特捜本部で直接、落ち合おう。その方が早い」

運転しましょう、と見上がいった。それはどうも、とイルマは応えるが、本当は最初からそのつもりだった。向かう先は同じなのだし。エレベータで二人きりになると見上が再び口を開き、

「夜の捜査会議までは、少し時間があります」

地下駐車場のボタンを押して、

「食事でもいかがですか。お互いに、昼食も摂《と》っていないはずです」

悪くない申し出のようにも聞こえ、イルマは少し考えるが、

「……やめとく」

「まだ信用できない、と？」

「そうはいわないけど」

イルマは首を竦め、

「私の部下は気が利くからさ。こういう時は、私好みのサンドイッチとか巻きものとか色々買って、持って来てくれるんだよね。それを無下《むげ》にしたら、ちょっと悪いでしょ」

＋

特別捜査本部の設置された所轄署の講堂に早めに入り、庶務班へ《ボマー》の供述調書を提出した。訝《いぶか》しむ庶務班員へ概略を説明し、講堂内後方の窓際に近い席に座る。屋外駐車場で別れた見上が後から講堂に足を踏み入れ、イルマへ目礼を送り、前方の席へ進んだ。宇野も、見上の教育係である金森の姿もまだ存在しなかった。イルマの前で、見上が一度も金森へ連絡を入れなかったことを思い返す。可哀想な金森。相手からは、教育係というよりも単なる世話係としか認められていないらしい。

現れた宇野は案の定レジ袋を提げていて、無言で隣に座り、机に載せた袋を軽くこちら

へ寄せる。イルマは袋の中身を吟味し、納豆巻き――豊富なイソフラボン――とチキンサラダ・サンドイッチ、アボカド入り――食べる美容液――を選び、迷った末に結局フルーツサンドまで自分のものにしてしまった。

順に頰張りながら宇野と情報交換していると、次第に人が集まり始めた。イルマの収穫は、プラスチック爆弾が詰め込まれた荷物、その送り状に記載された《ｅｘ》がハンドルネームである可能性が高いこと。宇野の収穫は、被害者である水谷英二と加害者の新発田晶夫に対する風評。本当に送り状の筆跡が新発田のものならば、《ｅｘ》＝新発田ということになる。ライ麦パンのポークサンドを飲み込んだ宇野が、レジ袋を除けて手帳を開き、ですが、といった。

「新発田という人物について、大学関係者は皆、温厚であると証言しています」

自分でも少し首を傾げつつ、

「むしろ、やや偏屈なキャラクターである教授の水谷氏と周囲との緩衝役《かんしょう》になっていた、と」

「新発田は緩衝役に嫌気が差していた？」

動機としては少し弱い気もする。宇野から渡された、無糖の紅茶のペットボトルを開け、

「水谷はそんなに偏屈だったの？　以前の聴取では、恨みを買うほどではない、という話だったと思うけど」

「水谷氏への評判は変化していません。研究者にありがちな気難しさ、という程度の話です。教授会などでは意見が割れた相手に相当突っかかっていた、という証言もありますが……その程度ですね」

「新発田はもっと温厚だった、と」

「誰かと問題を起こした事実はない、ということです。爆発物に詳しい、という話も聞いたことがなく、彼が犯人だとは信じられない、という関係者ばかりでした。極端な政治思想を持っているとも思えない、と」

「それでも、裏の顔がないといいきることは……」

イルマの視界の先、講堂の扉から小太りの捜査員が入って来た。小柄な中年男。金森だ。気にせず情報交換を続けようとするが、相手の方からこちらを見付け、近付いて来る。引き攣《つ》るような笑みを顔に張りつかせて、よう、と話しかけてきた。

「失礼はなかっただろうな」

両手の親指をズボンのポケットに掛け、

「俺の悪口をいって、足を引っ張ったりするなよ」

……話題にも出ないって。

「せっかく巡ってきた、いい機会なんでしょ。急いで走り寄って、貧相な尻尾《しっぽ》を振ってみせたら？」

「いってろよ。ようやく巡ってきた幸運だぜ。後は自動的に、昇っていくだけよ」

「ほんとに？　ご主人様の相手も大変、って顔に書いてあるけど」

「問題ないね。少々振り回される程度は、な」

見上の後ろ姿をその場で顧みて、

「今のうちにお前も、少しは俺に気を遣っとけよ。こっちに愛想笑いができるようになれば、多少管理官と揉《も》めたとしても、異動先を世話してやれるってものさ。どこがいい？　運転免許の更新業務なんてどうだ？」

「……あなたの世話になるくらいなら、警視庁を辞めるよ。阿呆《あほ》のいない職場で、伸び伸び働かせてもらうから」

「笑わせんな。お前みたいな傲慢な女、国家権力が後ろに控えていなけりゃあ、何もできないだろうが」

鼻を鳴らし、

「それに、教えておいてやるよ……阿呆のいない職場なんてあり得ねえな」

いい捨てて立ち去り、講堂の最前列、見上の座る場所へと歩いていった。

無言で腹を立てるイルマは、宇野が机に置いた書類に目を留めた。Ａ４用紙の束で、あちこちに付箋《ふせん》が貼られている。それ何、と訊ねると、

「殺害された水谷英二による、常温核融合の論文です。今朝、庶務班に複写してもらいま

した」

「……何だっけ、それ」

朝の捜査会議では、イルマは半分以上話を聞いていなかった。中身のない報告ばかりが繰り返されるのに飽き飽きし、頬杖を突いたまま、うたた寝していたせいだ。宇野は、そのことには触れず、

「研究室のPC内の記憶装置《ストレージ》から、引き出したものです。水谷が事件のあった直前に書いていた論文のようで、PCが机の下に置かれていたために爆発の影響も筐体《きょうたい》の破損だけで済み、内部は無事でした」

「へえ……何か事件に関するヒントは、見付かった？」

「今のところは、特に」

宇野は理系学部の卒業だった、と思い出し、

「ねえ。そもそも、核融合って何？」

「原子核同士を衝突させ、融合させることです。うまくいけば、莫大《ばくだい》なエネルギー源として利用することができるため、世界中で数兆円の予算をかけた研究が進められています」

「水谷の研究室、そんな大規模には見えなかったけど」

「常温核融合の研究ですから……長年、異端扱いされた研究なんです。常温核融合の実現は三十年前にイギリスで報告されて以来、実験成果の発表――どれも比較的小規模な実験

で、基本的には入力以上の過剰熱が計測された、という程度のもの——が散発的にあっただけで、科学界の大きな流れにはなりませんでした。再現性の低さと実験結果をうまく説明できなかったためでしょう。現在でも評価は定まっていませんが、それでも実際に現象が起こっているのは事実として、企業から出資されるようにもなりました」

「今、発電や爆弾に使われているのは、核融合とは違うの？」

「そちらは、核分裂の方です」

「それだけじゃ駄目なの……」

「核融合発電は核分裂と比べて、安全性が高いんです。高レベルの放射性廃棄物が発生しませんから。暴走の心配もない。それに……核融合発電のエネルギーは、燃料一グラムに対して石油八トン分に匹敵します。これは核分裂発電の四倍です。実現すれば、の話ですが」


夜の捜査会議は新発田晶夫に関する報告から始まり、その内容を他の捜査員に交じり、イルマも口を尖《とが》らせて聞いた。

新発田の人となりは、宇野から聞いた話と変わらなかった。理工学部物性物理学准教授。三十五歳。独身。都内マンションに一人暮らし。何かの不正に関わったという情報も、違法性のある行為があったという証言も存在しない。准教授以上の昇進にさほど興味はないらしく、学術論文の作成にも熱心ではなかった。そのために理工学部の中で誰かとぶつかることもなく、むしろ調整役として認められていた……

賃貸マンションのワンルームの空間はパイプベッドと大きな本棚だけでほとんど埋まり、あらゆる隙間に理工系の書籍が詰め込まれていた。家宅捜索により判明したのは、その中には爆薬に関する本も革命にまつわる思想書も存在する、という事実だった。

新発田晶夫の裏の顔。学生も含め周囲の人間は学外の新発田を知らず、つき合いは懇親会程度で自宅を訪れたことのある者もいないためでしょう、と担当捜査員がそう報告した。なお、ワンルームからはパスワード・ロックの掛かった一台の一体型PCも押収され、科捜研へ回すことになりましたが、パスが解除可能であるのか、その保証はできないらしく……

最前列の見上が立ち上がった。

「一つ、事実が明らかになりました」

落ち着いた声色《こわいろ》に講堂内がしんと静まった。

「爆発物を収めた荷物の送り状に筆記された、《ex》という言葉についてです。先程急遽、『東京湾上プラットフォーム爆破事件』の被疑者に警視庁本部で聴取を行いました。入間祐希警部補の発案です。爆発物、という共通性を考慮しての聴取となります」

周囲の視線がこちらに集まる。雛壇に座る和田管理官が見上の報告を片手で制して、待て、といった。イルマを睨みつけ、

「お前の担当は、大学内での関係者聴取だったはずだぞ。警視庁本部で聴取、だと？　誰の許可を得て担当を離れたのか」

「……臨機応変に動いたまでです。特捜本部に判断の認否を求めては、時間がかかりそうだったので」

座ったまま返答すると、顔を紅潮させた管理官がゆっくりと立ち上がった。何かいい出そうとするが、

「急ぐ必要がありました」

見上が目の前で断言し、

「被疑者の勾留期間終了が迫っていましたから。私も、イルマ警部補の判断を支持します」

部下に諭《さと》される格好となったが管理官は怒りを呑《の》み込んだらしく、イルマへ厳しい視線を送りながらも着席した。隣に座る署長が胸を撫《な》で下ろしたのが分かった。

続けます、と落ち着いた声で見上がいい、

「被疑者の証言によると、ネット上で爆発物の情報交換をしたことが何度もあり、その相手の中に、《ｅｘ》のハンドルネームを名乗る人物がいた、という話でした」

慌てて供述調書を確かめようとする庶務班員を一瞥《いちべつ》し、

「つまり、送り状末尾の『ｅｘ』には意味があり、犯人の自己主張と捉えるべき、ということです。これは新発田晶夫の足跡を辿る上で、一つの手掛かりとなるのではないでしょ

うか」

雛壇に座る幹部たちが一様に頷いている。供述調書にはイルマと見上双方が署名しているから、一人の手柄にするのは無理があるだろう。けれどイルマは少し驚いていた。見上が聴取で明らかになった事実を、こちらの功績として紹介したことに。見上が先に立ち上がった時、てっきり彼自身の働きのように説明すると思ったのに。

捜査員たちの熱気は弱まっていない。新発田が姿を眩《くら》ませたままの現在でも。身辺捜査を重ねて新発田の行方を追う、という指針は新事実により強化され、今後さらに加速することになるだろう。

ネット上から《ex》を捜すことも、捜査手段の一つに加えられた。《ボマー》の勾留期間が終了するまでの残り二日、四係へ掛け合って少しでも再聴取の時間を取る、という新たな方針も決定した。もちろんイルマに聴取の役が割り振られることも、新発田の私的な交友関係の調査を命じられることもなかった。とはいえ、大学構内の聞き取りに戻されもしなかった。SSBCの担当する、自宅から大学間の防犯映像の解析、その補佐役へ宇野とともに回されることになったのだ。

まだましよね、とイルマは考えることにする。少なくともこれで、新発田により近い場所で動くことができるのだから。

。

ファミリーレストランから編集部に戻った織田勉《オダツトム》は、原稿の入った封筒を自分の机に置いた。その拍子に、脇に積んでいた単行本の小山が崩れてしまう。適当に片付け、回転椅子に座った。ノートPCを開き、レストランで執筆した手書きの原稿をテキストエディタに打ち直す作業を始めた。鉛筆で原稿用紙のマスを埋める執筆スタイルは周囲の若い編集者から、儀式、などと呼ばれ揶揄《やゆ》されていたが今更改めるつもりもない。三十年以上そうしてきたのだから。

織田はキーを打つ手を止め、鳩尾《みぞおち》の辺りを押さえた。歳を経るごとに問題となるのは、新しい技術への順応ではなく体調の方だ、と思う。原稿を書く際は、外部からの電話の応対や編集部内の瑣末《さまつ》な用事に巻き込まれないよう近傍のレストランへ逃げ、珈琲を啜りつつ集中するのが長年の習慣だったが、この頃は二、三杯の珈琲だけで胃が重くなり、鈍い痛みまで感じるようになっていた。

モニタ上の時刻表示を見る。この原稿を入稿したのちは、フリーライターによる記事と、大学教授の執筆した新書用の再校を確認しなくてはならない。机の引き出しを開け、胃腸薬が切れていることに気付いた。周囲の編集者の誰かをドラッグストアへ走らせたかったが、そうすればまた若い奴の足を引っ張るな、と編集長から小言をいわれるだろう。編集長ですら、自分よりも十は若いのだが。

織田は科学雑誌の編集者として、常に正しい知識を読者へ提供し続けてきたつもりだったが、その姿勢さえ今では、自惚《うぬぼ》れた老人の啓蒙《けいもう》思想、と編集会議で身内から叩かれ兼ねない。巨大地震。携帯端末《スマホ》。ビッグデータと人工知能。常温核融合。このままでは、世間の口の端に上る話題を解説するだけの媒体となってしまうだろうに。

自然と呻き声が漏れてしまう。やはりドラッグストアへいくべきだ、と思う。妻からは、一度は精密検査を受けるよう頼まれていた。人間ドックで脳も心臓もまとめて診《み》てもらうのはどうだろう……痛みがすぎれば、すぐに忘れてしまうのも分かっている。忘れてしまうような事柄は重要項目ではない、と考えることもできる。

不意に、過去の話を思い出した。もう何十年も前の話だった。正確な科学的知識を世に広める、という使命感から、織田はある男を誌面で徹底的に批判したことがある。今、彼は何をしているのだろうか。元々相手は学界でも攻撃的な性格として知られ、記憶が確かなら、ひどい暴力事件を起こし実刑判決を受けていたはず。

――それも、三十年前の話だ。どこにいたとしても、もう六十代であるはずの人間なら、中年に差しかかった時に覚えた何らかの諦観《ていかん》を基に、平穏に日々をすごしていることだろう。俺と同じように。ドラッグストアへ向かうことに決め、立ち上がった。過去の話を想起したのは、重要な何かがそこに含まれているためだろうか。だが、細部までは思い出すことができない。

肘がまた、本の山を崩した。机の上を整えようとして、未開封の封筒が載っているのを見付ける。封筒は単行本の形で四角張っていた。

送り状の、片仮名の依頼主に覚えはなかった。書評の掲載を望んで勝手に送りつけてきた、自費出版本を扱う無名の出版社かもしれない。

依頼主名の末尾には括弧でくくられた、（ｅｘ）という意味の分からない文字があった。

織田は糊《のり》付けされた封を開いた。

i

低層の雑居ビルの階段を登るイルマは、最上階で炸裂《さくれつ》した爆薬は大学校舎の研究室内を黒焦げにしたものと同じタイプだろう、と見当をつけた。

工業系オイルのような微かな臭いを嗅ぎ分けられるようになっていた。五階が近付くにつれ、臭いが強くなる。前回の爆薬はアメリカ国内で使用されるＣ－４規格の製品であることが、混入された爆発物マーカーの成分分析――爆発物対策係の土師が科捜研へ、うるさく再検査を要求したのだ――により判明していた。イルマは階段を降りる消防隊員を壁に張りついて避《さ》け、最上階に足を踏み入れた。

前回よりもひどい有り様に、眉をひそめる。爆破状況を調べるために室内の多くの設備が運び出されたはずだったが、壁の石膏《せっこう》ボードは崩れて奥のコンクリートが剝き出しになり、何台ものスチール机が曲がり、そして、焦げかけた紙が足の踏み場もないほど散乱している。現状維持に努めたために綺麗に片付けることもできず、その結果、最も散らかった状態で鑑識作業が終了した、というところだろう。

散らばった紙の白い箇所の多くには、靴痕が刻印されていた。血痕のついたものが見当たらないのは、それらだけは証拠として持ち出された、ということだ。靴痕は消防隊員のものだろう。彼らは意図せず、凄惨《せいさん》な爆発現場の雰囲気を和らげる役目を果たしたことになる。

けれど、わずかな金臭《かなくさ》さは今も室内を漂っていた。イルマは紙面に新たな靴痕を増やしながら奥へ向かい、小さな給湯室を覗くと、ガス会社社員とともにしゃがみ込み、シンク下の扉を開けて配管を点検する鑑識員の後ろ姿が見えた。鑑識員最年長の渕は一番に現場に乗り込み、大抵は最後まで何かを確認している。アルコール好きなはずだったが、そのために仕事を早く切り上げようとしたところは見たことがなかった。

声をかけず、腕組みをして二人の話を聞いていた。ガス管には不具合はない、と結論を出した社員が検査器具を仕舞ったところで、渕がこちらの姿に気がつき、露骨に渋面を作

った。ガス会社社員に続いて給湯室を出ようとする渕の腕を捕まえ、情報、と短く要求すると、

「こんなところで、油を売っていていいのかい」

「半月もSSBCの手伝いだからさ……」

「防犯映像の解析をしているんだろう」

「解析をするのは、SSBCの連中だから。私とウノはその補佐として防犯映像を集めているのだけど、新発田の姿はどこにも見当たらない。映像の提出協力自体がもうほとんど尽きてるし」

「じゃあお前さんは今、何をしているんだい」

「ビジネスホテルでの聞き込み……成果は全然なし」

自宅マンションにも実家方面にも新発田は現れておらず、銀行預金が引き出された形跡もない。どこかに泊まっているならネットカフェか低料金のホテルだろう、と特捜本部は推測していたが、今のところそれらしき宿泊客は発見されていなかった。渕がイルマへ、

「ネット上の捜索はどうなっている？」

「難航中……ハンドルネームが短すぎて、検索しようにも大量に関係のないワードが引っ掛かって、難しいみたい。だから、ここしばらく目新しい話が何もなくて、情報に飢えているんだよね……」

「いつもいっているだろう。捜査会議を待ちな、って」

渕は億劫《おっくう》を絵に描いたような態度で、

「あの爆対の若造がいっていた話も、嘘じゃあねえよ。情報ってのは無料《ただ》じゃねえんだ。それにお前さんは、年上への敬意ってものを持ち合わせちゃいねえからな」

「私、麦酒《ビール》って飲めないのだけど」

イルマはライダースジャケットから、折り畳まれたチケットを取り出し、

「たまたま三五〇mlの麦酒券が余っていてさ、誰にあげようか迷っていたところなのよね
……」

「……何枚だ」

「四枚。八本分」

大した金額じゃねえな、といってから片手を差し出した。手のひらに券を載せると、その額面を確かめもせず、紺色の制服のポケットに突っ込み、

「……前回よりも、爆薬の量が増えているみたいだな」

「被害者は？」

「胴体が消え失せている。立ち上がった体勢で机の上の荷物を起爆させたらしい。背中を丸めていたんだろうな。その姿勢とノートＰＣのモニタ部分が、衝撃と破片のほとんどを受け止めたことになる。起爆させた本人以外の犠牲者が発生しなかったのは、すぐ近くに

人がいなかったこともあるにせよ、不幸中の幸いといえるだろうよ。いや……もちろん破片が飛んで、治療を受けている同僚もいるがね。ともかく、一人以外は何とか無事で済んだわけだ」

イルマは改めて細長い空間を見回し、科学系の雑誌編集部である痕跡を探そうとする。出版元として発行した本が、入口の近くに無残な様子で積み重なっている。足元にも、片付けられた雑誌の束があった。爆発とは関係なく、経年によって黒ずんだ薄い絨毯に片膝を突き、イルマは何冊かの科学雑誌を捲ってみる。一冊の表紙に視線が吸い寄せられた。ずっと頭の隅で考えていた、おぼろげな推測に突然根拠が加わったように感じる。渕へ、

「被害者の共通点は」

雑誌を掲げて「常温核融合」と題された特集の文字をみせ、

「科学系、ってことよね。それにこれ……偶然かな」

「一口に科学系といったってな、大学教授と雑誌編集者では幅が広すぎないか」

「何の因果関係もない、と？」

「……俺は、事件の見立てはしねえよ。捜査員が考えるために必要な材料を、提供するだけさ」

渕が床に置かれていたジュラルミン製の鑑識鞄《かばん》を丁寧に閉じて持ち上げ、立ち去る素振りをみせる。

「もう少し情報はないの……」

イルマの言葉に立ち止まり、

「ああ……こっちでも、送り状の切れ端が見付かったよ」

イルマが思わず詰め寄ると、

「筆跡も残されている。また『ｅｘ』だ」

「おかしいと思わない？　その部分だけが常に残されているっていうのは」

「……確かにな。難燃剤か何かが、そこに塗られているのかもしれん」

自己主張。見上も会議でそういっていた。渕へ、

「実際に見たの？　前回の筆跡は新発田のものと科捜研が判断したけど、似ていると思う？」

「俺は見立てはしねえ、っていっただろう」

「長年鑑識に勤めているくせに、筆跡が共通か否《いな》かの判断もできないわけ」

「……それが、長年鑑識に勤めた先輩に対する態度かい。手を放してくれ」

渕にいわれ、イルマは制服の肩口を握り締めていたことに気付き、手を引っ込める。渕は呆れた、という顔付きで、

「普通、若い女に近寄られた時には気分がいいはずだがな……いいか、あくまで一個人の感想、って奴だぞ――」

違法な取引でも行うように、声を潜める。渕は反骨心と同時に、組織を構成する人員としての慎重さも持ち合わせていて、イルマにはその組み合わせが馬鹿馬鹿しくも微笑ましくも思える。

「――文字の傾き、文字同士の重なり方。同じ筆跡だよ。今回の荷物を送り付けたのも、新発田のはずだ」

不意に違和感が蘇《よみがえ》った。そのことについて考えていると、今度は渕の方から、

「どうした」

「……何かおかしい、と思って」

「どういう意味だい」

「新発田の人物像とどうしても合わないから」

「裏の顔、って奴だろう」

イルマは頷いた。やはり新発田のプロフィールには、まだ表に現れていない何かがあるのだ。職場の人間や友人、両親にも知られることのない、新発田のもう一つの顔が。

別にもう一軒、どこかに賃貸住宅を確保しているのでは、と思いつく。新発田の資産状況からすると無理のある話だったが、また別の収入源を持っている、という可能性は零《ゼロ》とはいえない。《ボマー》は新日本瓦斯《ガス》開発の仕事とは別に、株式売買で相当な金額を儲《もう》けていたらしい。

もういくぜ、といって渕が重そうな鞄の持ち手を握り直し、部屋を出ていった。イルマはその後ろ姿へ、相手をしてくれてありがと、と声を送る。

S

単独室に足を踏み入れると、背後で重い鉄の扉が閉まった。

斉東は室内をじっくりと観察する。時計が見当たらなかった。三畳分の畳のさらに奥に、便器と洗面台が設置されていた。便器の傍には窓もあり、近付いただけで相当な厚みがあるのが分かった。その先に巡視通路の空間があったが、窓を開けることはできない。巡視通路の壁は濃い磨《す》り硝子となっていて、しゃがむと下部のルーバーからわずかに空の一部が見えた。ラジオの音声が天井から聞こえてくる。流れてきたバラードに合わせて適当に口笛を吹いていると扉の向こう側から、静かに、という刑務官の注意が届いた。あの鉄扉に嵌《は》められた小窓は、室外からはよく見えるようになっているのだ。

白い壁にカレンダーが貼り付けられていた。歩み寄ると半年分が一枚に詰め込まれているのが分かる。充分だと斉東は考える。カレンダーの隣に、消えかけた落書きを見付けた。

……退屈と無関心が人を殺す。

その通りだ、と思い微笑んでしまう。斉東も、以前に入った他県の拘置所や刑務所では日に日に精神を衰弱させ、退屈を胃の底で腐らせるばかりだった。が、今は少し違う。

いや、全く違う。斉東は笑みを喉の奥に隠した。

今の俺は、退屈を体内に溜め込むことができる。次の行動への、爆発力とするために。

無表情を装いつつ部屋を見回し、扉の隣にダイヤルスイッチを見付け、それを回すと天井からの音声が大きくなった。ラジオが、時計の代わりをしてくれることだろう。

それに、と斉東は思う。状況はそれほど悪くない。見渡す限りの砂漠と、そこに突き立つ送電鉄塔以外何も視界に入らない一本道の道路で、荷台にベルト給弾式機関銃を固定したピックアップトラックに乗り、防弾ベストを着込んで空調の壊れた車内でＡＫ－47を互いにぶつけ合いながら他の武装警備員《オペレータ》とともに長距離の食糧輸送に従事したあの仕事に比べれば。あるいは基地に戻る途中、路肩爆弾にトラックごとひっくり返され、灼熱《しゃくねつ》の太陽光が降り注ぐ中、十四時間もの間、救援を待っていたあの日に比べれば。

斉東は退屈を溜め続け、無表情を装っている。確信があった。これから起こる出来事は、歴史の一部となるはずだ。誰もが無関心ではいられない。

やがて、退屈とは無縁の世界が誕生する――

i

イルマは広い歩道へ、一〇〇〇ccのデュアルパーパス・スタイルのバイクを乗り上げた。クラッチを切り、跨《また》がったまま両足で前進させ、公園の入口の傍に停め、ヘルメットを脱いで平らになった短い髪の毛のあちこちを片手でつかみ、整えようとする。シートに座った姿勢で大きく伸びをした。後どれくらいで、見上はやって来るのだろう？

見上から携帯端末に連絡があり、知らせたい情報があります、と待ち合わせ場所を指定されたのが二十分前のことだ。見上にこちらの電話番号を伝えた覚えはなかったが、きっと金森が教えたのだろう。何となく、気に入らなかった。情報、という言葉にすぐに会うのを承諾してしまった、自分のことも。

最初の爆破事件が発生してから、すでに二ヶ月が経過していた。被疑者である新発田の身辺捜査やネット上での追跡は空振りが続いている。その間、イルマは宇野へ和田管理官の悪口をいい立てて憂《う》さを晴らしていたが、実際は管理官のせいばかりではないことも理解していた。

最初の見立てが全て外れていた、ということだ。特捜本部の推測からすると、新発田は二件の爆発現場からそう遠くないどこかの安い宿泊施設に大きな荷物を抱えて身を潜め、ネット情報を怖々と覗いて捜査員の近付く足音に怯え、ぎりぎりの生活をしている、という話だったのだ。それは、イルマの予想からそう離れたものではなかった。

捜査対象となる宿泊施設を地理的にも金額的にも少しずつ広げ続け、結局今もって何の痕跡も見付からないのは、本当はもう新発田は自ら命を絶っているからではないか、と特捜本部の中で誰ともなく囁《ささや》かれ始めた時、突然新たな情報が飛び込んできたのだった。七日前の深夜、新発田の銀行預金口座から五十万円が、コンビニエンスストアのＡＴＭで引き出されたのだ。意外にも、ＡＴＭの場所は高層建築が並ぶ街なかにあった。周囲の宿泊施設を捜査員総出で検めることになり、その調べが今も続いている。不動産屋まで巡って潜伏先を捜していたが、そこでまた被疑者の足取りは途絶えてしまっていた。

目標が点として突如現れ、それでいてその先には繋がらない、という状況ばかりが続いている。飽き飽きしたイルマが趣向を変え、自動二輪車による見当たり捜査――被疑者を直接目視で発見する手法――を庶務班へ提案し押し通すことができたのは、また手詰まり感が講堂内に広がり始めたからだろう。

新発田は特捜本部を翻弄《ほんろう》しようとしているのでは、ともイルマは思う。コンビニエンスストアの防犯カメラは角度の問題で、ＡＴＭを操作する新発田を捉えることができていなかった。店側の不備を知った上で、そこを選んだように思えてならない。ＡＴＭに内蔵されたカメラは手早くシールで隠され、銀行からの通報を受けて地域課員が急行した時には、被疑者はもう消えていた。深夜勤務の店員は品出し中で、その姿を全く目撃していなかった。

新たな事実が出現しても、管理官の慎重な方針のせいで捜査の重点は緩やかにしか変更されず、結果的に常に出遅れる状況に……それこそ、結果論に他ならないけれど。

苛立っていることは自覚している。どれだけ街中を自動二輪車で巡ってもそれらしき人物は視界に入らない、というだけでなく、そもそもこの、高級商店の並ぶ街そのものが物性物理学の研究者とそぐわないように思える。少し道を逸れれば住宅街もあるが、それも高層マンションが立ち並ぶような区画で、新発田が潜んでいるような場所には見えない。ここに来るまでに通り過ぎたマンションの上部などは広場《テラス》までついており、その柵《さく》の上には野鳥除けの小さな飾りが並べられていた。そんな街に、本当に新発田が潜伏しているだろうか……短いクラクションの音が聞こえ、ステアリングに両腕を掛けてもたれていたイルマは顔を上げる。

すぐ傍に白色のセダンが停車していて、助手席の窓が下がり、見上が顔を覗かせた。イルマは片足でサイドスタンドを引き出し、ステアリングにヘルメットの紐を通してバイクから降りた。セダンに歩み寄り、助手席を覗き込む。どうも、と見上が車内から挨拶し、

「宇野君はどうしました？」

「……カプセルホテルを回ってる。もう二周目だけどね。それが、どうしたの」

「いえ。彼はどうも、私に対する視線が厳しいような気がしたもので」

運転席には仏頂面《ぶっちょうづら》の金森がいる。すぐに目を逸らした。見上はイルマが訊ねる前に、これを、と何かを窓から差し出した。手紙？　イルマが首を傾げていると、

「被害者の女性からです」

見上が言葉を添える。

「電気通信事業者ビルでの立て籠もり事件。オフィス・エリアに隠れていた社員で、名前の分からない、短い髪をした女性警察官のお陰で助かったと、お礼の手紙を警視庁の受付に持って来たそうです」

あの女性《ひと》か、とイルマはその時の情景を思い出す。オフィスの机の下に潜り込んでいた、同世代の小柄な女性。そちらに気を取られたせいで、斉東特製の空気銃の散弾を胸板で受け止める破目《はめ》になったのだ。苦笑してイルマは封筒に入った手紙を受け取り、ジャケットの内側に差し入れた。

「わざわざ、ありがと」

立ち去ろうとするが、

「その事件の、斉東についてですが」

見上の言葉に引き止められた。

「……何か聞いてる？」

「昨日、東京拘置所へ送られました」

再逮捕は一度だけだった、ということになる。イルマが考え込んでいると、

「斉東は完全黙秘を貫《つらぬ》いていましたが、いずれにせよ、犯行そのものは明らかなわけですから」

こちらの考えを見透かしたようにいい、

「殺人罪での起訴に本人の証言はもう必要ない、と検察も判断したのでしょう」

「……斉東が盗んだデータが何だったのか、捜査は進んだのかな」

「ある程度分かったそうです。サーバを調べ上げ、アクセス対象となったその範囲を推定することができた、と。顧客情報を狙ったのではなかったらしく……斉東が漁《あさ》っていたのは、研究開発部門のデータでした」

「どんな……」

「電気通信事業者の研究は、多岐にわたります。個人認証機器や、暗号。光ファイバーの伝送速度の向上。様々なアプリの開発。地形の電子情報化に関連して、無人航空機《ドローン》まで研究対象に含まれています」

「で、そこから絞り込めたの」

「残念ながら、ここまでですが……事業者の研究成果を狙っていたのは間違いないでしょう。そしてどうやら、斉東はそのデータを外部へ流出させたらしいのです」

首を傾げるイルマへ、

「海外のストレージへ何かのデータを移したようですが、国交のない外国内のもので、情報開示は望めないとか」

「斉東はきっと、マルウェアやハッキング・プログラムをUSBメモリに仕込んでいたのね……細かな証拠を隠滅するために、すぐにそれらを破壊した」

「四係もそう考えていますよ」

その研究データには、殺人と釣り合うだけの価値があるのだろうか。そして手製の銃弾が尽きた斉東は、すぐに逮捕に同意した。あの諦《あきら》めのよさは一体？　何もかもがしっくりこない。狙いが判明した、といわれたところで全然納得できない。

でも、斉東の起訴が決まった今となっては、それも過去の話だ。

「……拘置所での斉東の様子は知ってる？」

「何か問題を起こした、という話は聞いていません」

話を言葉通り受け止めれば、斉東は自らの今後を裁判の進行に任せている、ということになる……けれど四人を故意に殺《あや》め、反省の色も全くみられない斉東が死刑をいい渡される可能性は高く、少なくとも無期懲役は免れない。むしろ、穏やかでいられることが理解できなかった。全てを諦めた、と考えるべき？　あれほど強い殺意を持った人間が？

「見当たり捜査で、街の中に被疑者の気配は感じましたか」

見上による、曖昧な質問。まるで本当に、私に動物的な嗅覚《きゆうかく》があるようないい方。あるいは彼なりに気を遣っているのかもしれない。イルマは軽く頭を振って、全然、と答えた。

「斉東と相対しているよりは楽でしょう」

見上はあくまで穏やかに、

「危険な目に遭うこともない」

「あのビル、見晴らしはよかったけどね……そっちは？　潜伏先の捜査に進展は」

「こちらも同様ですね。正直にいえば」

疲労を落とすように頰を手のひらで擦《こす》り、

「単に預金を引き出すためだけに、この街を訪れたのかもしれない……という指摘は特捜本部内でも最初からありましたが、その可能性を高めるためだけに動いているような気分ですよ」

コンビニエンスストア周辺の防犯映像。地下鉄駅構内の防犯映像。タクシー運転手への聞き込み。都営バス内での目撃情報。新発田がＡＴＭを訪れた時間帯のそれらも現在の捜査範囲には含まれているが、成果が出たという報告は聞こえてこない。

――全部が、見当外れなのかもしれない。

イルマのつぶやきが聞こえたらしく、見上が車内でわずかに身を乗り出したのが分かった。反射的に見上の視線を避けようとした時、自分自身の言葉が頭の中で瞬《また》いた。

見晴らし。そして……全部が見当外れだったとしたら。

見上の目が車内の暗がりの中で、輝いたように思える。イルマは、見当たり捜査に戻る、と伝えてセダンから離れた。デュアルパーパス・バイクに跨がり、ヘルメットを被った。見晴らしのいい場所。あの時、光って見えたのは——

自動二輪車を発進させてすぐに、見上たちの乗るセダンが後をつけて来るのが分かった。元交通機動隊としての技術を駆使するまでもなく、四輪の後続車を撒くことは簡単だったが、今は見上たちに意識を向ける気にはなれない。確認したい場所のことで、頭が一杯になっていた。

——逆の可能性は？　街の隙間に位置するような低層住宅ではなく。あの時、テラスの柵で光っていたのは、野鳥除けの飾りとは全然別の……

幾つかの狭い十字路を折れ、イルマは大通りに戻った。テラスつきの高層マンションの傍まで着くと速度を落とし、慎重に近付こうとする。道路上の時間制限駐車区画に停められたミニバンの後ろにつき、ヘルメットのバイザーを撥《は》ね上げた。ジャケットから携帯端末を、太股に装着したホルスターバッグから小型の望遠レンズを取り出した。レンズは捜査中の撮影に用いるための、クリップで端末に固定するだけの簡単なものだが、十二倍の倍率は実用的な性能だった。イルマはバイクから降り、ミニバンに隠れ、端末のカメラ・アプリを起動し、マンションの上部へレンズを向けた。

野鳥除けの仕掛けではない。テラスの柵に巻き付いた朝顔の蔓《つる》の中で光を小さく反射しているのは、小型のカメラだ。一つではなく、飾りのように幾つものデジタル撮影機が道路を見下ろして設置してあり、あらゆる方角へ向けられている。イルマはより慎重に、ミニバンの車体で身を隠す。カメラの一つに、すでに撮影された可能性はあった。

——急がなくては。

バイクに乗り、注意深くマンション敷地内に進入した。アスファルト製の車道部分を低速で静かに走り、地下駐車場へ向かう。コンクリートに囲まれた空間で停車し、アクセルを何度か大きく空吹かしさせ、その場で待っていると、予想通り慌てた様子で管理人が姿を現した。

紺色の作業服を着た、肥満した中年男性だった。こちらに詰め寄ろうと小走りに来た管理人は突然イルマに警察手帳を突きつけられ、喉に何かを押し込まれたように口を結んで目を白黒させた。背後から排気音が聞こえる。振り返ると、白いセダンが駐車場に入って来るところだった。

+

エレベータを降りた金森が硝子製の扉を押し開き、地下駐車場の柱に隠れるこちらへと歩いて来るのが見えた。動いていました、と見上へ報告する。

「電気メーター内の円盤の回転速度は速く、暖房をつけているものと思われます」

作業服の上着を脱いで管理人へ返し、

「ドアスコープからは室内の光が漏れていました。恐らく、在宅しています」

「特捜本部へ連絡して」

こちらを無視しようとする金森へ、

「新発田の隠れ家を発見したこと。在宅していること。カメラを道路へ向けて多数取りつけ、警戒していること。地下駐車場に乗用車二台分の空きがあるから、立て籠もり事件のつもりで、偽装した警察車両で現着すること」

警察官三人の中で一番容姿が管理人に近い、というだけの理由で金森が新発田の部屋の前まで確認にいくことになったのだ。決めたのは見上だった。反論はせずに上着だけを着替えて最上階へ向かった金森だったが、不満を押し殺して無表情を装っているのはイルマにも分かった。そして帰って来た中年の捜査員は、興奮で顔を紅潮させている。

「……子供の使いじゃねえよ、俺は」

文句をいいつつも、金森は緊張の面持ちでセダンの運転席を開け、自分の背広を手にした。見上が管理人へ、間違いないですか、と念を押している。管理人は血の気を失った顔で、もう一度渡された顔写真を見直し、

「……二ヶ月半ほど前に、シンクの水流が悪い、という苦情を受けて部屋に上がったことがありますので」

大学の事務室から提供された写真は、学部のパンフレットに載った教員紹介用のものだ。

「よく似ている、ということだけは確かです。絶対に、という保証はできませんが……」

管理人は説明しつつも落ち着きなく片手の中で、新発田の部屋の合鍵を弄《もてあそ》んでいた。間違いがあった際、自分に責任が及ばないよう言葉を選んでいる。イルマも今になって迷いが生じていた。どうして新発田がここに潜んでいるのか、その理由が思いつかない。

管理人室の記録では、新発田は別人の名義で半年前に賃貸契約を結んだことになっている。二件の犯行は完全に計画的なもの、という話になるはずだが、それにしては管理人と顔を合わせている事実といい、突然の銀行口座からの引き出しといい、動きが粗すぎるように思える。第一、この高級マンションの家賃は、彼にとって高すぎるはずだ。意外性だけを考えれば潜伏先の選択は、本人の目論見《もくろみ》通りだったことになるけれど——

物音に振り返ると、見上がセダンのトランクを開けていた。内部を探り、大型の工具——あれはチェーン・カッターだ——を取り上げて管理人に近付き、当然のように合鍵を受け取った。金森へ、いこう、と告げ返事を待たず硝子扉へと歩き出した。イルマは不穏な空気を感じ、急ぎ追いついて見上のコートの袖をつかみ、

「どうするつもり……」

「直接、訪問して確かめます」

唖然とするイルマの手を振り払い、合鍵でオートロック式の扉を開けた。慌てて地下通路まで追いかけ、

「相手は、爆発物を所有する被疑者なんだって。もっと計画的に、外出時を狙って確保するべきだよ」

「外出時に爆発物を所持していない、という保証もありません。結局、同じことでしょう」

エレベータのボタンを押し、

「次に、いつ外へ出るか分かりません。ひと月先かもしれない」

イルマはぞっとする。見上は今、明らかに冷静な判断ができていない。平静を装う風だったが、首筋が興奮で赤く染まっていた。金森も追いつき、見上の顔とこちらを見比べている。駐車場の奥で管理人が一人、不安そうに柱の陰で突っ立っているのが見えた。

駄目だ、とイルマは見上の横顔へ強くいう。

「危険が大きすぎる」

「……あなたの考えていることが分かる」

眼球だけがイルマへ向き、

「あなたは両脚を少し開き、床を踏み締めて真っ直ぐに立っている。脚を開いているのは、自分の縄張りを主張する動物的な行為だ。そして、両脚の硬直具合は強い緊張を表し

ている。現在の状況に焦り、言葉と態度で私の行動を阻止しようとしている。つまり――」

エレベータの到着をチャイムが知らせる。

「――あなたは、手柄が奪われるのを悔しがっている、ということです」

見上が中に乗り込むが、イルマはドアに手を掛けて上昇を阻み、

「私が読んだ読心術《コールドリーディング》の説明には、ボディランゲージは些細《ささい》な役割でしかない、と書いてあった。科学としては、とても曖昧で怪しげだと」

見上が指摘したことは全くの嘘でもない、とも考える。それでも、彼は事象を自分に都合よく解釈しすぎている。目の前に被疑者らしき人物が現れたことで、獲物を求める功《こう》名心《みょうしん》への押さえが利かなくなっているのだ。見上の張り詰めた表情が不意に緩み、

「時には……度胸も必要ですよ」

笑顔が広がった、と認めた途端、イルマは激しい勢いで背後の通路へと突き飛ばされ、自動販売機の前に転がり倒れた。金森さえ呆然とする中、エレベータの扉が閉まった。イルマはすばやく起き上がり、金森へ、

「上の階から順に、住民全員へ管理人室から連絡。急いで避難させて」

しかし、と躊躇する相手へ、

「避難が無駄に終われば、それでいい。でも、もし本当に何かあった時は？　特捜本部も警視庁も社会的評価は壊滅的に低下することになる。テラスに設置された監視カメラの数

を見た？」

もう一基のエレベータを呼び寄せるために、ボタンを拳《こぶし》の底で何度も叩き、

「新発田はもうカメラを通して、こちらの動きを察知しているかもしれないんだよ。奴がもし自暴自棄になって、蓄えたプラスチック爆薬を全て起爆させた時にはどれほどの被害が広がるか、あなたに想像できる？」

「だが、爆発するなんて伝えては、皆パニックに……」

「ガス漏れとか何とかいっときなって」

ようやく到着したエレベータに乗り込んだ。振り返る前に、金森の走り去る足音がイルマに届いた。

＋

最上階の通路を進んでいると突然扉の一つが目の前で開き、赤ん坊を抱えた若い女性が現れた。焦り施錠する様子にイルマは警察手帳を見せ、大丈夫です、落ち着いて避難してください、と声をかけ通り過ぎた。足音が通路に響かないよう気を遣うべきだったが、歩速を緩めることができない。道路側の通路に出た。外からの風をひどく冷たく感じ、イルマは自分の首筋が冷や汗で包まれているのを知った。

一番奥の扉の前に、見上が立っていた。静かに扉を開け、チェーン・ロックの有無を確かめている。足を速めるイルマに気付き、見上は一気に扉を開き、室内へ踏み込んだ。閉じた扉を前にして、イルマはその後を追うのを躊躇《ためら》ってしまう。室内からは、何の音も聞こえてこない。少なくとも、玄関付近に仕掛けは施《ほどこ》されていなかったらしい。建物の内外で、喧騒《けんそう》が発生し始めている。異常事態をできるだけ穏便に伝え、尚且《なおか》つ避難を急がせる必要がある。金森にそれができるだろうか？

室内の様子を確かめなければ。

イルマはノブをつかみ、そっと回転させた。覚悟を決め、息を呑みつつ扉を開ける。短い通路の先に、磨り硝子の嵌まった扉が見える。靴を履いたまま室内に上がり、扉を開けた途端、陽光とともに異臭が流れ出してきた。広いフローリングのリビングには何の家具もなく、ダイニングキッチンのシンクから幾つものレジ袋が溢れているのが視界に入った。覗き込むと、食品のプラスチック容器とペットボトルが無造作に詰め込まれている。異臭の発生源だった。キッチンの奥に大きな窓があり、テラスを窺うことができる。屋外のコンセントから複数のコードが延び、それぞれの先が、朝顔の蔦《つた》の中に潜り込んでいた。朝顔の植えられた花壇の端が欠け、黒い土が零《こぼ》れて床のタイルに散っている。

不安が拭《ぬぐ》いきれない。広い室内に立ち、ホルスターバッグから特殊警棒を取り出して静かに伸長させた。室内は寒く、外気温と変わらないように感じられる。物音がしない。

リビングの奥に、二つの木製の扉があった。建物の形状からすると、それぞれが小部屋となっているはずだ。一方の扉から、動くな、という見上の厳しい声が届いた。イルマは近寄り、片手で警棒を握り締め、緊張を呑み込んで扉を開ける。

大きなデスクチェアに座る男性の背中。白髪の交じる長髪。背後からでも、新発田だと分かる。その斜め後ろで見上がチェーン・カッターを頭上に掲げ、被疑者が怪しい動きをみせた時には本当にそれを振り降ろすつもりでいるのだろう、拳に力が入り、静脈が浮き出ていた。

机には三台の大型モニタが置かれ、それぞれに表示された多くのウィンドウが別々の映像を映し出し、新発田はやや俯く姿勢で、そのどれかを凝視している。ウィンドウの幾つかには、道路を見下ろすテラスからの動画が流れている。

室温の低さに、身震いした。ひどく寒く、そして乾燥していた。空調のランプが点いていることにイルマは気付く。これは……冷房？　ウィンドウの一つに注意を送った時、唐突に全ての意味が集結した。見上、と声を落として呼びかけ、

「すぐに下がって」

イルマはゆっくりと後退《あとずさ》りし、背後に回した手で扉のレバーハンドルに触れた。

「新発田はすでに死んでいる。部屋のものには、何も触れないで」

見上は、その場から動こうとしなかった。ウィンドウの一つには、室内の様子も机上か

らの広角レンズで映し出されていた。隅に、マウスを握る新発田の指も焦点のずれた像として写り込んでいる。

「見上、新発田は《ｅｘ》じゃない。これはきっと、罠だ」

　ややぼやけてはいても、ガーゼを何重にも巻いた人差し指が見て取れた。第二関節から先がなく、断面部分のガーゼが黒く固まっている。

　切り離した人差し指を用い、本物の《ｅｘ》は指紋認証を偽って大学研究室に忍び込み、小包に偽装した爆薬を置き去ったのだ。この部屋がまるで冷蔵庫のように冷やされているのは椅子と机に固定した遺体を保存するためであり、これ見よがしにテラスに設置されたカメラも含め、その意図は警察を誘い込むこと以外、考えられない。

　イルマは静かに扉を抜けてリビングから、見上、ともう一度呼びかける。目前の豪華な食事から目を離せない亡者《もうじゃ》のように、見上はこちらの言葉が耳に入っていない。けれど一瞬、イルマの方を振り返った。冷笑を浮かべたようだった。この獲物は俺のものだ、と。見上が工具を振り上げたまま被疑者の前方に回り込み、その顔を覗き込む――

　モニタの一つが見上の姿で陰り、その瞬間、小さな作動音をイルマは聞いたように思えた。本能的な瞬発力でリビングの端へ滑り込み、体を丸め、手のひらで両耳を押さえた。激しい衝撃で建物が揺れる。リビング側へ木製の扉が砕け散り、イルマの脚にまで破片が届いたのが分かった。振動が去っても何かの降り注ぐ音が続き、ようやく瞼を開けたイルマは天井の壁紙が破れ、下地の梁《はり》とコンクリートが剝き出しになっているのを知った。

体を起こし、立ち上がる。顎が痛く、その理由が歯を食い縛りすぎたせいだということに、ようやく思い至った。無意識に捨てた特殊警棒が窓に当たったらしく、硝子にひびが入っていた。

警棒を拾い上げ、ふらつく足取りで新発田の遺体と見上がいたはずの部屋へ歩み寄った。頭の中で高音の耳鳴りが響いている。

二　死の領域

s

拘置所C棟の最上階に位置する個室の運動場は、単独室と同じ狭さだった。四方はコンクリート・パネルで塞がれ、頭上は金網で閉じられている。警備隊員が背後の高い位置からこちらを見下ろし監視しているのが、編み上げ靴の立てる足音で分かる。その視線を無視し、斉東は金網の先の青空を立ったまま眺めていた。

あのピックアップトラックの窓にも、金網が取りつけられていた。それを車体に足した男は、防弾性能を高めるため、と称していたが本当はとにかく溶接作業がしたいだけの若者で、トラックが重くなると他の武装警備員《オペレータ》からの不評を買っていたものだった。だが、実際に武装勢力からの襲撃を受けた際には役立ったのだ。少なくとも、斉東はそう信じていた。その戦闘が起こったのは米軍少将を護衛していた道中――傭兵が正規の軍人を護るのは矛盾のように思えたが、優先度の低い任務は兵力不足を補うために民間軍事会社に任されることもあった――で、少将の乗る四輪駆動車の前後を二台のトラックで護り、舗装のない道を砂埃を上げて進んでいた時のことだった。側面の窓を覆っていた金網が火花を発して銃弾を弾くのを、斉東は確かに見た。

廃車置き場から武装勢力が現れ激しい戦闘になったが、弾薬量で勝《まさ》っていたのは資金力で上をいく民間軍事会社の方だった。互いに死傷者を出し、一時間後に相手が撤退することで戦闘は終了した。恐らく、数十人いた武装勢力のうち、四、五人は死んだはずだ。こちらの死者は一人だけだった。溶接好きの若者。銃弾が、後頭部を吹き飛ばしていた。民間軍事会社に入る前は、父親の営む自動車工場で働いていたという。父親は病で亡くなり、工場は潰《つぶ》れ、そしてその息子も砂漠の広がる国で命を落としたことになる。斉東は葬儀に参列しなかった。誰の葬儀にも出たことはない。あの若者は今、父親と同じ墓地で眠り、現世の愚痴でもいい合っているのだろうか。それとも、今も魂だけは砂漠の上を彷徨《さまよ》っているのだろうか。生前と同じように、自分自身を証明しようと。

青空。砂漠で仰ぐ空よりも薄く、深みが足りないように思える。ここは、死から遠い。

斉東は広げた両手を見下ろした。拳を握り、力を込める。衰えは感じない。毎日の、室内体操として定められた下らない運動を刑務官に悟られないよう独自に改変し、積極的に全身の筋肉に負荷を与え続けた成果だった。

深く息を吸うと、肺が空気で一杯になったところで横隔膜《おうかくまく》辺りに震えを感じる。それが静かに全身へと広がり、指先まで不安定になりかけた。斉東はもう片方で手首をつかんだ。体内に溜め込んだ退屈が今すぐにでも噴き出ようとしている。

手首に爪を立て、まだだ、と自らを制御する。だが、もうすぐだ。もう少しの辛抱《しんぼう》だ。

民間軍事会社のオペレータであった頃の高揚感が蘇り、小さな針で胃壁を刺し続けている。斉東は唾《つば》を呑み込んだ。

単独室の中では姿勢を変えただけで刑務官の非難を浴びるが、ここではどんな運動をしても咎《とが》められることはなかった。動かなくとも構わない。直前の激しい運動は、控えるべきだ。隣からは、狭い運動場内を走り回る未決拘禁者の息切れがパネルを越えて聞こえてくる。斉東は人工芝の上に立ったまま、また空を見上げ、外の様子に耳を澄ました。自分自身が、起爆を待つ爆薬になった気分だった。今はもう空隙《くうげき》のほとんどない体内に、退屈をぎりぎりまで蓄えようとする。

敷地内の喧騒の音が届いた。警備隊員の動揺も頭上から伝わるが、それは雑音《ノイズ》でしかない。サイレンが聞こえる。救急車が拘置所内に入った、ということだった。

運動終わり、と警備隊員が号令をかけた。拘置所内の異常を知り、三十分あるはずの運動時間を切り上げたのだ。混乱が始まろうとしている。興奮が斉東の食道をせり上がろうとする。

扉が開き、通路端の白線に沿っての整列を命じられる。五人の未決拘禁者が並び、それを監督するのは、たった二名の警備隊員だ。戦場にいた斉東からすると奇妙なことに、彼らはどちらも拳銃を所持していない。特殊な事態が生じた際には、一体どうするつもりなのだろう？　どちらの警備隊員も明らかに、急ぎ階下へ戻ろうと浮き足立っている。

戦いに必要なものは準備と速度だ。準備が平常心を支え、速度が闘争心を煽《あお》り、互いを補完し合って体内で高速回転する――

未決拘禁者の列が階下の独立室への移動を開始しようとした時、ふらついた斉東は並びを逸れた。腹部を押さえ体調の悪さを装うと、警備隊員の一人が、おい、と高圧的な声を上げて近付いて来た。顔を上げた斉東は拳をその顔面に叩きつけ、鼻骨と何本かの前歯をへし折った。

くずおれる警備隊員の体を支え、その腰から特殊警棒を抜き出して一振りで素早く伸ばし、呆然と立つだけの、もう一人の隊員へ襲いかかった。

i

「イルマ、説明しろ」

マンションのエントランスに木霊《こだま》が起こるほどの大声で、和田管理官が問い質《ただ》そうとする。歩道で立入禁止テープ《キープアウト》に阻まれた野次馬たちの注目を浴びているのが分かり、イルマは座り込んでいた階段から腰を上げ、市民の視界に入らない地下へと歩き出した。駆け降り、エレベータの前を過ぎたところで、管理官に捕まった。

「なぜお前が見上といた」

ライダースジャケットの襟をつかみ、引き立てようとする。イルマの行動を単に、反抗的態度によるものとしか認めていない。両目は血走り、我を失っている様子だった。

「どうして真介が爆発に巻き込まれたんだ。貴様、一体何をあいつに吹き込んだ」

飲料水の自動販売機に体を押しつけられ、イルマの胸に広がったのは虚《うつ》ろな感覚だった。幾らでも状況を説明するつもりはあったが、今、管理官にそれを理解するだけの思考力が残っているとは思えない。今回の捜査手法と結果は、そのまま管理官の不手際とされるだろう。彼の思い描いていた出世への行程は、絵空事でしかなくなったことになる。

管理官の怒声が遠くに聞こえる。あの時、何をすればよかったのか、イルマはそのことばかりを考えていた。耳の奥で、高音が小さく鳴り続けているが気のせいかもしれず、外部と体内の区別が曖昧になっているのを感じる。何をすればよかったのか。どうしていれば、見上の行動を止めることができたのか。

爆発のあった直後、部屋の中を朦朧《もうろう》とする意識で覗いたイルマは、見上の変わり果てた姿を発見した。下地を剥き出しにした壁や天井には血液が飛び散り、それが見上のものであるのはすぐに分かった。実際に爆《は》ぜたのは新発田の上半身だったが、すでに細胞組織の多くは乾燥していたらしく、周囲に張りついた皮膚と乾きかけた内臓と骨片は灰色にくすて取るとキッチンカウンターの上部、レンジフードに掛けられたタオルを全て取ると異臭の満ちる部屋に震えながら戻り、急ぎその場で見上の腕と脚に止血を施した。出血が見上に脈のあることを示してもいたが、火傷に覆われた横顔からはかろうじて生命の名残が感じられるだけだった。タオルの一枚をシンクのごみの山の上で水を流して湿らせ、見上の顔の火傷に載せた。そこまで行動した時点で完全に全身から力が抜け、見上の上半身を抱えたまま座り込み、応援が到着するまでの間、ただ呆然としていたのだった。

後頭部を、自動販売機のアクリル板に叩きつけられた。イルマは肺に溜まった気怠《けだる》さを吐き出して、

「……止めたんだけどね」

顎を上げて相手の目を見据《みす》え、

「いうことを聞かなかったもので。どうしても、自分の手柄にしたかったらしくて。案の定、新発田の遺体が抱え込んでいた爆薬が起動して……」

再び衝撃がイルマの頭を揺らした。頬を張られたことを認めると、胸の内で燻《くすぶ》っていた怒りが一気に膨れ上がった。

「あんたは、奴に何を教えてきたんだ」

管理官のコートにつかみ掛かり、

「あの異常な上昇志向は、あんたが植えつけたのか？　奴の気性を利用して、あんた自身

が出世するために？」

食い縛った歯の間から、憤怒《ふんぬ》が熱気となって噴き出そうとする。管理官も顔面を赤く染め、怒りに体を震わせていた。押し返そうとするイルマを、もう一度自動販売機へ叩きつけようと全身に力を込めたのが分かった。

管理官の腕を、横からつかむ者がいた。金森だった。やめてください、と絞り出すような声で、

「この女のいったことは本当です。忠告を聞かなかったのは、見上の方でした。応援が集まる前に、自分だけで確保するつもりだったんです」

イルマの体を管理官から引き剝がそうとする者がいて、振り返ると宇野だった。駆けつけたらしく、息が切れている。金森と宇野に分けられ、管理官とイルマはつかみ合うのをやめた。見上は死んでいません、と金森がいい、

「回復は見込めるはずです。落ち着いてください。捜査一課に復帰する、という可能性も……」

「あの体で、か」

管理官が項垂《うなだ》れ、鬼火の宿るような視線を向け、

「お前は見たんだろう」

イルマは目を伏せた。よく見れば両手にもデニムにも、見上の血液が黒くこびりついて

いる。見上は肘と膝関節から先の片腕と片脚を失っていた。消えた腕と脚をイルマは部屋を見回して捜そうとしたが、見付からなかった。顔の半分は焼け焦げ、もう半分は生命の消えかかった白い肌をしていた。警察病院へ救急搬送された見上は、どうなったのだろう。管理官への返答を躊躇った。ここで何かを肯定、あるいは否定することが見上の未来に影響を及ぼしてしまうような気がした。見上の意識が戻るのかどうかイルマには判断できず、無事意識が戻ったとして、彼が自分の境遇をどう感じるか想像できなかった。

和田管理官も口を噤んだ。それ以上何もいわず階段へと戻ってゆく。一階からこちらの様子を窺う数名の警察官がいて、管理官が階段を登り始めた途端、慌てて上へ引き返した。

特捜本部を立て直してください、とイルマは管理官の背へ進言する。

「犯人は、新発田ではありませんでした。最初から、全てをやり直す必要があります」

聞こえているようには見えなかった。何の反応もみせず、階上へ姿を消した。

急に喧騒が遠ざかったように感じる。地下の通路が静まり返った。金森がイルマを睨みつけ、潰れた煙草の箱から一本を咥《くわ》えて抜き出し、火を点けた。そのまま視線を逸らさないものだから、イルマも意地になり、

「……借りだとは思っていないからな」

「お前に貸しを作ったからって、どうなるんだよ」

低い声で、

「これで俺の出世もお終いだ」

「……昇進を人に頼ってんじゃねえよ」

「俺がこの数ヶ月の間、どれだけ我慢したと思う……」

金森は思いきり紫煙を吐き散らし、

「はっきりいえば、お前の捜査に巻き込まれて、尻拭いして回るのと違いはなかったぜ。見上の頭の回転は確かに速かったがね……その頭脳のほとんどが、誰かの功績を掠め取ることばかりに使われているんだ。で、掠め取る価値はないと判断した相手は、屑のように扱いやがる」

狂ったように片手で髪の毛を掻《か》き、

「……だが、奴は和田管理官と昵懇《じっこん》だからな。周りが敵だらけのお前とは、そこが全然違う。俺が昇任試験に受かった時には、真っ先に役職の空きに捩《ね》じ込んでもらえるはずだった。警部までは一直線にな。大それた望みでもないだろ……だが、それもお終いさ。あの傲慢な若造もな。傲慢だが、あんな風になっていいって話じゃねえ。あんな……」

金森も爆発後の見上の姿を見ている、ということをイルマは知らなかった。口乍の捜査官は通路の柱に寄りかかり、

「無理に飛び出そうとすれば、しっぺ返しを喰《く》らうものさ。自然の摂理《せつり》、って奴だ。他人《ひと》事《ごと》じゃねえよ。お前にいってるんだぜ」

「……ここ、喫煙場所じゃないよ」

金森は鼻で笑い、その場を離れて開け放たれた硝子扉を抜け、駐車場へ出ていった。後ろ姿を見送っていると、傍に立っていた宇野が、主任、と小声でいい、

「現場検証に協力して欲しい、と鑑識課が……少し、休みますか。ここにいてください。上へ説明して来ます」

「いや……いくよ」

イルマはエレベータのボタンを押した。使用許可はまだ下りていないはずだったが、階段で最上階へ向かうだけの気力はなかった。中に乗り込み、上昇が始まると宇野が躊躇う様子で、

「別の件ですが……もう一つ、問題が起こりました」

「何……」

「我々の捜査とは関係がありませんから、主任が聞く必要はないのですが」

イルマは小さく笑い、

「そこまでいわれたら気になるって。何?」

「……斉東克也が、東京拘置所から脱走しました」

部下の顔を見上げる。

「冗談……ではないよね」

「四時間前のことです。警備隊員を二名殺害し、逃走中。現在も確保されていません」

「どうやって……最新設備の整った拘置所でしょ」

「当時、未決拘禁者の間で集団食中毒が発生し、刑務官のほとんどがその対処に追われていたらしくて。敷地内に救急救命士が大勢出入りして、相当混乱していた模様です」

「周囲の住宅街に潜伏しているんじゃ……」

「緊急配備も発令されていますが……警察官を総動員するのは時間的にもう限界でしょう。混乱に乗じて斉東の他にも逃げた者がいるらしく、奴にだけ人員を集中させることができない状況のようです」

「そう……」

　突然発生した事態を、斉東が素早く利用したのだろうか？　何か、出来すぎているようにも思う。イルマは大きく息を吐き出した。思考がうまく回転してくれない。大丈夫ですか、と宇野に訊ねられ、

「私は、ね」

　無理に飛び出そうとすれば、しっぺ返しを喰らうものさ——金森の言葉が蘇る。

「主任は、最善を尽くしたと思います。少なくとも、市民に被害は及びませんでした」

　分かったようなことを、と考えるが、怒りは湧いてこなかった。イルマはふらつき、隣に立つ宇野にぶつかってしまう。瞼を閉じ、部下の肩に頭を乗せて、

「……ちょっと休ませて」

と頼んだ。宇野は何もいわず、エレベータが最上階に達するまでの短い間、イルマを支え続けてくれた。

＋

深夜に近付き、ようやく捜査会議が開かれた。

現在も鑑識作業の続く中、特別捜査本部は全員参加を求めるよりも、初動捜査から帰った捜査員だけをいったん集めることにしたらしい。

特別捜査本部の拠点となった講堂は、沈痛な雰囲気で覆われていた。受け取った報告書をPCへ入力する庶務班の、キーを叩く音ばかりが高い天井に響いている。隣に座る宇野と無駄話をする気にもなれず、重い空気に浸ったまま事件の解決に繋がる有益な情報が現れるのを待ったが、その気配すら感じない。イルマ自身にも、会議中、爆発時の状況を説明する義務があった。すでに宇野の助けを借りて、報告書は書き上げていた。宇野は、イルマがぽつりぽつりとしか話す気になれない当時の状況を最小限の質問を挟むだけで、綺麗な手書きの文字で手際よく整えてくれた。

もう何度頭に浮かんだか分からない、会議をすっぽかしてしまおうか、という考えを押さえ込んでいると、和田管理官を先頭に幹部たちが入室し雛壇に腰掛けた。幹部たちですら音を立てるのが罪であるかのように振る舞っており、その様子にもイルマは苛立った。何もかもが気に入らない。

報告書のコピーを片手に、イルマは爆発物が起爆した際の状況を説明する。憂鬱《ゆううつ》な気分が口調に表れそうになるが、できるだけ機械的に報告することで自分の役割を果たした。被疑者と考えられていた新発田晶夫の遺体が室内に存在した事実、PCとカメラを利用した仕掛けか、あるいは遠隔操作で爆発物が起動した可能性まで話したが、誰からの質問もなかった。管理官さえも説明に割り込むことはなかった。

初動捜査に参加した他の捜査員たちの報告が始まるが、可能性、という言葉ばかりでめぼしい情報は発言されそうにない。やはり、と思い、イルマは音を立てず溜め息をついてしまう。体内に残ったわずかな気力も抜けていくようだった。

続いて、捜査支援分析センター《SSBC》の分析官が立ち上がり、依頼された犯罪者プロファイリングの結果を発表します、といった。

意外に思ったのは、イルマだけではないはずだ。現在の、この少ない情報の中で事象を分析して、有益な何かを掬《すく》い上げることなどできるのだろうか。窃盗や放火の連続事件と違い、基盤となるデータベースに、事例数が揃っているようには思えない。

分析官が説明したのは地理的プロファイリングと呼ばれる手法だった。三つの犯行の計画性から推測して、犯人は現場の近隣には住んでおらず、ただし全くゆかりのない場所を選んだとも考えられず、ある程度生活圏と重なってはいるだろう、という。数枚のA4用紙を留めた書類が前列から配られ、目を通すと、犯行現場三点を収めた地図に居住地を予測する範囲が、可能性の高い箇所を頂点とする一種の等高線で描かれ、鮮やかな色で塗り分けられている。

講堂内からは何の反応も起こらなかった。イルマは警察学校時代のプロファイリングの初歩についての講義を思い出す。半信半疑でしか聞くことができなかった、退屈な時間を。地図で示された居住地予測は明らかに範囲が広すぎ、捜査の役に立つとは思えない。分析官は犯人像に関して、特定の人物に対する恨みではなく大学関係者等、ある一定の属性を対象にしているようだが、現時点ではむしろその範囲を予想しない方がよい、と話し、また警察への攻撃は捜査そのものへの反発、あるいは世間全体への怒りによるものであり、犯人と警察との特別な因果関係は現在のところ見出せない、といって着席した。

ありがとう、と和田管理官が短く礼をいった。たぶん、とイルマは思う。SSBCも、捜査手段に欠ける特捜本部からの切実な依頼を受けて、半ば無理やり分析結果を作製したのだろう。分析官の背中は丸められ、その態度からは居心地の悪さ以外、何も伝わってこない。

「……爆破に巻き込まれた見上捜査官についてだが」

静かな口調で管理官がそういい出し、イルマをはっとさせた。

「意識は戻っており、感染症の恐れもなく現在は怪我の状態も安定している、ということだ。ただし強力な麻酔を用いているために、受け答えはほとんどできない」

いったん言葉を切ってから、

「……現場への復帰は難しいだろう、ということだ。内勤であればできるかもしれないが、本人が望むかどうか……正直いって、分からないな」

最後は独り言のようだった。イルマはふと、金森の姿を講堂内で探すが、見当たらないことに気付いた。管理官は続けて、

「はっきりいえば、捜査は振り出しに戻ったという状況だ」

講堂内を見渡し、

「追い詰められた新発田が自殺を試みた、という様態でないことは分かっている。一週間前にコンビニエンスストアのATMで新発田名義の口座から出金した人物と遺体は、死亡推定日時からして同一人物ではない。検視官の話では、新発田の遺体は——爆発によって吹き飛んだ片手から指紋、掌紋《しょうもん》で本人と確認している——二ヶ月は室内に置かれ、乾燥が進んでいたという話だ。つまり、新発田は数ヶ月前から何者かに利用されていた、という格好になる。出金した人物は明らかになっていないが、我々が追うべき犯人がそちらであるのは間違いない。爆発物の仕掛けられた部屋のテラスからは、複数台の監視カメラも

見付かっている。犯人は、こちらの動きを察知していたはずだ。だが……室内のPCもネットワーク機器も爆発によって破壊され、解析ができる状況ではない。全ては、今後の君たちの捜査にかかっている」

一応、和田管理官は冷静さを取り戻している、とイルマはそう思う。

「もう一つ。先程分析官から、警察への攻撃は捜査に対する反発では、という話があったが……今後の捜査の進展によりその攻撃性が増す、という状況は充分に考えられる。警視庁も捜査員も攻撃対象に選ばれる可能性は、低いとはいえないだろう。特捜本部に所属する諸君は是非、身辺を観察して異常を見逃さないよう、気をつけてもらいたい」

空気がさらに重みを持ち始めたように感じる。捜査員たちの反応は鈍く、まるで全員が冷たい水底《みなそこ》で屯《たむろ》しているようだ。突然沈黙を破ったのは、イルマから数メートル前方に座る、黒い制服姿の爆発物対策係員だった。

「何に気をつけるんですかね……」

土師がゆっくりと立ち上がり、

「あんたらにできるのは結局、配達された小包に怯えて遠ざかる、ってくらいだろ。分からないかね……今回の件は最初からATMでの引き出しを餌《えさ》に、新発田の遺体をブービートラップにしたあの部屋へ警察を誘い込む計画だったんだ。トラップだよ。はっきりとな。社会への怒り？　捜査への反発？　そんな分析が何の役に立つ……」

少なくとも、罠《トラップ》、という部分についてはイルマも同意見だ。

「爆薬ってのはな、物理作用だ。急激な化学変化であり、それ以上でも以下でもない。そして、爆発物は観察して見破るものじゃないんだよ。気配で知るんだ。視界の中にあるものを視覚聴覚で捉えるんじゃなく、その場の状況から素早く察知するんだ。いいか、実際の爆発物には存在を教える電子音はないし、残り時間を知らせるデジタル時計や、どちらかを切断すれば起爆を免れるような、赤と青のコードが繋がっていたりもしない。例えば、これだ」

腕を高く挙げ、手の中の何かを誇示してみせる。粘土のように見える……まさか。

「これはな、爆発現場で起爆し損なったプラスチック爆薬だ。椅子の座面で隠れ、エネルギーが伝わらなかった残りものだよ」

土師の声には、怒りが込められている。

「鑑識はこれを、全部科捜研へ送ろうとしやがった。必死に頼み込んで、爆発物対策係《こっち》にもお裾分けしてもらった、ってわけだ」

「……許可した覚えはねえぞ」

そういったのは、古株鑑識員の渕だ。雛壇の管理官が土師を睨みつけ、

「勝手な真似をするな。すぐに科捜研の成分分析へ回すんだ」

「俺の話を真剣に聞く気は？」

土師は周囲を見回した。一瞬、視線がイルマで止まり、薄く笑ったようにも思える。

「なぜ俺の話を真剣に聞く必要があるか……あんたらには、まずそこから教えないといけないようだ」

土師は手にしたひと塊ほどのプラスチック爆薬を、大きな音を立てて机に叩きつけた。前後左右に位置する捜査員たちが、思わず身を離すのが見えた。隣の爆発物対策係員が同僚を諫《いさ》めようとするが、土師は聞く耳を持たず、懐《ふところ》から取り出したものを机上の爆薬に近付ける。

ガスライターだ、とイルマは気付く。小型のバーナーのように青い炎が勢いよく噴き出し、その先が爆薬を舐《な》めた。

講堂内が騒然となった。波紋が広がるように動揺が伝わり、捜査員のほとんどが席を立ち、土師とプラスチック爆薬から急ぎ距離を取ろうとする。

イルマはその場を動かなかった。これから何が起きるか、以前の捜査で直接土師から教えられていた。苦々しい気分で、黒色の制服姿の背を見詰める。相変わらず、狂った奴。

隣の宇野がこちらを見ているのに気がついた。自分も動かないことに決めたらしい。宇野は浮かしかけた腰を折り畳み椅子に戻した。イルマと宇野の周りでは、長机と椅子の配置が乱れ、衝突を繰り返して硬い音色を響かせ続けている。

消せ、と雛壇で怒鳴る署長を土師は広げた手のひらで制し、

「いいから、見なよ」

落ち着いた様子で炎に包まれる爆薬を指差して、

「プラスチック爆薬ってのはな、簡単には爆発しないんだよ。火が点いても、ただ燃えるだけで起爆はしない。爆発させたけりゃあ、もっと感度の高い起爆薬の詰まった雷管が必要なのさ。起爆感度が低いからこそ、民間の工事でも軍隊の作戦でも使われる。つまりあんたらは全員……いや、ほとんど全員は、その程度のことも知らないわけだ」

せせら笑い、防火仕様の制服の上着を素早く脱ぐと爆薬の上に広げ、消火した。表面を焦がしたプラスチック爆薬を手のひらで軽く叩き、

「俺は専門家なものでね……科捜研の分析よりも先に、専門家の意見を聞いてもらいたいんですがね」

講堂内から物音が消え、静まり返った。管理官も言葉をなくしている。騒動の張本人である土師が静かに上着を着ると、まるでその動作が平常の帰ってきた合図であるように、捜査員たちが元の場所に戻り、着席し始めた。土師は乳白色の塊を取り上げて両手の中で転がし、表面を叩き、某を落とした。爆薬に顔を近付け、何かを確認しているように見える。振り返って、イルマ、と呼びかけ、その塊をこちらへ放り投げた。

弧を描いて落ちるプラスチック爆弾をイルマが受け止めると、土師は、

「お前なら、分かるか」

「何……」

困惑するイルマへ、

「臭いを嗅いでみろ」

土師を主演とする舞台に、無理に引き上げられた気分だった。顔を間近まで寄せなくとも、異臭は空間に広がっている。イルマは渋々と、

「……この臭いが何？」

「工業オイルだと思うか？」

何がいいたいのかイルマには分からなかったが、

「香水か何か……の香料が混ざっているように感じるけど」

「それだけか？　理解していないな、お前も」

イルマは顔をしかめ、座ったままプラスチック爆薬を投げ返した。土師が再びそれを掲げて周囲へ、

「いいか、これまで使われた一連のプラスチック爆薬は、科捜研によるマーカー検出で、アメリカ製のC－4という話になっている。では、なぜ香水みたいな臭いがする？　だれか答えられる人間がこの中にいるか？」

講堂内が小さく騒《ざわ》めいた。すでに土師の独擅場《どくせんじよう》と化しており、幹部たちもすっかり毒気に当てられ、何の言葉も発することができない。C－4には、と土師が話を続け、

「硬化を防ぐ成分として、微量のモーターオイルか鉱物油《ミネラルオイル》が添加される。いずれにせよ独特の工業オイル臭がするんだ。燃やせばよく分かるだろう？　そしてこいつにはなぜか、香料らしき匂いも混ざっている。その理由は？」

化粧水だ、とイルマは気付いた。化粧水にはミネラルオイルがよく含まれている……つまり。イルマの小声が聞こえたらしく、土師が軽く頷いて、

「つまり、このプラスチック爆薬には、工業用ミネラルオイルの代わりに市販の化粧水が使われているってことさ。だがマーカーはC－4であると主張している。ここまで話せば分かるだろ」

前方の雛壇へ向き直り、

「これはC－4を模した、個人製作のプラスチック爆薬ってことだ。化粧水なら簡単に手に入る。少量であれば、モーターオイルを売買するよりも扱いやすい……もっと早く気付いていたら、な。最初の現場には俺も臨場したがね、残念ながら周囲にも火が点いていたせいで、この臭いを嗅ぎ分けることができなかったよ。最初からこっちにもサンプルが回されていたら……と思いますよ」

今度は雛壇の脇に設置された庶務班の机へ爆薬を投げた。何とか受け取った庶務班員へ、

「プラスチック爆薬の主成分は、RDXだ。それは知っているな？　RDXはヘキサメチレンテトラミンと硝酸《しょうさん》から作られる。その入手ルートを徹底的に洗い出すんだ。今度

は、抜かりなく手配しろよ……以上」

　土師が着席し、椅子の背にもたれると口を閉ざした。講堂内の困惑が緩やかに、別の感覚へと変化してゆくのがイルマには分かった。空気に熱が生じ、徐々に高まっている。それは、戦意と呼ばれるものだ。土師の攻撃的な解説に、捜査員たちはむしろ気持ちを鼓舞されたことになる。憤慨していたはずの幹部たちでさえ、それぞれ何かいいたそうな顔はしていたものの、無礼を咎める者は一人もいなかった。

　イルマは自分の席で腕を組み、事件とは別のことについて考えていた。今の解説で、土師の知識について再確認したのは間違いない。特捜本部での存在感も増したはず。でも、それよりも。

　土師は知識を持ちすぎているのでは、とも思う。科学捜査研究所が成分分析の結果からC－4であると判断したのは、実際のサンプルに触れる機会の少ない現状では無理のないことのように思える。むしろ土師の方こそ警視庁内の講義と訓練だけで、あれほど生々しい情報を仕入れることができるものだろうか。

　まるで、実際に戦地で爆発物に触れていたかのよう――

　前方で和田管理官の立ち上がる姿があり、捜査員たちの注目を集めた。

「爆発物対策係《バクタイ》の話は分かった」

　管理官の口調は穏やかだったが、憤りは込められているらしく、

「態度には問題があるがな。今回だけは大目に見てやる。咎めている時間もない。もし今後、同じような……」

講堂の後方で、扉の開く音がした。息を切らした捜査員が二人、そこで立ち尽くしている。どうした、と訊ねる管理官の声に我に返ったように動き出し、長机の隙間を進み、雛壇に駆け寄った。年嵩の捜査員が管理官へ、遅くなりました、といった。

「爆発のあったマンションの賃貸を扱っている不動産会社を巡っていました。実際に、あの部屋の賃貸契約を結んだ宅地建物取引士をようやく見付けまして」

やや若い捜査員が深々と頭を下げ、

「休日で家族と出先におり、接触するのが遅れました」

年嵩の方を見やり、頷くのを確かめてから、

「やっと、実際に話を聞くことができました。契約を結んだ相手ですが……新発田晶夫ではない、という話です」

《ex》は新発田ではない、ということはすでに判明していたようなものだ。彼らもその話は理解しているはず。イルマは机の上で思わず身を乗り出し、捜査員の次の言葉を待った。年嵩の方が慌ただしく、携帯端末《スマートフォン》を懐から取り出し、何かを液晶画面に表示させ、

「賃貸契約者とみられる者は、この男です。宅建取引士の証言による被疑者の特徴に覚えがあったため、急遽捜査一課から画像を送信してもらいました」

画面を見た管理官の顔色が変わる。捜査員は声を興奮で震わせ、

「斉東克也です。契約時には別名を名乗っていますが、宅建取引士によれば酷似《こくじ》している、と」

自然とその場から、イルマは立ち上がっていた。

《ex》＝斉東――

＋

警察病院に入り、エレベータから整形外科の病室の並ぶ八階に降りた途端、イルマは自分の動きが鈍くなったのを知る。脚が竦んでいるのを、認めざるを得なかった。病院に足を踏み入れる前から覚えていた胸苦しさが、今でははっきりとした疼痛《とうつう》を伴《ともな》うようになっていた。

ナースステーションへ近付くだけでも、勇気らしきものが必要だった。若い女性看護師に名刺を提示して来意を告げ、ようやく見上真介の様子を訊ねることができた。爆発に巻き込まれた見上が片腕と片脚を失っていたのは分かっていたが、入院から半月経ってまた容態が悪化している、という話を聞き、落胆が重い息となって口から漏れ出てしまう。

――右腕の断端形成手術後、いったんは安定していたのですが、現在は感染症が起こっているのです。壊死《えし》した組織を削る処置が必要で、今もまた強い麻酔を使用しています。

少し声を落とした看護師の説明を聞き、イルマは瞼を閉じた。

――現在でも……やはり起きている時間は痛みに苦しんでいます。高熱も出ていますし、面会のできる状況とは、とても……

特別捜査本部の捜査の進展を伝えることくらいはできるかもしれない、というイルマの希望は最悪の形で潰《つい》えたことになる。

捜査は実際に、進みつつあった。東京拘置所から脱走した斉東克也の行方を追っていた捜査一課員が特別捜査本部に合流することになり、彼らの得た情報がそのまま特捜本部の捜査力を増強し、活気をも加えたのだ。捜査一課は、斉東の身辺と足取りを丁寧に調査していた。拘置所の周囲では得られなかった目撃情報を、ハブとなる鉄道駅に絞ることで重点的に求め、数箇所に出没した可能性をすでに見出していた。特捜本部は今、総力を挙げて潜伏の見込みのある範囲を調べ上げている。イルマも所轄署員とともにあちこちを巡っていて、今日は庶務班へ報告したのち、道場で男性警察官たちと雑魚寝《ざこね》するわけにもいかず、ようやく自宅へ戻る前に警察病院に寄る決心をしたのだ。

長身の斉東は新発田よりも遥《はる》かに目立ち、市民の記憶にも残りやすいだろう、という特捜本部の読みは当たった。徐々に、目撃証言が届くようになっていた。土師の提案した薬剤の入手ルートの情報も加わり、現在の特捜本部には手掛かりらしきものが集まり始めている。一課からもたらされた情報の中には、以前、刑務所に服役中だった斉東に面会を求めてきた人物がいる、というものまであった。

それらの話を伝えたかった、とイルマは思う。警察官である見上なら——もし見上の中に、警察官であるという自覚が今も残っているなら——捜査の進展に、勇気づけられたかもしれない。

——現在では質のいい義足があります。

ナースステーションのカウンターに視線を落とすイルマへ、看護師は慰《なぐさ》めるようにいう。

——リハビリに入ることができれば、また歩行できるようになるはずです。少し先の話になるとは思いますが……

意識がある時にはどんな話をしているのですか、というイルマの質問に、

——ご自身の状況については認識していると思いますが……

看護師はいい難《にく》そうに、

——目覚めている間も、ほとんど喋《しゃべ》ろうとはしません。

しばらくの間、イルマはカウンターに映った蛍光灯の光を見詰めたまま、呆然としていた。どう感じていいのかすら分からない。捜査状況を伝えたい、という自分の希望は、ただ利己的で幼稚な考えだったのかもしれない。見上が今何を考えているのか、想像することもできなかった。

イルマは片手に持ったままでいた小さなプリザーブドフラワーのバスケットに名刺を差

し込み、カウンターに置いた。容態がよくなった時に渡してください、と頼むと看護師はほっとしたように了解し、預かってくれた。

立ち去ろうとしたイルマは、ナースステーション内の机の上に同じようなバスケットが置かれているのを見た。やはり名刺が差し込まれていて、そこには警視庁の文字と和田の名が記載されていた。イルマは看護師へ一礼し、カウンターを離れ、通路を引き返した。

+

陽が落ち始めるに従い、周囲の緊張感が増してゆく。イルマ自身も同じだった。

四階建ての小振りなマンションが計十棟、二列の形で並んでいる。高級住宅街の中にあったが、今現在その辺りを歩いている者のほとんどは警察官が住民や宅配員や通行人に変装した姿だ。他にも警察官は大勢隠れ、その一画を秘密裏に取り囲んでいた。他のマンションや一般住宅の敷地内を借り、息を潜めて目標の一室を観察し続けている。

イルマ自身も自前のデュアルパーパス・バイクに乗り、道に迷った振りをし、その区域を何度も出入りしていた。しばらく脇道をうろうろし、大通りへ戻るのを繰り返している。

大通りを回り込む際には、時間制限駐車区間で待機する何台もの覆面警察車両が視界に入った。その一台の運転席では眼鏡を掛けた宇野がステアリングを握り、助手席に金森を乗せている。二人の相性をイルマはよく知らなかったが、通りかかる際に眺めてみた様子からすると、どちらも退屈そうに扉側へもたれ、話が弾んでいるようには見えない。二人とも他の捜査員と同様、片耳には受令機を装着して指揮本部からの指示を待っている。イルマはもう一度住宅街に進入すると、目標のマンションから一つ通りを隔てた位置でバイクを停めた。いよいよ始まる、という気配があった。

携帯端末を手に持ち、周りを見回す振りをして、住宅と住宅の隙間からマンションを窺う。敷地内の駐車場に停められたワンボックスカーから、一匹のシェパードが現れるのが見えた。警備部の爆発物捜査犬だった。

目指す一室は、マンションのＢ棟、その最上階にある。同じ階の隅の空き部屋を前線本部とし、爆発物対策係が詰めていた。捜査犬も、いったんはそこへ連れていかれるはずだ。道路を挟んで反対側の住宅の二階には、捜査一課長を指揮官とする指揮本部が設けられている。住人である老夫婦は、他県に住む娘の家に避難してもらっていた。

目標の建物を含むマンション十棟とその周辺の住民のほとんどは、すでに退避させている。何があろうと、人的被害を広げないための措置だった。名義は別人でも、その部屋が斉東によって賃借されていることは間違いなかった。表札の端には、「ｅｘ」の署名まで存在するのだ。

予感どころじゃない、とイルマは思う。明らかに今回もまた警察は、その部屋に誘い込まれている。人の気配が一切ない、と五日間観察し続けた張り込み班からは報告されていた。仕掛けを疑うべきだった。あるいは前回よりも大掛かりな罠を。

殺されるまでの間、新発田があの高級マンションの一室で何をしていたのか、今も特捜本部は把握していなかった。当人が室内で生活した形跡はあり、何か重いものが外部へ運び出されたらしき床の傷も発見していたが、それが家具であるのか機械であるのかも解明できてはいない。

今回の捜査対象となる部屋を含めた十棟のマンションは、全て外壁の代わりに硝子が嵌め込まれている。そのために外観は青く輝き、見栄えのする建物だったが、特捜本部がどうしても想像するのは、この全面を覆う硝子が爆破で飛び散ったら、という事態だ。外観の全てが細かな破片《フラグメント》となって周辺へ襲いかかる、という最悪の可能性。

誘い込まれているという自覚があるからこそ、特捜本部はできる限りの対策を講じていた。けれど住民の避難誘導とともに、《ｅｘ》に家宅捜索を悟られずにいる必要があり、そこにはどうしても矛盾が生じてしまう。目標の、Ｂ棟四〇二号室、約七〇平方メートルの、寝室以外一体型のフロアとなったマンションを突然の家宅捜索に持ち込むためには、全てを秘密裏に進める必要があった。うまく接触できずに漏れてしまった周辺住民もわずかに存在する。後は捜索のさなかにでも、何度も事情を知らせに訪れるしかない。

特捜本部が最も恐れているのは、部屋の中に設置されたトラップと、遠隔操作による起爆だった。室内にブービートラップ式の爆発物が仕掛けられているかもしれず、あるいは前回のように、カメラを通して外部から起爆されることも充分にあり得る。

前回の爆発物は科学捜査研究所と爆発物対策係の現場調査により、無線を通じて遠隔操作で雷管を起爆させた、と一応結論づけられていたが、重要な証拠品は粉々で、正確な結論というよりも確率的な予想でしかなかった。

トラップへの用心として、最初から爆発物処理班のロボットが近付くことになっている。遠隔操作への対策としては妨害電波発信機を用いて対抗する、という話だった。四〇二号室の固定電話回線さえも通信事業者へ協力を要請し、一時不通にするということだ。

それで万全なのだろうか、とイルマはつい考えてしまう。勝手が分からず、どうサポートをするべきか、その判断さえ難しい……きっと特捜本部全体の態勢も同様だろう。幹部から末端の捜査員まで誰もが高揚を感じ、真剣に事態と向き合っていたが、浮き足立った感覚を共有しているのも否めない。

その中で、土師だけが冷静でいるように思える。気分を高める周囲の姿と反比例して段々と口数を減らし、まるで自らの体温を意図的に下げてゆくようだった。イルマには、土師は自らの内へ静かに深く沈み込もうとしているように見える。そしてその冷え冷えとした心底《しんてい》こそが、彼の本性なのだ。イルマは空を見上げた。陽の輝きが失われようとしている……本当に、夜の闇が家宅捜索を覆う隠れ蓑《みの》になってくれるだろうか。

斉東は以前に中東で民間軍事会社の傭兵として、実際の戦闘に参加していたという。相当な金額を稼いで帰国したものとみえる。

嫌な予感がする。住宅の隙間から見える硝子張りの高級マンション。そこに近寄りたい、とは思えない自分に気付いていた。硝子には凶器としての性能だけでなく、当然見通しのよさも備わっている。斉東が警察の動きを考慮して四〇二号室を借りたのだとすれば、その選択は慎重さの表れであるともいえる。張り込み班によるとフロアにはパーティションが立てられ、中心部分はどの位置からも覗き見ることができず、そして窓の一枚が開かれたまま放置されている、という話だ。

——斉東は部屋の内側に何を隠しているのか。

全てに意味があるようにも、偶然が重なっただけのようにも思える。だが、そこに何かが本当に存在するとしたら……

この数ヶ月間で、イルマは何度も爆発物が起爆するのを間近で体験することになった。同じ警察官である見上が巻き込まれた事態により、体内に蓄積し続けていた爆発物への恐怖がついに許容量を超え、表面化したように感じられる。どの爆発も思い出すだけで背筋が震えるようになっていた。この位置でも実際に爆発が起これば、硝子片が飛んでくるはず。真っ直ぐに飛来した時には、相当危険なことになる……イルマは軽く頭を振った。自分の役割を忘れるな、とつぶやいた。

建物周辺の異常から目を逸らさないこと。もし本当に斉東があの建物の中で爆発物を起爆させるつもりなら、本人が近くからその様子を見守ろうと――放火犯が現場に戻るように――する確率は高いだろう。斉東の風貌を、イルマは思い出そうとする。簡単に脳裏《のうり》に浮かべることができた。戦場の兵士、のイメージ。似た印象は以前に対峙した大陸の殺し屋、《低温《テイオン》》からも受けていたが、斉東はより痩せぎすで階級を一つ二つ落として試合に臨む格闘家のように見える。長身であり、目付きは暗く、人込みの中でも見付け出す自信はあった。

腋の下に吊《つ》った自動拳銃に、ライダースジャケットの上から触れる。特捜本部により、建物の周りを固める犯人捕捉班員には全員、拳銃の携行が命じられていた。使用したいと思える装備品ではなかったが、斉東に対してはもう一度、これを構える機会が生じるかもしれない。

イルマは一応部下の宇野へ連絡を入れ、注意を怠《おこた》らないように伝えるが、それが自分の体内の恐れを紛《まぎ》らすためであるのも理解していた。あるいは宇野もこちらの気分を察したのかもしれない。何の質問も反論もせずに、了解しました、とだけ冷静に答えた。

受令機から、家宅捜索の開始を促す和田管理官の声がした。イルマは辺りへ警戒の目を走らせる。同じ位置に留まりすぎているかもしれない。場所を移すべきだろうか。脇腹の辺りで、携帯端末が振動した。

『犯人捕捉班、イルマ警部補』

指揮本部庶務班からの、突然の電話連絡に驚いていると、

『前線本部へ入って欲しい、という爆発物対策係からの要請です。現在地から向かうことはできますか』

「爆対って……誰の要請？」

「土師警部補です」

イルマはフルフェイス・ヘルメットの中で、鼻筋に皺を寄せる。嫌がらせのつもり？　最前線に呼ばれてこちらが断るはずがない……ということは土師も分かっているだろう。顔をしかめたままクラッチレバーを握ってシフトペダルを踏み、ギアを一速に入れた。携帯端末を仕舞う前に庶務班へ、

「これから向かいます……ハジにいっておいて」

声がどうしても硬くなり、

「貸しだからな、って」

前線本部である四階の角部屋へ急ぎ足で向かった。チャイムは押さず、軽く扉を叩いただけで、内側から静かに開いた。

広いフロアに、大勢の警備課員が存在した。中央では二名の爆発物処理班《エス》員が、立った

ままあ深緑色の防爆防護服を着込んでいる。というよりも、周囲の人間の手で着せられている。あの防護服は、総重量が約四〇kgもあるのだ。

金属製の盾《たて》やマジックハンドや、爆発物を収める可搬型収納筒が所狭しと床に並んでいた。壁に長机が寄せられて通信機器らしきものが設置されており、長い刺のように幾つもアンテナを突出させているのは妨害電波発信機だろうか。同じような機材が数台置かれている。それぞれのLEDランプが絶え間なく瞬き続けていた。一秒間に数千回の妨害トーンを発することができる、とイルマは聞いたことがある。二台の液晶モニタとマイクロフォンの前に座っている三十代らしき男性が、恐らく班長の警部だ。イルマを認めると軽く会釈をした。数えると爆発物処理班員は六名いて、全員が黒い制服を着ており、それぞれがほとんど無言で家宅捜索の準備をしている。部屋の奥には爆発物捜査犬が警備課員の傍で耳をぴんと立て、しゃがんだ姿勢で待機していた。

部屋を覆う硝子は全て、遮光カーテンで塞がれていた。このやり方自体、外からは不自然に見えるのでは、とイルマは気になった。十棟のマンションはどの部屋も、住居としても事務所としても利用することができるはずだ。わざわざ硝子張りの部屋を選んだ住人――イルマには多少、自己顕示欲の強い人種のように思える。偏見かもしれないけれど――が室内を全て隠すのは、無理があるように思える。とはいえ、他にいい方法も思い浮かばない。

班員の中に土師の姿を探した。階級からすれば、副班長となっているはず。来たか、という少し擦《かす》れた声が聞こえ、見ると驚いたことに防護服を着たうちの一人が土師だった。

「招待されて、嬉しいだろう。特等席で見物できるんだからな」

イルマは近寄りつつ、

「あなた自身が、室内に踏み込むわけ……」

「経験豊富なもんでな」

「ロボットは？」

「狭い室内には向かないものでね……どうした。びびってんのか？」

「……突然のお誘い、意外だなと思って」

「そうかい。あんたのことだから、現場に近付きたくてうずうずしていると思ったがな」

「どうかな……」

言葉を濁《にご》していると、

「あんたは前回の爆発の時に、一番近くで経験した人間だろう」

土師は両目を細め、苛立ったように、

「俺がこれから、目標の部屋に入る。無線通信が妨害電波のせいで使えねえが、カメラとマイクを防護服に仕込んで、有線で映像と音声をこの部屋まで引っ張ってくることになっているんだ。あんたには、映像を見ていてもらいたいんだがね。前回の部屋で感じたこととの共通点。あるいは相違点。なんでもいい。俺に知らせてもらいたい」

「ああ、そう」

土師の話を聞いていたイルマの気持ちに、ようやく余裕らしきものが生まれ、

「つまり私が呼ばれたのは、お誘いじゃなくてお願い、ってことね」

「……これで貸し借りはなしだ。満足したかい」

土師は舌打ちをした後、ヘルメットを、と部下へ指示し、重そうな防具の最後の一つを装着した。バイザーを撥ね上げ、

「何か見付けたら、呼んでやるよ。仲よく近くで観賞しようじゃねえか」

「……モニタ越しで充分かな」

土師が会話を打ち切った途端、沈黙が室内を満たした。いよいよ家宅捜索が始まる。まるで深海に潜ろうとするような出で立ちで玄関口へと移動する作業員二人へイルマが、気をつけて、と言葉を送ると、土師が片手を軽く挙げて応えた。

イルマは受令機を外し、ジャケットのポケットに仕舞う。モニタの映像に集中したかった。土師ともう一人の作業員のヘルメットに装着されたカメラから延びたコードが、前線本部の二台の液晶モニタに繋がっている。土師が振り返ったため、制服を着た支援員が、作業員の後ろについてコードが絡まないように手繰《たぐ》っている姿が見えた。

四〇二号室の前まで着くと、土師は迷わず合鍵を扉に差し込んだ。確認を求めることも、号令を待つこともなかった。できるだけ声を発しない、という方針が決まっているのだろう、班長も何もいわずモニタを凝視していた。分厚い手袋がノブを回し、扉を薄く開いた。たったその程度の動作を見守っているだけで、室内の誰かから安堵の息が漏れた。

土師が狭い玄関口に上がった。電灯のスイッチを入れる。一つ一つの動作に緊張を強いられ、力を抜く暇がない。目の前に小さなキッチンが見え、前線本部の入ったこの部屋と、よく似た造りであるのをイルマは確認した。キッチンには、一枚だけタオルが掛かっている。土師が先頭に立って狭い廊下を進み、途中の木製の扉を開けた。

六畳ほどの寝室。家財道具が一つも存在しなかった。後退り、扉を閉める。

廊下の先の扉の向こうには、広いフロアが存在するはず。土師は磨り硝子の嵌められた扉の前で立ち止まった。イルマは、班長へハンドマイクを要求する。

「ハジ」

声をかけずにはいられない。

「前回に輪をかけて、生活感がない。絶対におかしい。注意して」

『……妨害電波が効いてるといいがね』

ハンドルレバーをつかみ、ゆっくりと扉を押し開ける。土師の深呼吸する音が聞こえ、映像が明るくなり、部屋の照明を点けたのが分かった。何も起こらない……今のところは。グレーのパーティションに囲まれた一画、その内側が見えていた。

硝子製の低い机。その上に、小包が載っている。小さな直方体の段ボール箱。

『……外形観察の必要もねえな』

土師がいう。

『X線撮影に入るぞ……盾を運んでくれ』

廊下で待機していた支援員が車輪のついた大きな盾をフロアに持ち込み、土師がそれを押して小包へ近付いてゆく。その背後に隠れながら作業員が慎重に、小包を挟む形で撮影パネルと照射装置を硝子机に置いた。机から距離を取り、廊下近くまで戻った土師が、X線照射を開始する、と宣言した。無言の時間が流れたのち、

『……確認した。撮影装置を回収する。そっちへ持っていってくれ。それと……捜査犬を連れて来い』

室内の班員たちが動き出し、一人がすぐに大きな黒いバッグを抱えて帰って来た。班長の背後でバッグ内部のノートPCを開く。モノクロームの鮮明なX線画像が映り、イルマは他の警備課員とともに首を伸ばして覗き込んだ。

小包の内部は、墨のような何かで満たされている。釘や電池等の破片《フラグメント》は見えず、細い口紅に似た筒状の物体が突き刺さっているだけだった。犬の吠える声が、通路の方から聞こえてくる。

『班長、捜査犬が吠えているのが聞こえるか』

土師がいう。

『箱の中を満たしているのは、つまりプラスチック爆薬ってことだ。内部は見ての通り、爆発物と起爆装置以外、何もない。遠隔操作方式だろう。少なくともこの箱が仕掛け爆弾である可能性はない』

初めて、引き絞られ続けていた前線本部の緊張の糸が、緩んだように思える。指揮本部へ固定電話で状況を伝える班員の声も、やや弾んで聞こえた。イルマは再びハンドマイクを渡すよう班長へ求め、

「簡単な仕組み、という状況自体が不自然だ。ハジ」

この場の空気を乱しているのは分かっていたが、

「何かまだ、裏があるかもしれない。絶対に油断するな」

班長が奪うようにハンドマイクを取った。一瞬イルマを睨んだ後、土師へ、

「収納筒をそっちへ運ばせる。小包を納めて撤収してくれ」

『収納筒はいい。容器の方を持って来い』

土師の返事に班長が表情を曇らせ、

「……どういう意味だ。収納筒に入れてエントランス前まで運べばいいだろう。後は処理車に移し替えて冷凍する。そういう手筈《てはず》だったはずだ」

『液体窒素に浸《つ》ければ、確かに電子部品は機能しないだろうよ。問題は、妨害電波がどこまで機能しているかだ。そこから道路まで届くか？　それよりも強力な電波を外から誰かが発信していたらどうなる？　この建物はな、エントランスさえ硝子でできてやがる。収納筒は上方向へ起爆のエネルギーを逃がしちまうだろ。下手をすると入口付近で、相当な被害が出るぞ』

「だからといって……どうするつもりだ」

『班長、その女のいった通りだ。どうも簡単すぎねえか。もう一段、慎重に進めたい。今この場で、俺が雷管を抜く』

一瞬、班長は絶句するが、

「駄目だ。許可できない。周囲の住民の避難はもう済んでいる。本当に何か別の細工があるなら、危険なのはお前の方だ。防護服では、その量のプラスチック爆薬の爆発を受け止めることはできない。分かっているだろう。収納車へ小包を運び、撤収する。いいな」

『秘密裏のオペレーションだ。避難も完璧じゃないだろう』

作戦行動《オペレーション》？　イルマは土師のいい方が引っ掛かった。

『この部屋は窓が開いている。さっき、女の声が聞こえてきたぞ。それと、子供の泣き声が……』

班長が舌打ちした。

「ハジ、女や子供の声なんぞ、聞こえるはずがない。建物の周りは捜査員が囲んでいる。異常があるようなら、すぐに対処できる。落ち着け。そこで爆発しても被害は同じだ」

何かがおかしい。土師はこちらのいった言葉を拡大解釈し、独自の行動へ移ろうとしている。画面上で、土師が大きな缶のような容器を受け取ったのが分かった。班長が立ち上がった。作業現場へ向かおうとするのを、土師の声が引き止め、

『俺一人でやる。雷管さえ外せば、爆薬の脅威は零にできるんだ。失敗した時には、爆風は盾とパーティションで防ぐ。全員離れろ。支援も捜査犬もいらない。全員外通路まで下がってくれ。おい、工具はそこに置いておけ……雷管を引き抜くだけだ。手袋を外す必要もない、簡単な作業だ』

硝子の机の上に収納容器を置き、土師はその中に小包を入れた。車輪付きの盾をパーティションと硝子机の間に移動させ、

『すぐに済む……いや、待て。箱に送り状が貼られている。これだけは持っていけ』

班長が黙り込み、室内は誰も言葉を発しなくなった。室内の緊張の糸がこれまで以上に強く、ぎりぎりと絞られる様子が目に見えるようだ。

モニタ映像の中で、送り状の剝がされた段ボールの箱が大きく映り、合わせ目を封じたテープにカッターの刃先が迷いなく切り込んだ。イルマは、土師が正気を保っているものかどうか、判断できずにいた。土師の選択が間違っている、と断言もできない。でも、や

はり土師は何かおかしい。作業の中止を諦めた班長が、苦々しげな顔で椅子に戻った。

分厚い手袋を嵌めた手が軽く刃を横に引いた。蓋を開けると、透明なビニールに包まれた乳白色の物質が露《あらわ》になった。土師の息遣いが徐々に大きくなり、マイクを通して送られるその音声がイルマの心臓を圧迫し、思わず握り締めた拳で胸元を押さえる。

手袋の太い指先が、ぎこちなくビニールを開いた。雷管は露出していなかった。指がプラスチック爆薬に差し込まれ、中を探る。

背後に圧力を感じたイルマが振り返ると、補助員が送り状を班長へ渡そうとするところだった。画面に集中する班長に代わり、受け取って機材の載った机の端に置いた。送り状の届け先欄は空白のままだった。依頼主の名前には、（ｅｘ＆／）、の記載。

「＆／」。何かの記号だろうか。アンドスラッシュ。一連の事件の中で、初めて目にする文字列。いや、それよりも――

画面上の土師の指先が、何かを探り当てたようだ。人差し指と親指で爆薬に開いた穴を広げ、慎重に何かを引き出した。銀色の物体がミリ単位で少しずつ出現し、土師の手によって完全に小包の外に出た。安堵の息を吐いたのは、イルマだけではなかった。終わったぞ、という土師の声もわずかに震えている。

「……処分を覚悟しろよ、ハジ」

『終わりよければ、だろ』

班長の叱責《しっせき》にも動じず、

『捜査犬とイルマを連れて来てくれ。念のために、室内を捜索する』

「……シェパードと同じ扱いかよ」

イルマは文句をいいながらも、数日掛かりで計画された家宅捜索が終わりつつある感触を覚え、素直に従う気分になった。外通路に出ると、支援員の先導でカメラとマイクのコードが延びる部屋へ向かった。肩と首に痛みを感じ、ずっとその辺りに力が入っていたのを、ようやく自覚した。

首の凝《ほぐ》りを解しつつ四〇二号室のフロアに入ると、タオルを咥えた爆発物捜査犬が落ち着きなく警備課員の周りを回っている。土師が支援員へ段ボール箱を渡すのが見えた。小包が部屋から消え、捜査犬の出番となりシェパードがあちこちに誘導されるが、もう興奮を見せることはなかった。イルマから見ても、もうこの部屋はパーティションと硝子の机が置かれただけの、何もない一室にすぎない。土師は放心したように雷管を握り締めたま ま、その場に突っ立っていた。ねえ、とイルマは話しかけ、

「大丈夫なの……顔色が悪いけど」

「……暑いんだよ」

そう答えた土師がバイザーを上げ、汗だくの顔を露にする。

イルマは土師の表情を観察していた。この男が今も正気を保っているかどうかを。爆発

物に対する緊張がわずかな時間、土師の精神を揺さぶったと考えるべき？　少なくとも今は、落ち着きを取り戻しているように見える。土師へ、

「それ、手に持っていて平気なの？」

土師はイルマが指差した銀色の雷管へ目を落とし、

「……起爆すれば破片は飛ぶかもしれねえが、手袋で押さえられる程度だろうよ。起爆薬の爆速自体は普通、四、五千毎秒ってところだからな」

「高級品だよ。それ」

「何？」

「ブランドのロゴが見えるでしょ。金属製の口紅ケース。雷管のケースに使っている。金属製だから、X線で透過できなかった。でしょ？」

土師はその、ケースにはっきり刻印されたブランド名に気付いていなかったらしい。ロゴを確認し、ようやく肩の力を抜いたように見えた。土師の口元にようやくいつもの皮肉な笑みが戻り、

「お前こそ真っ赤な口紅でも塗って、この俺をねぎらうべきじゃないかね……」

すぐにまた、その表情が曇った。

「どうしたの……」

訊ねたイルマではなく雷管を見詰めたまま、

「こいつは、ちとおかしくねえか」

「何が」

「軽すぎる。この手製の代物は無線式の電気雷管……ということは中にアンテナと基板、バッテリーを内蔵しているはずだろう。それにしては、軽すぎる。せいぜい通常の雷管の重さしかない。イルマ、少し下がっていろ」

驚いたことに土師は素早くバイザーを下ろし、その場で金属ケースの蓋を開け始めた。

「無線式にしては、爆薬に深々と刺さっていたのもおかしい。雷管に何の封もされていないのも妙だ。まるで、中を開けて見ろといわんばかりじゃねえか」

待て、と声をかけるイルマへ、

「仕掛けがあっても、受け止められるさ……お前はもっと下がってろ」

こちらに背を向けた土師の動きが、すぐに止まった。蓋の開いたケースを持って振り返り、その先端を向けた。イルマは啞然とする。向けられていたのは、真っ赤な口紅だった。ケースだけでなく、中身も口紅そのもの、ということ。

何が起こっている？　混乱するイルマは土師に回答を求めようとするが、バイザーの中の顔に浮かんでいるのは焦燥の表情だけだ。

突然、少し離れた場所で室内の探査を続けていた爆発物捜査犬が吠え出した。

雷管を開けたことに反応したのかと思ったが、そうではなかった。捜査犬は、硝子窓の方向へ、牙を剝いて吠え立てている。

何か、音が聞こえる。蜂《はち》の羽ばたきのような。いや、もっと高速の――

イルマは自由に動くことのできない土師に代わり、視界を塞ぐパーティションを蹴り倒した。一箇所だけ開けられた窓。その先の空間に、黒い物体が浮かんでいる。

――小型無人航空機《ドローン》。

イルマ下がれ、と土師が怒鳴った。

「こっちが本命だ。こいつは妨害電波の中、飛んで来やがった。遠隔操作されてねえ」

「無線で起爆するんじゃ……」

「違う。恐らくこいつは、接触の衝撃で起爆する」

イルマはすかさずライダースジャケットの内から自動拳銃を抜き出し、建物から二、三メートル離れた空中に浮かぶ四枚の回転翼《ローター》を備えた黒色の機体へ狙いをつけようとする。

斉東の笑みが目に浮かぶようだった。小包は、慎重に家宅捜索するはずの警察に撤去させるための囮《おとり》にすぎない。最初から、処理の成功を確信した警察の油断を突く計画だったのだ。今こそが、確実に警察官を殺害することのできる機会だ。

「やめろ、イルマ」

土師の鋭い声が飛ぶ。ドローンがゆっくりと接近しているのが分かった。

「撃って爆発させれば、お前の命もない。硝子も破片となって四方へ飛び散っちまう」

ドローンはわずかな方向転換を繰り返し、手探りで進むように室内に侵入した。操縦者の存在しないこの機体は、実際に周囲を検知しながら進んでいるように見える。四〇二号室に集まりかけていた警備課員たちへ、すぐに退避するよう土師が大声を上げる。室内は騒然としていた。

ドローンの爆発を防ぐ術がないことに、イルマは愕然《がくぜん》とする。斉東は、あえて束《つか》の間《ま》の安堵を私たちに与えたのかもしれない。その後、粉々に打ち砕くために――

俺が受け止める、という土師の声にイルマは我に返り、

「何をいっているの……」

「このセンサーだらけの小さなドローンに積める爆薬の重量は、たかが知れている。何とかしてみせるさ」

土師が、金属製の収納容器を片手に提げ、

「全員早く外へ出ろ。イルマ、お前もだ」

「でも」

「馬鹿野郎。防護服もない人間なんぞ、邪魔なだけだぞ。ドローンを発達させた奴はそう遠くない場所にいるはずだ。そいつがこの見世物を見逃すと思うか？　お前の役目を考えろ、イルマ。今すぐに走れ」

四基の羽根の高い回転音が、悪夢の接近を告げていた。ドローンが部屋の中心を目指

としている。

し、速度を上げる。正面で相対する土師が収納容器を抱え、浮遊する機体に覆い被せよう

いけ、という声に押され、イルマは踵《きびす》を返し、駆け出した。四〇二号室を出た瞬間、爆発の衝撃が建物を揺らし、イルマの脚をよろめかせる。

背後から、硝子の割れる音は聞こえてこなかった。土師は、少なくともドローンの爆発から建物とその周囲を護ったことになる。土師自身は？　あの男は防爆防護服と爆発物収納容器を重ねることで凌《しの》ごうとしていたが、うまくいったのかどうかは分からない。確認に戻る間もなかった。

斉東が近くにいるはず。

斉東を見付け出し、捕らえるのが犯人捕捉班員である私の役目だ。

イルマは前線本部へは向かわず、一気に四階分を駆け降りる。マンションの屋外駐車場に停めた自前のデュアルパーパス・バイクに跨がった。スロットル・グリップを回して発進すると、わずかに前輪が浮いた。目指すのは、幹線道路。

斉東が、人気《ひとけ》の少ない住宅街の路地にいるとは思えなかった。あの長身の男が身を隠しつつ事態を見守ろうとするなら、人込みの中に紛れるしかない。

幹線道路へ出た瞬間に目に留まったのは、家宅捜索中だったマンションB棟四〇二号室

の、一枚だけ開け放たれたままだった窓から、黒い煙が立ち昇る光景だった。そのせいだろう、道路の両側の歩道には大勢の人が集まり始めている。イルマは道の先に見えた駐車中の覆面警察車両の傍に寄り、運転席の窓硝子を叩いた。ウィンドウを下げた宇野へ、車から降りて、と指示を出す。

「人が集中し始めて車では小回りが利かなくなる。この近辺に斉東がいる可能性は高いから、徒歩で捜して。野次馬の中だけでなく、車内にいるかもしれない。注意して」

「情報が錯綜《さくそう》しているのですが……あの煙は爆弾処理の不成功によるものでしょうか」

顔を寄せ、声を落として質問する宇野へ、

「成功……のはず」

土師の安否が気になる。助手席に座ったまま落ち着きなく耳の中の受令機を弄《いじ》っている金森へ、

「指揮本部へ報告。車中にいる他の犯人捕捉班も降りて捜すよう促して。早く」

イルマが怒鳴ると、慌てて動き出した。

つい、マンションの一室へ視線を送りそうになる。注目するべきは群衆の方だった。歩道で立ち止まり、首を伸ばして何が発生したのか確かめようとする市民たちの前をイルマは低速運転で通り過ぎ、一人一人の姿を見定めようとする。宇野がその中を見回しつつ擦り抜ける様子があった。爆発地点から離れるにつれ見物人が疎《まば》らになり、イルマは横断歩

道を利用して一時停止中の一般車の前を強引に横切り、反対車線へ入った。歩道の中に他の犯人捕捉班員が交じり始めたのを確認した。特捜本部は、今この場で決着をつけるつもりでいる。

焦りだけが増してゆく。斉東の姿がどこにも見当たらなかった。あるいは近傍の建物の中からあの四〇二号室を現在も凝視している、という可能性もある。上はもう緊急配備を発令しただろうか？

片側二車線の中央の白線上を走り、左右の車の中を覗き込んでゆく。いない。もう一度歩道へ注意を移そうとして、イルマは路肩で停車した反対車線の七五〇ccレーサーレプリカのライダーに目を留めた。気になったのは、その男性が携帯端末にクリップ式の望遠レンズを装着し、座席に跨がったまま、静かに硝子張りのマンションを撮影していることだった。イルマの位置からは、バイザーを上げた黒色のフルフェイス・ヘルメットの横顔以外、確認することができない。もっとよく見ようとイルマは細かくステアリングを切って一般車の隙間を縫い、横断歩道の上を徐行し、再び反対車線へと移動する。厚手の黒革のつなぎを着たライダーの背後に回り込む格好となった。

斉東ではなかった。あの男ほど身長は高くない。けれど、どこか何かが気になった。偶然そこに居合わせ、いつも持ち歩いている端末とレンズを使って撮影を始めた、というだけのことかもしれない。それでもライダーは建物までの障害物が一切ない、絶好の位置に停車していたし、周囲の野次馬とは違い、状況に浮つくような態度が窺えず、夜の空気に溶け込みすぎているように見える。イルマはナンバープレートの自動車登録番号を記憶しつつ、ライダーへ接近を試みる。指揮本部を介してナンバー照会を行うかと考えた時、低い回転数のエンジン音に気付いたのだろう、ライダーがヘルメットのバイザーを素早く下ろし、振り返った。濃いスモークのために、内部の顔立ちは全く確認することができない。イルマは低速で近寄りつつ、バイザーを上げ、ジャケットから警察手帳を抜き出し、相手へ提示した。

「ちょっと質問しても……」

そう声をかけると、黒装束のライダーは落ち着いた様子で携帯端末をステアリングに設置したホルダーに固定し、レンズをウエストバッグに仕舞った。こちらの接近を許す姿勢だったが、突然シフトペダルを踏み潰すように操作し、急発進を開始する。待て、と大声で警告し、手帳を仕舞うのももどかしく、イルマもスロットル・グリップを握る手に力を込め、急ぎ後を追った。

夜間、車両と車両の狭い隙間を高速で追いかける危険な走行であり、本来なら、逃走者自身と周囲の影響を考えて追跡を中断するような状況だったが、今は確保を諦めるわけにはいかない。ホーン・スイッチを何度も押し、周囲に警報を送りながら、イルマは速度を落とさなかった。

闇の中、何度も赤い炎が音を立てて光るのは、マフラーを換装しているからだろう。あのライダーが、爆破の事案に関わっている可能性。反応からの判断にすぎない。けれど、イルマにも警察官として路上で培《つちか》った不審人物への独自の嗅覚があり、その感覚が、奴を見逃すなと命じている。指揮本部へ連絡して応援を要請するべきだったが、携帯端末を手に取る余裕もなかった。

今、黒装束のライダーを確保できるのは自分以外にいない。五感が、冷えてゆくように感じる。

一体奴はこの事案の、どの部分を構成している？……それは、捕まえてみれば分かる話だ。イルマは右手に力を込め、さらに速度を上げた。二輪車同士をぶつけてでも止めるつもりだった。

道の先には、工事中を示す赤色のロードコーンの列が一車線を潰す光景があり、二車線の合流地点の渋滞にもライダーは躊躇せず、狭い隙間を突き進んでゆき、イルマもその後に続いた。レーサーレプリカが一台のセダンを掠め、サイドミラーを割り、火花が散った。

赤信号で停車中の一般車の前後を何度も擦り抜け、十字路に差しかかり、視界の左右から車が流れる中を、ライダーの操るレーサーレプリカが高速で突っ込んでゆく。相手の頻繁な車線変更に手こずりつつ、イルマも少し遅れて後を追った。十字路ではホーン・スイッチを押したままにして速度を落とさず、銀色のトレーラーを載せた大型貨物自動車二台が通りかかるその間を、身を伏せて一気に走り抜けた。

元交通機動隊員であるイルマから見てライダーの運転能力はさほど高いものではなかったが、全く速度を緩めることのない異常な胆力と素早い反射神経を備えているのは確かで、なかなかすぐ傍まで近寄ることができない。

――やってやるよ。

自然とイルマの唇に笑みが浮かぶ。血液が冷たく沸騰《ふっとう》し始める。

――どこまでもつき合ってやる。

一〇〇〇ccのデュアルパーパスの速度を上げるにつれ、普段感じることのない、湧き上がるような振動がステアリングと太股で挟んだ車体から伝わるようになる。

レーサーレプリカの速度がわずかに落ちた。ライダーの心に諦めが芽生《めば》えたのか、緊張が緩んだように見える。追い越して目の前に割り込んでみせる、とイルマが間近まで迫った時、黒色のバイクは中央分離帯の開口部へと突然進路を変え、反対車線に侵入した。イルマは咄嗟《とっさ》に前輪の回転を急ブレーキで抑え、ステップに体重を掛けてサスペンションの反動で後輪を高く撥ね上げた。前輪をフルロックさせて車体を捻り、後輪を上げたまま一八〇度方向転換する。

すぐさま発進して分離帯の開口部を横断し、反対車線へ入った。一人、ほくそ笑んでしまう。個人的な興味からこのターンを訓練所の片隅で練習しているのを教官に見付かった時には、曲芸をするな、とこっぴどく叱《しか》られたものだ。でも、役に立ったじゃん。交機隊員の小道路旋回の早さにも、負けていなかったはず。

イルマは中央分離帯のコンクリート・ブロックにタイヤを擦りつけるようにして一般車を避け、再び速度を上げつつライダーの動きを思い出していた。奴が急に運転の雰囲気を変えたのは、突然の車線変更を仕掛けるための伏線だったのだ。どうやら奴は路上の駆け引きに長《た》けていて、つまりは喧嘩馴《な》れしている、ということらしい。

そしてイルマはライダーの運転姿勢から、相手が爆発事件と関わっている、と確信していた。盗難車や違法薬物を見付かった者の自暴自棄な運転とは全く違う。奴の後ろ姿からは、肉体の限界を超えようとする強い欲求を感じる。非日常的な威力を誇る爆薬を扱うのも同じ心理のように、イルマには思える。少なくとも……その衝動だけは理解できる。

イルマ自身の高揚感も、際限なく上昇していた。全身の皮膚感覚が研ぎ澄まされ、擦れ違う対向車との距離をミリ単位で実感する。耳障《ざわ》りなクラクションの音も、ウインドシールドが風を切る音も、徐々に自分の体から離れてゆくようだった。

危険な領域にいる、という自覚はあった。

笑みが零れ、自然と犬歯が剥き出しになる。ライダーがこちらの追走に気付き、高速走行のまま一瞬振り返った。初めて本物の、動揺らしき気配が窺えた。

——追跡を中止にすると思った？

その背中へイルマは語りかけ、

——だから、どこまでもつき合ってあげるって。

レーサーレプリカが幹線道路から狭い脇道へと逸れた。途端に街灯が減り、道は益々暗くなってゆく。それでも人影が時折路上に浮かび上がり、イルマは親指が痛くなるほどホーン・スイッチを押し込み続けた。気掛かりなのは、一般市民の安全だけだ。奴はきっと、自分自身の命を重視していない——たぶん、私も。誰かがこの追跡劇を通報してくれたら、応援が集まることにもなり、一番いいのだけど。

道の先が一方通行道路に変化し、下り坂になった。道幅がいっそう狭くなる。突然、イルマの胸の内に違和感が起こった。自然とスロットル・グリップを握る力が弱まり、車間距離が開いてしまう。

何だろう。数メートル先の背中を見詰めたまま、焦り心の中を探ろうとする。原因はやはり、ライダーの運転姿勢にあるとしか思えない。落ち着きすぎている？　いや……

そうか、とイルマは気がついた。奴の逃走は定石《じょうせき》から外れている。普通、警察から逃げ続ける二輪車は狭い道へ逃げ込もうとし、極端な頻度で右折左折を繰り返し、時には同じ場所を何度も周回することになる。追走する警察を少しでも早く撒こうと焦るためであり、本当の目的地である自宅には近付くことのできない事情も加味して、一定の範囲で複雑な経路を描く。

けれど奴の進路から感じるのは、確かな方向性だった。まるで、目指す場所が決まっているかのように。イルマの首筋の産毛《うぶげ》が逆立った。

決まっているとしたら。誘い込まれているとしたら――

道幅の狭い一方通行の下り坂が、鉄道高架下の隧道《ずいどう》に続いている。暗い空間に入る直前、イルマの本能的な危機感覚が最高潮に達した。ライダーが、ステアリングの根元に固定した携帯端末を操作する様子が、暗闇の中ではっきりと分かる。

轟音《ごうおん》が隧道に鳴り響いた。すかさず速度を上げたイルマの後方で、コンクリートの崩落する音が地鳴りのように聞こえた。後方に去った隧道の様子を、イルマはバックミラーで確かめる。出口を覆う砂埃が、暗闇と混ざり合い霞《かす》んでいた。

イルマはぞっとする。奴は、逃走経路の途中にまで爆発物を仕掛けていたのだ。

すぐに、体内の恐怖が消え去った。危機を凌ぐための解法が脳裏に浮かんだからだった。

もっと接近すればいい。近付けば、奴は爆発物を起動することができない。ライダー自らも巻き込まれる位置まで、距離を詰めてしまえばいいのだ。

――待ってな。

沸き立つ興奮が、電流のようにイルマの全身を震わせた。

――すぐにお前の襟首《えりくび》をつかんで、引き下ろしてやる。

自分の親指が操作し鳴り続ける警報音さえ、意識から薄れていった。黒色のライダーとイルマだけの世界があり、その距離が見る間に狭まってゆく。再び現れた狭い隧道へ二台連なり、突入した。ライダーが携帯端末に触れようとしているのが見える。

でも、それはもうできない。私が捕まえる方が速い。

イルマは隧道の闇の内、レーサーレプリカへ迫り、斜め後ろで並走する位置につけ、片腕を伸ばした。もう少し。後、ほんの少しで――

ライダーが小さな液晶画面に触ったのが分かった。次の瞬間、爆音が頭上で聞こえ、視界の中をコンクリートの塊が降り注ぐ。頭を下げ、奥歯を噛み締めて、イルマは隧道を走り抜けようとする。

イルマの乗るデュアルパーパスの後輪に強い衝撃が発生し、前輪が道路から浮かび上がった。バイクの挙動の乱れをイルマは身を乗り出して体重を掛け、強引に押さえつける。急激に速度が落ち、車体が左右に大きく揺れるが、隧道を抜けることには成功した。横倒しになるバイクを蹴って飛び離れ、道路を転がり、路面を滑る車体の下敷きになるのを避けた。痛みに呻きつつ顔を上げた。

レーサーレプリカのテールランプがみるみる小さくなってゆく。慌ててバイクに走り寄り二〇〇kgを超える重量を起き上がらせようとするが、左腕に力が入らず、うまくいかない。落ち着け、と自分にいい聞かせ、両手でステアリングを持ち、腰を車体に当てて歯を食い縛り、何とかバイクを戻すことに成功するが、その時になって後輪が破裂し、圧力を失っていることに気付いた。マフラーにも歪みがあり、その辺りに崩落したコンクリートが直撃した事実を物語っている。

サイドスタンドでバイクの傾きを固定すると、イルマはその場でヘルメットを脱ぎ、アスファルトへ叩きつけた。携帯端末をジャケットから抜き出し、通信司令本部を経由して指揮本部へ繋ごうとする間も、悔しさが頭の中で何度も爆発した。

――やられた。完全に。

相手の術中に嵌まり、必ず捕らえるべき被疑者を取り逃がしてしまった。奥歯を強く嚙み合わせ、呼吸を整える。力の入らない片腕は、体に沿って垂らしておくしかなかった。

自分の怒りの源が相手を逃がしたことだけではないと、イルマにも分かっている。あの隧道の中で確保できると確信した時、私はもう一度、黒色のライダーにぞっとさせられたのだ。

奴は、自分にも被害が及び兼ねない瞬間に、頭上の爆薬を起動させた。自らの命を顧みない、危険な行為。すでに、とイルマは思う。

すでに奴の精神は、常軌を逸している。しかも冷静な判断力を残したまま、奴の体から染み出し、黒い霧のように広範囲へ死の領域を広げようとしている。

斉東はディスクグラインダーで研磨したばかりのシリンダーに、ピストンを差し入れた。空気銃の威力が増すにつれ全体構造中の弱点となっていたピストン軸の脆弱性《ぜいじゃくせい》は、シリンダー内の機構と材質を見直すことで改良できたはずだ。新たな旋盤機械の導入がさらに精細な工作を可能にし、銃身をより小型化させることにも成功した。発射の際には前回に製作したものよりも比較的少量の圧縮空気で済み、そのために連射能力が向上し、コンプレッサーがタンクを気体で満たす時間も大幅に短縮することができた。

シリンダーとエアタンクをチューブで繋ぎ、タンクにコンプレッサーを繋いだ。シリンダーに取りつけた引き金の代わりとなる無圧バルブの動きを確かめる。圧縮空気をタンクに溜め込み、バルブを押し込んで鋭い発射音と銃の振動を味わった。タンクからシリンダー後部に圧縮空気が再充塡《じゅうてん》されるのを確認して、斉東は自作空気銃の完成度に納得し、静かな空間で一人、頷いた。高価な旋盤機械が可能にした、精巧な出来映えだった。

いつの間にか硝子窓が夜の黒色で塗り潰され、その奥で街の窓明かりが輝いていた。退屈な風景でしかなく、何の脅威も内包しない景色は、観光地の写真を眺めているのと変わりがなかった。

S

遠くまで明るく見える光景というものが、不自然に感じられる。無頓着《むとんちゃく》に自分たちの安全を誇示し合う有り様は異質であり、不可解な環境だった。目を閉じれば月光でわずかに照らされる、砂丘の稜線《りょうせん》が瞼に浮かぶ。

あの土地で死んだ自動車工場のせがれは何という名だったろう。後頭部を吹き飛ばされた若者……そう、奴は死の直前、敵に背を向けていたのだ。気のいい男だったが注意力に欠け、体型からしても華奢で、戦闘には向いていなかった。

カシアスという名だ、と思い出した。黒髪の、浅黒い顔をした当時同年代だった男。会話の中で、斉東が機械加工技能士の資格を持っている、と知った時から、カシアスは同僚の誰よりも頻繁に話しかけてくるようになった。炎天下でベースボールキャップを深く被り、白い歯並びの愛想笑いが印象的だった。

旋盤加工を趣味にする男で、銃の自作について最初に教示してくれたのも彼だった。市販の軍用銃を分解し、三次元スキャンして正確な図面をコンピューター上で作る方法を説明してくれ、貧困層のメキシコ・ギャングが使うようなシリンダーを押し込んで発射するだけの単純な銃器を製作し、実演してくれたりもした。当時の民間軍事会社には豊富な資金があり、手製の武器など必要なかったのだが。話し疲れるとカシアスはいつも、ここはいい仕事場だ、と自分にいい聞かせるようにいった。短期間で稼ぐなら民間軍事会社しかない、それに。微笑みが斉東へ向き、

「ここでなら、僕は男になれるだろう。戦争に参加するのだから。本物の、命のやり取りだ。これ以上の機会はないよ」

そして、皆も僕を認めるしかなくなる、と独り言のようにいった。

皆とは誰だ、と斉東は訊ねた。カシアスは笑顔を強張《こわば》らせつつ、故郷の人たちだ、と答えた。

「学校の同級生の間では、男らしさの最上級はフットボウラーと決まっているんだよ。確かに選手の背は高いし、体は筋肉で覆われている。でも、それだけだ。ボールを追いかけて、取り合ってるだけさ。命のやり取りとはいえない。戦争の方が上だ。彼女だって、それは認めるさ」

彼女って誰だ、と聞くと、同級生だ、と少し声を落としてカシアスは答えた。

「だからって彼女が好きになってくれるとは限らないけど、少なくとも戦場にいた僕を認めてはくれるだろう。それで充分だよ。男らしい、と思ってもらえれば」

斉東は話し相手の純朴さに苦笑する。カシアス、と喋りかけた。

「充分に稼いだら、故郷には帰るな」

不思議そうな顔をする相手へ、

「俺が自衛隊を辞めたのは、狭い、と感じたからだ。規律で覆われたその環境が狭く、単調だと。もっと広い場所に立ちたい、と思ったんだ。お前は自分自身を縛りつけている。

今は、ここに立っているじゃないか。帰属意識なんてものは、犬が小便で縄張りを主張するのと同じ程度の意味しかない。国や国民や家族の定義に合理性なんぞ少しもないのさ。国も家族も、自分の都合で幾らでも捨てることができるんだ。俺の出身国まで来るか？　退屈だがね。それでもよければ案内してやるよ」

カシアスはしばらく黙り込むと、今度は穏やかな笑みを見せた。そうだな、といった――斉東は口元を歪める。眉間の奥に鈍い痛みを感じた。奇妙な心地だった。カシアスとの会話を、まるで初めて知るように思い出したせいだ。俺は、奴とそれほど親しかっただろうか？　ついさっきまで、名前を思い出すこともなかった男のはず。自分自身が口にした言葉も意外だった。あの土地で誰かと笑い合った、という経験を初めて想起したのだ。

急速に、フェンスに囲まれた基地内の光景がぼやけていき、頭痛が消えた。銀色の空気銃のシリンダーに映った無表情な顔に気付いたからだ。像は歪んでいたが、現実感を取り戻すには充分だった。黙々と自作銃の整備を続けた。空気の漏れる箇所がないか、シンクに溜めた水に浸け、点検する。水音だけが室内に響く。ここは間違いなくいい環境だ、と思う。

《ｅｘ》の用意した隠れ家の一つだった。《ｅｘ》は多くの住居を所有しているが、それらが奴の全財産というわけではないらしい。なぜそれほどの資金を所持しているのか不思議に思ってはいたが、直接本人に訊ねたことはなかった。

斉東は口の端で笑った。ようやく、体内に興奮の熾火《おきび》が灯《とも》り始める。重要なのは、資金の出所などではない。全然違う。水の中から引き出した空気銃のシリンダーの、ステンレスの冷えた手触り。

重要なのは、役割だ。そしていかに滑《なめ》らかに目的へと達するかを考え、計画内で小さく立つ刺を丁寧に削り取ってゆき、準備を怠らないこと。

前回の使用では、自作の実包《ショットシエル》が最後に底を突いてしまった。新たに製作した空気銃は発想を変えることで、事実上、無尽蔵の給弾を実現させたことになる。強度を保ったまま銃口を狭め、銃身の内径を可能な限り小さくする、という目論見は、《ｅｘ》により与えられた旋盤機械が完璧に実現してくれた。

実包を揃えることに時間を費やす必要も、根本的な弾切れの心配もなくなった、というだけではない。もう一つ重要なのは、この武装が「不自然に見えない」ことだ。たとえ警察の所持品検査を受ける破目になったとしても、事実が露になることはない。清掃道具として示すことも、求められた際には実演してみせることさえ可能だった。新しい銃弾は日常生活と不可分な一つの要素であり、それを武器と判断できる者はどこにもいない。

そしてこの銃弾は、あの女のためにある。電気通信事業者の高層ビルで、果敢にも単身俺に挑んだ、あの女刑事。仕留め損ねて以来、頭の片隅に突き刺さる小さな破片となっていた。いつ、どう奴を仕留めるか、という命題を解くために新たに武器設計を磨き上げ、現実化させたものが今、両手の中に存在している。

ステンレスの冷たい感触。前回成し得なかった、イルマという名の捜査一課警察官、その胸を貫くための武器。

彼女自身が「確実な死」をオーダーメードしたことになる――

三　砂漠の国

i

警察病院整形外科の手術室に入り、イルマは左肩関節の脱臼《だっきゅう》を治療した。

全身麻酔を打つことになったのは上腕骨が肩甲骨《けんこうこつ》から完全に脱臼した状態で時間が経ちすぎ、周囲の筋肉の緊張が増しているためだった。医師からの話に、それなら先に特別捜査本部の者たちへ被疑者追跡の詳細を説明したいと訴えたが認められず、治療以外の選択肢は与えてもらえなかった。痛みはあったが、ずっと興奮しているせいか、二の腕をもう一方の手で支えるだけで我慢することができていた。それに、以前にも経験した怪我だ。

レントゲンとCTで肩の状態を診て、筋肉と靭帯《じんたい》の断裂、軟骨の損傷がないのを確認したのち、手術室でメスを入れることなく徒手《としゅ》で関節を元に戻すという話だったが、気付いた時には入院病棟の個室で寝ており、全身麻酔のお陰で治療の様子は何一つ覚えていなかった。目覚めた時には、治療を開始したはずの時間から三時間以上経過しているのと、L字に曲げられた左腕が鳩尾の辺りで、ベルトで固定されていることを知った。

朦朧とする頭でナースコールを押し、捜査一課員がまだ室外で待っていることを確かめ入室させるよう頼んだが、看護師の聴診を受けてから、と簡単に断わられてしまった。

看護師からの質問に答える最中は、麻酔の効果が頭の中で残留しているのを感じていたが、聴診器を胸元と腹部に当てられた際のひやりとする冷たさで、少し意識が澄んだようにも思う。同時に、爆発物対策係の土師のことを思い出した。怪我をしているなら、土師もこの病院に搬送されたはず。

「同じ整形外科病棟で入院中です。肋骨を骨折しています」

気の強そうな、二十代前半らしき若い女性看護師が生真面目にいった。イルマは不安になり、

「内臓に影響は……」

「ありませんが、複数箇所に亀裂《きれつ》が入っていますから」

……それならまだいい。イルマはほっとする。というか、全然いい。恐らく土師は、あの爆薬を積んだドローンに収納容器と防爆防護服を着た自らの体で覆い被さり、爆破の衝撃を無理やり受け止めたのだろう。その程度の怪我で助かったのは、むしろ最良の結果といえるはず。

他にも訊きたいことは色々あったが、看護師は取り合おうとしなかった。検査が終わり、ようやく聴取の許可が下りた時に、融通《ゆうづう》が利かねえな、と思わず嫌味をつぶやいたの

が看護師の耳に届いたらしく、それなら事故を起こして病院に来ないでください、と叱られ、イルマは返す言葉もなく、眉間に皺を寄せて口を噤んだ。

看護師が去ってしばらくしたのち、捜査一課の中年男性二人が入室した。一人が両手で顔を擦り、もう一人もぼんやりとした表情でいるのは、たぶんこちらの治療を待つ間、待合室のベンチで居眠りをしていたのだろう。大山《オオヤマ》と藤井《フジイ》が室内の丸椅子をベッドに寄せ、事情聴取の形を作った。

イルマは、硝子張りのマンションを出たところから、順を追ってライダー追走の状況を説明する。話すうちに、二人の中年捜査員の反応が鈍いことが気になってくる。一通り聞き終えての捜査員たちの疑問は、その逃走者が本当に斉東の共犯者であるのかどうか、ということだった。

「高架下のコンクリートの崩落、調査した？」

話を振り出しに戻されたイルマはむきになり、

「指揮本部へ通報した時にいったはずだけど。あれは、予《あらかじ》め仕掛けられた爆発物が発動したものだよ」

「最初から、誰かがそこまで追いかけて来るのを想定して？」

「奴の逃走からは、私を撒こうとする意思が感じられた。逃げきれないと悟って、仕掛けに誘い込む決意をした、ということ。爆発物は、奴らの計画の用心深さの表れでしょ。

で、現場は調べたの？」

「今現在、調査中だ。通行止めにして、高架自体が崩れないようにジャッキで支えている」

大山は肥満した体をやや前傾姿勢にして話し、

「鉄道会社だけでなく、区の土木事務所や国土交通省の人間までやって来て大騒ぎになっているよ。昨年の点検では高架下に異常は発見されなかったようだが、古い設備らしくてな……経年劣化の可能性も含めて、徹底的に調査するつもりらしい。鑑識と道路保全、どちらを優先するかでも揉めているみたいだな」

「そんな悠長《ゆうちょう》な話じゃないんだってば」

慎重、というよりも鈍重《どんじゅう》な大山の態度がもどかしく、

「いい？　私がいっているのは共犯者の可能性だけじゃなく、ライダーが《ｅｘ》当人かもしれない、っていうことなの。奴は明らかに、爆発物の扱いに馴れていた。起爆操作は、完璧といっていいタイミングで行われたんだって」

半信半疑、といった表情の中年捜査員へ、

「今のところ、斉東本人が爆発物を作製した証拠も、起爆させた根拠も見付かってはいない。でしょ？　爆発物を扱う別々の人間たちが、偶然あの硝子張りのマンションの周囲に集まったはずがない。むしろ、斉東はあの場にいなかったかもしれない。あれだけ目立つ風体《ふうてい》の男を、一帯を警戒する犯人捕捉班全員が見逃すとは思えないから」

「逃走者はどんな容姿でした……黒色のヘルメットを被っていた、と?」

「フルフェイスのヘルメットも、革のつなぎも色は黒。レーサーレプリカの大きさからして、身長は一六五から一七〇センチ程度。私と同じくらい。体型は中肉って感じだけど、つなぎの下に何かを着込んでいたかもしれない……この話も、通報時にしたはずだけど」

二人の捜査員の表情が相変わらず冴《さ》えないことに、イルマは苛立つ。特に藤井は、大山よりも半歩後ろに下がり、露骨にこちらから距離を取ろうとする態度でいた。質問は大山に任せ、膝の上で小型のノートPCを開き、報告書の文字を打つ以外関わるつもりはない、という格好。藤井は私と金森との喧嘩——時にはつかみ合い、殴り合いにまで発展する——の様子を何度も目にしているせいで、必要以上に私のことを警戒しているのだ。

「その判断は、上に任せるとして……」

大山が首を傾げるような姿勢で、

「取りあえずもう一度最初から、事実関係の詳細を話してもらって……」

イルマは大袈裟に溜め息をついてみせるが、大山たちの気持ちに響いた様子はなかった。直ちに二人を納得させるのは諦め、まずは質問に対して正確な返答をすることに専念した。話を聞く最中も大山は何度も首を傾げる仕草をみせ、どうやら無自覚な癖らしく、一々腹を立てるのも馬鹿馬鹿しかったが、容易にこちらの証言を信用しない気配があり、次第にイルマの口調もぶっきらぼうになる。途中、扉が開いて部下の宇野が入室した。レジ袋に数種類の飲みものが入っているのが見え、イルマはスポーツ飲料を手振りで要求し、受け取って喉を潤《うるお》した。全身麻酔の前には水分が取れず、目覚めてからも喋り続けたせいで、喉の中がからからに渇《かわ》いてしまっていた。

——気が利かないんだよ。あんたらは。

不満を視線に込めるが、大山も藤井も目を合わせようとすらしない。二人はイルマが少しでも乱暴な言葉を使う度に、離れた場所に座る宇野の方を不安そうに一瞥して、助けを求めるような態度を取った。不満は募る一方だ。私のことを、まるで躾《しつ》けの悪い飼い犬みたいに見やがって。

一通り話し終えると、藤井がノートPCの液晶画面を大山へ向けた。画面を覗き込んだ大山はしかめ面で頷いた。立ち去ろうとする空気を感じ、ちょっと、とイルマは二人を引き止め、一犯人捕捉班員の意見としてではあったが、《ｅｘ》＝ライダー説の上申《じょうしん》を約束させた。大山と藤井は立ち上がり、それぞれありきたりな見舞いの言葉を残し、部屋を出ていった。

スポーツ飲料を飲み干しながら、納得のいかない気分で二人の去った扉を凝視していたイルマは、宇野が黙ってこちらを見詰めていることに気付いた。何、と訊ねるが、

「いえ、別に」

宇野は少し離れた場所に座ったまま、

「入院は今日一日だけ、という話です。看護師から聞いていますか？」

「あー……もうすぐにでも、出るつもりだったから」

「怪我の状態については？」

「筋肉も靱帯も繋がってる、って」

「肩の脱臼は、以前にもしていますよね」

「交機隊員の頃に。顔面骨折した話はしたっけ？」

「……何度か聞いています。看護師によると、脱臼はもう癖になっているかもしれない、という話です……明日の朝、迎えに来ます」

静かに立ち上がり、

「全身麻酔の影響がありますから、食事は消化のいいものを少しずつ摂ってください」

そういい置いて、宇野は部屋を出ていってしまった。

……普段から愛想のいい方ではないけれど。一人残されたイルマは考えてしまう。あの態度は何？　無事でよかったとか、お大事にとか、社交辞令程度の言葉もかけられないわけ……溜め息をついた。本当は、宇野の考えていることは分かっている。私自身が、気付かない振りをしているだけ。

要するに、宇野はとても怒っている、という話。私の怪我に。私のやり方に。

消灯時間がすぎても、なかなか寝つくことはできなかった。目を閉じるとすぐに瞼の裏に追走の最後の場面が再生されて、被疑者を捕らえられなかった事実を何度も思い知らされ、その度に悔しさが込み上げ、気持ちは少しも休まらない。それに、宇野から夜の捜査会議について何も教えてもらえなかったから、ライダーに関しての捜査がどう進展したのかも分からず、その素性を推測することもできない。

病室のベッドで仰向けになったまま、イルマは努めて冷静に、家宅捜索から続く一連の事案を振り返ろうとする。

あの、硝子張りのマンション。警察自身も疑っていたことだが、やはりあの部屋は最初から《ex》により、罠として設定された場所だった。予想できなかったのは二重の罠が仕掛けられていた事実であり、その意図は明らかに、警察に室内を捜索させることにあった。慎重に爆発物処理を進めるだろう最初の爆薬は雷管もない単なる囮で、ドローンによる襲撃が本当の狙い、ということになる……奴は確実に、警察官を爆発に巻き込もうとしたのだ。

《ex》の目論見はわずかに成功した、といえた。土師が防爆防護服と収納容器を合わせることで爆発を一人で受け止め、負傷し、被害者として数えられることになったのだから……でも。

その程度の警察の被害では《ex》は納得しないだろう、とイルマは考える。奴の目的は捜査員を数名殺害し、爆風により部屋の窓硝子を周囲へ撒き散らして、警察の威信を地に落とすことだったはず。《ex》は警察へ、もう一度攻撃を仕掛けるだろうか？

それにしても、とイルマは不思議に思う。大学教授、雑誌編集者、警察官、という犯人による攻撃対象の選択が理解できない。警察を別とすれば、唯一の共通点は教授が物性物理学、編集者が科学系を専門としていることだったが、個人的な恨みにしてもカテゴリーに向けられた敵意だとしても、明確な統一性が感じられなかった。教授と編集者に対しては、爆発物の配送先として氏名が記されているために標的となったのは明らかだが、その敵意がなぜ警察へも向けられたのか。

邪魔をするな、という意思表示？　いや、爆発事件に捜査の手が入るのは当然で、最初から警察の介入は想定内だったはず。あるいは、二人の標的を計画通りに殺害し、それでも《ex》の中の殺意が消えず、無作為に被害を広げる気になったのか。

違う、とイルマは考える。完全に無差別、無軌道な殺人を続けているようにも思えない。そもそも爆発物の凶器としての最大の特徴は、大勢の人間、大規模な設備を一度に壊し尽くす破壊力にある。その凶悪な威力を《ex》は常に少人数へ向け、使用してきた。

きっと奴の方向性は定まっている。対象を警察官にまで広げたのは……むしろ、捜査機関に対する挑発なのでは、という気がする。

もう一つ、不可思議なことがある。

《ｅｘ》の豊富な資金力について。二箇所の高級マンションを罠として利用した事実を考えると、奴は他にもどこかに自宅を確保していることになる。本物の《ｅｘ》と思《おぼ》しきあのライダーの乗った七五〇ccバイクも、最新式のレーサーレプリカだった。

特捜本部は、どんな見解を元に捜査方針を決めたのだろうか。普段はほとんどの捜査会議を時間の無駄と捉えていたが、怪我で参加できないとなると今度は貴重な機会が失われたように感じてしまう。

他の捜査員から、今後の指針となるような重要な情報は報告されただろうか。いても立ってもいられず、サイドテーブル上で充電させていた携帯端末を手にするが、宇野の冷淡な態度を思い出し、イルマはもう一度溜め息をつき、元の位置に戻した。

＋

患者衣のままでいるのが嫌で、左肩を庇《かば》いつつ、シャツとデニムに着替えてしまった。肩関節全体が熱を帯び、疼痛も残っていたが、それでも消炎症剤でだいぶ抑えられているらしい。ハンガーに掛けられたライダースジャケットに触れてみる。擦り傷はあったが、着られないことはなさそうだ。

病室の扉を開けて、消灯された薄暗い通路に出る。個室に掲げられた名札を眺めながらナースステーションで夜間勤務に就く中年の女性看護師に冷却シートを出してもらった。肩から鎖骨にかけて貼り、シャツの上から手のひらで押さえると痛みが和らぐように感じ、安心はしたが、このまま自室に戻る気にはなれなかった。ぶらぶらとエレベータの方へ歩いてゆき、窓に面した広いラウンジエリアを発見する。自動販売機で缶紅茶を買って電源の落とされた大型液晶ＴＶの前の肘掛け椅子に座り、後ひと月も片腕の生活をするのか、と考え、大きな唸り声を上げそうになるが、薄暗いエリア内の窓際に先客の人影を目に留《と》め、控えめな吐息でごまかした。

人影が立ち上がり、突然、見上真介のことを思い出す。同じ整形外科に入院しているはずだ。イルマは自分がむしろ、思い起こさないよう気をつけていたのを認め、動揺した。

患者衣姿の人影がゆっくりと近付いて来る。隣の席に、濁った息を吐き出しながら座った。土師だった。イルマが驚いていると、

「取り逃がした、って聞いたぜ」

慎重に、深く椅子の背にもたれて、

「嚙みつき損ねたか。らしくねえな」

「……肋骨をやった、って聞いたけど」

座っているのも大儀そうに見える爆発物対策係の男へ、

「あなたにしては充分な成果よね……爆発自体を受け止めたんだから」

「……名誉の負傷といってもらいたいね」

土師は鼻で笑い、次に顔をしかめた。

「肋骨の前面に三箇所も亀裂を入れたんだぜ。なのに特捜本部の奴らも警備部も、聴取対象として以外は興味がないときてやがる。お前も似たようなもんだろ？　真っ当な人間が苦労する世の中だよな」

「一緒にしないでくれる……」

改めて土師の様子を見やった。患者衣を着用する姿自体が不自然に思える。分厚いコルセットで胴体を固定しているのが輪郭で分かる。土師にそぐわない格好。その分、普段の剣呑《けんのん》な雰囲気が薄れ、傍にいて緊張が呼び覚まされることもない。土師へ、

「今のうちに、病室でゆっくり休んでおけば？　寝返りも辛そうだけど」

相手は顔を歪めて、

「寝ていたくないのさ……問題はな、爆対の仕事をしていないと何もすることがねえってことだ」

つい、頷いてしまった。イルマの生活も似たようなものだ。目覚めているほとんどの時

間、意識は捜査へと向けられている。休暇に入っても愛車の整備をするか、TVをぼうっと眺めるくらいしかできることはなかった。こいつと同類だとは、認めたくないけれど。

土師は口を薄く開け、わざと浅い呼吸を繰り返している。息を吸う動作さえ肋骨に響くのだ。体調はともかく、少なくとも今の土師の精神は、イルマにはとても安定して見える。ねえ、と訊ね始めてから、躊躇する気持ちが生まれた。

「あの硝子張りのマンションでさ、プラスチック爆薬から雷管……に見せかけた口紅を引き抜いたでしょ？　その前に自分でいったこと、覚えてる……」

「……どうかね」

土師の表情が薄闇の中、陰ったようにも思える。

「あの時あなたは、女の声と子供の泣き声が聞こえる、っていったの。あれは……どういう意味？」

「……聞こえたのさ。それだけだ」

硬い口調で土師が答え、黙り込んだ。訊ねるべきではなかった、と思う。触れて欲しくない記憶は誰にでもあり、この話題は明らかに土師の内面を負の方向へ揺さぶっている。

開け損ねた缶を持ったまま、イルマは個室へ戻る決心をする。腰を上げかけた時、

「……俺も中東にいたんだよ。民間軍事会社に所属していたんだ」

イルマは眉をひそめて、

「そこで何を……いえ、それより、その経歴で公務員試験に合格できるの？」

「大学生時代の、たった三ヶ月間の話だ。個人留学、ってことになってるよ。同級生も知らない。喋ってないからな。警察の身元調査も海を越えてまで調べにはいかないだろ」

「どうして、大学生が民間軍事会社に入ることになったわけ……」

「帰国間際の留学生に教えてもらったのさ。丁度、退屈していたからな」

土師が独り言のようにいい、

「何もかもが、退屈だった」

「第一……民間軍事会社に入るにも経験が必要じゃないの？　それまでに、銃を撃ったことは？」

「アメリカがバグダッドを制圧した後の話だ。民間軍事会社が乱立して、当時、傭兵業界は玉石混淆《ぎょくせきこんこう》だった。要するに、俺は『石』の軍事会社に登録した、ってわけだ。弓道部にいて矢を射たことがある、と履歴書には書いたよ。それで、合格だった。周りも似たようなものさ。高校教師や自動車のセールスマン、ＰＣゲームの中ではいつも戦場にいた、って大真面目に話す奴とかな……唯一、同じチームで経歴がましだったのは、元陸軍の老人くらいのものだった」

暗がりの中、土師が薄く目を開けているのをイルマは見た。遠くを眺めているようでもあり、

「そいつにしたって五十歳を自称していたが、どう見ても十は歳をごまかしていたし、どうやらアルコール関連で除隊になったらしくてな、まともな奴とはいえなかったよ」

「軍事会社としての訓練は？」

「石みたいな会社、だぜ。米軍の航空基地でM4カービンのカートリッジの着脱とセレクタレバーの位置を教えられて、フェンスの傍のドラム缶を撃つ。それでお終いさ」

「でもそこで……爆薬に関して学んだんでしょ」

土師の持つ、実践でしか知りようのない知識。軽く頷いて、

「元陸軍の爺《じい》さんが熱心に、爆発物の基礎知識を授けてくれた。基礎知識、っていってもな、爆弾解体とかそんなことじゃない。奴が俺に教えたのはプラスチック爆薬の扱い方と、後は『触るな』って話ばかりだ。道端に転がっている鞄に触るな、乗り捨てられた車に近付くな、時間の経った味方の遺体に触れるな、動物の死骸《しがい》に触れるな、ってな。そのどれにも、爆発物の仕掛けられた可能性があるのさ。奴はよく、不審物を見付けた他の軍事会社から呼び出されて、現地へ向かっていたよ。意見を求められてな。本人は心底その役割を嫌っていたが、会社の指示には逆らえなかった。俺がチームに入ってからは、よく同行させられたものだ。今から思えば……奴は自分が現場にいきたくないばっかりに、何の戦場の知識もない俺を後継者に仕立て上げようとしていたんだろうよ。別に俺自身は、奴のことを嫌っちゃいなかったがね。何しろ、爆発物について意見を求められた時はいつ

も、怪しい場所はロケット弾で吹き飛ばせ、っていうんだぜ。分からなくもないがね。民間軍事会社は銃器に関しては充実していたが、爆発物に対する装備は皆無だったからな」

「実際の戦闘には参加した……」

「いや」

土師が瞼を閉じたのが分かった。

「運がよかったんだろうよ。要人の乗った車のすぐ後ろについて舗装のない道を延々と走った時も、空港の警備に駆り出された際も、戦闘が始まることはなかった。どこから飛んできたか分からない銃弾が装甲車に当たった音を中で聞いた、って程度だ。が……結局、不運はまとめてやってくるものだと、後で思い知らされたよ」

イルマは話の続きを促す気にはなれなかった。土師も黙り込み、喋るのをやめたかと思ったが、

「……米軍基地近くに白い石畳の路地があってな、そこに机と椅子が並べられて全体がカフェになっていたんだ。現地の人間も、米兵も軍事会社の武装警備員《オペレータ》も利用する、一種の安全地帯だった。ある日、その路地が爆破された。仕掛けられるはずのない場所だった。常に人の目があって、よそ者が目立つ路地だったからな」

土師の声色が低く、虚ろな響きを帯びた。

「爆発したのは、女だった。自爆だよ。最悪のやり方さ……若い女でな、父親が爆撃で死

んだ、と分かったのは後のことだった。西瓜《すいか》を五〇ccのバイクに沢山積んで、笑顔で米軍に近付き、ひと月以上かけて警戒を解いていき、その日の夕刻、彼女は全てを終わらせたんだ。元陸軍の爺さんと俺は、そこで麦酒《ビール》を飲んでいた。不味《まず》い麦酒だったよ。奴は小さな机を挟んで、そこでも俺に講義をしていた。地元の、見知らぬ人間は絶対に近付けるな、と。たとえ笑顔でも、近付けるな。警告を無視する奴には銃口を向けろ。それでも近付く奴は撃ち殺せ、とな。だが、その女は顔見知りだったんだ。俺たちは勤務時間を終えて、防弾ベストも着ていなかった。爆発は、俺が二人分の麦酒を売店に取りにいった時に起きた。爆音と圧力は感じたが、路地に戻った時の光景は予想を超えていた。最初は砂埃で何も見えなかった。どれだけ立ち尽くしていたか覚えていないがね、砂埃が薄れ始めて見えたのは、女の居場所を中心にして路地が赤く黒く染まった様子だった。爺さんの姿を捜したよ。子供の泣き声が、聞こえていた。見覚えのある金色の腕時計を嵌めた腕が、街路樹に引っ掛かっていたが、それ以上は見付からなかった。被害者の中では、まだ幸運な方さ。米兵も民間人もほとんどの連中は、どれが誰の一部かもはっきりしなかったんだからな」

ふと、土師が力を抜いたのが分かった。

「あちこちから、悲鳴や啜り泣きが起こっていた。だが本当に耳に残っているのは、そんなものじゃない。覚えているのは爆発の瞬間の悲しげな、嘆《なげ》きの声だ。死の門をくぐり、黄泉《よみ》の世界を目の当《ま》たりにしたあの女の声だ。空耳だと思うだろ？　俺も理屈ではそう思っているさ。後付けの記憶だとな。それでもな、脳細胞が記憶しているんだよ。時々突然、耳の奥で再生されるんだ。爺さんの腕のことなんか、滅多に思い出さないのにな。女の声が聞こえて、その時の路地の臭いが蘇り、俺は硝子張りの部屋の真ん中で、雷管を抜く決意をしたんだ。これこそが俺の役目だってな」

イルマは注意深く土師の話を聞いた。つまり土師は戦場で心的外傷を受け、幻聴という形で心的外傷後ストレス障害《PTSD》を発症させてしまっている、ということだ。そして、その自覚が本人にもあるらしい。

「班長だけが、この話を知っている。理解してるさ。持病みたいなものだとな。滅多に発症するものじゃないから、普段は気にもしていないがね」

「爆発物対策係に入ったのは……」

「警視庁に入ってからも、警察内部の一部署のことなんぞ考えたこともなかったね。だが……異動の話が出た時には確かに愕然としたさ。誰かに、やれ、と命じられている気分だった。お前の役割だ、と」

土師は静かに深く息を吸い、吐いた。土師を蝕《むしば》む原因を覗き込むことになったイルマは、複雑な気分でいた。やはり訊ねるべきではなかった。原因を知ったところで、何かを解決できるとも思えない。

「……犯人を捕まえねえとな」

　土師がつぶやくようにいう。

「今までも被害はあったが、攻撃対象はある程度絞られていた。もし奴が、ただ被害の拡大だけを狙う気になれば、どうなると思う」

「社会全体に敵意を向ける、ということ……」

「奴は爆薬に取り憑《つ》かれている。そんな人間が、大人しく同じことを繰り返すと思うか？　飢えているんだよ。渇望はエスカレートする。だろ？」

　その可能性はあるだろうか。《ｅｘ》の攻撃対象が、全く無関係の市民にまで広げられる事態。これまでの傾向からは外れるが、絶対にない、とはいいきれない。

　それにしても、土師は一体、誰について話しているのだろう、とも思う。自分自身について語っているようにも、あるいは私のことを指しているようにも聞こえる……イルマは数秒の間、目を閉じた。たぶん私は今、気が滅入っているのだ。ねえ、と話しかけ、

「中東で民間軍事会社に所属していたのなら、そこで斉東と会っていた可能性はない？　時期的には重なっているはずだけど——」

「まさかな……軍事会社に所属して向こうで活動する人間は当時、三万人はいたんだぜ」

「日本人を見たことは？」

「……なくはないがね、擦れ違う程度の出会いだけだな」

眉間に深い皺が生じ、

「長く喋りすぎたな……痛みが本格的に戻ってきやがった。お前のせいだぜ。お詫《わ》びに、身辺のお世話をして欲しいもんだがね。丁寧に色々と、な」

「話を聞くっていうのは、れっきとしたカウンセリングだよ。あなたには、それが必要」

イルマはわざと顎先を上げて両目を細め、

「お代を払ってくれてもいいんだぜ。遠慮なく、さ」

「馬鹿馬鹿しい」

土師が舌打ちして顔を背け、

「野生動物みたいな女から、助言を受けるなんてな。痛み止めを呑んで寝直すさ……」

椅子の肘掛けをそれぞれの手でつかみ、低く唸りながら立ち上がった。土師の動きはまるで、百歳を超えた老人のようだ。

からかってやりたくなり、口を開こうとしたイルマは、エレベータの到着するチャイムを聞いた。薄闇の中、銀色の扉が開き、夜間清掃員が清掃道具を載せた台車を押して現れるのを見た。背の高い清掃員が台車を停め、幾つかの道具をゆっくりと担いだ。

S

斉東は救急入口から警察病院に侵入した。受付の前には夜間診療を求める多くの患者が長椅子に座っており、そこで看護師や医師とも擦れ違ったが、全員が慌ただしく動き回っていて、斉東を咎めようとする者は一人もいなかった。

通路を進むと照明の消えた待合フロアがあり、コンプレッサーとエアタンクとウォータータンク、そして空気銃の重みを受ける台車の車輪が、がらんとした空間に鳴り響いた。

壁のボタンを押し、エレベータを呼ぶ。階数表示のランプの数字が小さくなるのを見詰めていると、興奮で指先が震え始めた。《ｅｘ》のマンションを出て、ビルメンテナンス事業者を装ったバンのステアリングを握り続ける間、液体が緩やかに沸点に達するように心が騒めき出し、今では痛いほど体内を刺激していた。戦場にいる感覚に近かったが、常に護る立場を取らざるを得なかった民間軍事会社の任務とは違い、攻める側にいる実感が恐れを打ち消している。

戦闘に臨む精神状態として完璧に近い……到着したエレベータに台車ごと乗り込んだ斉東は、わずかに集中力が殺《そ》がれるのを感じ、顔を歪める。

原因は建物全体に染み込んだ、消毒液の臭いだ。

あの砂漠での戦闘ののち、負傷者とともに米軍基地の医務室に運び込まれた際には、同じ臭いがもっと濃く空間を満たしていた。擦り傷以上の怪我のなかった斉東は、そこにいるのが嫌で堪らなかったが、混乱してうまく外国語を発することができず、いつまでもその場に留められたのだ。

——カシアスの遺体の隣で。

斉東は片手で、自分のこめかみを押さえる。鋭い頭痛の走った箇所を。

興奮に苛立ちが混じり、その量を増してゆく。やがて怒りが全てを塗り潰し、破壊の衝動が膨れ上がってゆく。

——今の俺には、必要な衝動だ。

衝動を解決する術は、《ｅｘ》により与えられた役割を全うすること。役割には名前がある。衝動と、その名は完全に重なり合っている。

興奮で、首筋からこめかみの血管が膨れ上がるのを感じる。笑みが頬を押し広げる。

奇襲は必ず成功するだろう。与えられた役割、《／》《スラッシュ》に相応《ふさわ》しく、あの女刑事へ深く切り裂くような一撃を与えてみせる。

《ｅｘ》のために。俺自身の、衝動のために。

i

清掃員の正体に気付いたイルマは咄嗟に土師の患者衣の背をつかみ、後方へ倒れ込んだ。頭上を銃弾が通過し、硝子窓が連続して硬い音を立てる。一瞬振り返ると、分厚い硝子に先鋭な何かを打ちつけたように幾つもの孔《あな》が開き、その周囲をひび割れさせていた。目の前の大型液晶ＴＶが後ろから何度も殴られたように揺れ、木製の台ごとこちらへ倒れかかってきた。床を蹴って避け、傍に転がる飲料缶を拾い、通路へ投げつけるが、相手に命中した手応えはなかった。イルマは闇の中に斉東の笑みを見たように思う。

肘掛け椅子の間で呻き声を上げる土師の肩口をつかみ、無理やり引き起こした。身を低めたまま椅子と机を盾にして、通路から少しでも離れようとラウンジの奥へ土師を引張って這《は》い進み、斉東から距離を取ろうとする。周囲で派手な音が鳴り続けている。椅子が跳《は》ね上がって倒れ、千切れた観葉植物の枝と大きな葉が滴とともに降りかかってきた。

奴は、なぶり殺しにするつもりだ。

ラウンジエリアの端の、自動販売機の裏側に土師とともに滑り込んだ。

土師の服用する痛み止めの効果が切れかかっている、というのは本当らしい。イルマのすぐ傍で歯を食い縛る土師は、汗の粒を額《ひたい》とこめかみに浮かべていた。

二台並んだ自動販売機が大きな音を立て、振動する。アクリルパネルが割れ、砕ける衝撃が販売機の裏側に背をつけるイルマに届いた。

首を竦め、ラウンジの気配を確かめる。斉東が銃弾を乱射していることに気がついた。高層ビルで相対した時とは攻撃の仕方が全く違う。斉東は、数の少ない散弾を優先順位をつけた対象へ確実に放つやり方から、大量に連射する方針へと変えたらしい。

でも、どうして。銃弾が貴重品ではなくなった？　それにしても、この大量の発射は……イルマ、と土師が苦しげに話しかけてきた。

「奴の攻撃を見たか……これは液体だぜ。水だ」

「水？　何？」

自分の首筋に手のひらを当てると、確かに濡れていることが分かった。大量の水滴。

「臭いがない。恐らく水だろう。奴は銃弾の代わりに液体を使っている。消防士の使う、消火のためのインパルス銃。あれと似ているが、さらに口径を絞っているようだ」

苦痛で濁る息を吐き出し、

「気をつけろ。イルマ。まともに喰らえば、鋭い刃物みたいに、体を貫くぞ」

頷き、そしてあることを思い起こした。

硝子張りのマンション、その室内に置かれた爆発物の箱には、（ｅｘ＆／）と記されていた。爆発《エクスプロード》と切り裂き《スラッシュ》。《ｅｘ》が黒装束のライダーだとすれば、《／》を名乗る者は

——

斉東の攻撃が止まった。物音がラウンジエリアの反対側から聞こえ、イルマは慎重に自動販売機の陰からその様子を窺った。斉東がラウンジに設置されたウォーターサーバのボトルに、銀色の空気銃と繋がるホースの先を突き刺した。銃口を下げ、銃身にボトル内の水を手早く送り込もうとする。

すぐ傍の通路に、また別の人間の気配があった。十字路となった通路の奥から恐る恐る近付いて来る、看護師の姿が視界に入った。イルマは夜間勤務の中年女性へ、

「こっちに来るなっ」

大声で警告を送ると看護師が通路の中央で棒立ちになった。まずい。土師へ顔を寄せ、

「ここで別れよう」

「何……」

「いったん離れて、斉東がどちらを狙っているか様子を見る。私であれば、奴が病室へ向かわないよう、階段へ誘導する」

斉東の狙いは、いったんは奴を確保し、《ｅｘ》を確保寸前まで追い詰めた私のはず。

「奴の注意が逸れたら、個室に戻って隠れていて」

待て、という弱々しい言葉が聞こえたが、構わずイルマは立ち上がった。幾つもの装備を抱える斉東よりも、素早く動くことができる自信はあった。立ち上がると同時に駆け出

し、イルマは十字路を横切って、突っ立ったままでいる看護師へ突進した。

すぐ近くに飾られた絵画が衝撃音とともに壁から外れ、狙いがこちらに向けられているのを感じる。

──来い、斉東。

鋭い刃先に触れるような感覚。声にならない悲鳴を上げる看護師につかみ掛かり、奥へ、と指示を出して通路の先に押しやると、ようやく相手も動き出した。ナースステーションの扉を開けようとする素振りがあったから、

「違う。奥から西側のナースステーションへ向かって」

看護師がぎこちなく移動を始めたのを見届け、イルマはナースステーションに駆け寄り、木製のカウンターを越えて内側に転がり込んだ。片腕を固定しているためにうまく体が回転しきれず、車輪付きの書類棚に激突し、ひっくり返してしまった。忘れていた肩の痛みも蘇る。シャツの襟元に手を突っ込み、中で半端に剝がれていた冷却シートをむしり取って床へ捨てた。室内で目を見張るもう一人の看護師──気の強い若い女性──と視線が合い、

「早く、奥へ。凶器を持った人間が侵入している」

「患者さんに知らせないと……」

「それなら西側からナースコールを通じて、部屋から出ないよう伝えて。私が、奴を誘導

する」

頷き、弾かれたように奥の出入口へ動き出す看護師へ、通報も、と頼んだ。

——これで何とか、お膳立《ぜんだ》てが調《ととの》った。

カウンターの陰でイルマは息を整え、大きく一度深呼吸し、近付きつつある足音へ、

「遅すぎるんだよ。こっちは、わざわざ待っているんだけどなっ」

カウンター上のプラスチック製のカレンダーが、イルマの頭上で激しい音とともに砕け散る。

予想よりも斉東の動きが速い。そしてもう、余計な時間を費やすつもりもないらしい。イルマは低い姿勢のまま、ナースステーションの奥へ移動し、扉のない休憩室の入口を抜けて室内に滑り込んだ。傍のホワイトボードの割れる様子が、視界の隅に映った。壁一面に並んだ金属製のロッカーが、立て続けにくぼみ、形を歪めてゆく。跳ね返って降り注ぐ飛沫《しぶき》さえ、イルマの全身に突き刺さるようだった。

水浸《みずびた》しになったカーペットで足を滑らせながら、休憩室中央の長机につかまり、奥の扉を目指す。室内に無造作に置かれた折り畳み椅子を掻き分けて進むイルマは、背後に人の気配を感じた。

斉東がカウンターを跨ぎ越えようとするところだった。息遣いが聞こえそうなほど、間近にいる。イルマは、長机に載っていた誰かのハンドバッグを投げつけようとするが、ウ

ォーターガンの先端が冷静にこちらを指すのが分かり、バッグを放り出して机の下に素早く潜り込んだ。

天板を貫通した、と錯覚するくらいの衝撃音が鳴り響く。

急げ、と自分にいい聞かせ、絨毯の上を這い、出口へと急いだ。長机から一気に飛び出し、扉のノブに取りついたイルマは、脱出が間に合わないことを悟った。

喜色を顔に滲ませる斉東が、休憩室の入口から見下ろしていた。差し向けられた銃の先端、細いスリットの形を、はっきりと見て取った。

死の臭いが、イルマの鼻腔《びこう》の奥に満ちてゆく。立ち上がることさえできない。

空気銃の射撃とは違う音が、斉東の背後で鳴った。カウンターで小さな植木鉢が跳ね返り、黒い土を撒き散らしたが、それだけだった。土師の、斉東を挑発する声が聞こえる。

あいつ。隠れてろっていったのに。これじゃあ、共倒れになるだけで……

一瞬後ろを確認した斉東が、再びイルマを見下ろす。背後に位置する警察官は何の脅威にもならない、と判断したのだ。斉東は真っ先に私を殺し、次には確実に土師を――

斉東の笑みが強張り、強い緊張が走るのをイルマは確かに見た。まるで、突然の激痛に襲われたようだった。元傭兵の顔が休憩室の明るい照明の下でみるみる青ざめ、ゆっくりと背後へ向き直った。

斉東は明らかに動揺している。イルマにはその理由が分からなかったが、男が攻撃対象を変更したのだけは間違いなかった。歩くこともままならない今の土師が、斉東に狙われては一溜《ひとた》まりもないはずだ。

焦り、休憩室を見回す。壁際に設置された消火器の赤色が、目に飛び込んできた。座ったまま床を蹴って寄り、ベルトで吊られた左手で重い消火器を抱え、痛みを堪えつつ立ち上がった。

斉東がカウンターを乗り越えた。こちらのことを忘れたように、男の関心は土師だけに向いている。擦りもしなかった土師の攻撃がなぜそれほど斉東を緊張させたのか、理解はできなかったが、考えている時間もない。

イルマは消火器の安全栓を引き抜いた。斉東がウォーターガンの一撃を発射し、土師の呻きが通路に響き渡る。駆け出したイルマはカウンターを滑り越え、ノズルを斉東の背中へ向け、消火器のレバーを思いきり握り締めた。

噴射した消火剤が辺りに立ち込め、斉東の姿を完全に隠した。空間の全てが、桃色がかった白色で染まり、イルマは軽くなった消火器を片手で頭の上に掲げ、斉東、と叫んで走り、男が立っているはずの場所へ、思いきり振り下ろした。

金属製の消火器が空振りし、リノリウムの床に当たり、その衝撃でイルマの手から離れそうになる。持ちこたえ、濃霧のように消火剤が視界を遮る中、イルマは消火器を無茶苦茶に振り回した。何の手応えもなく、消火剤の粉末が喉に入って咳《せ》き込み、身を屈《かが》めて斉東の攻撃を警戒し、消火剤が薄れつつある中、周囲の状況を見極めようとする。

斉東の姿が存在しない。離れた位置の空中で、小さな照明が瞬《またた》くのが見えた。エレベータの階数表示が一階へ向かっている、と気付き、斉東の後を追おうと立ち上がったイルマは消火器を床へ落とした。左肩をつかみ、電流のように走った痛みを抑え込もうとする。呻き声が二重に聞こえ、自分と、もう一方はラウンジから土師が発したものだった。

床で胸を押さえて体を丸める土師の姿を認め、イルマは走り寄った。ゆっくりと仰向けにし、ボタンを弾き飛ばしてシャツの前を開くと、白いコルセットの中央に血が染み出していた。コルセットの重なった部分が裂け、貫かれている。大丈夫だ、と苦しそうにつぶやく土師へ、

「ハジ、待っていろ。看護師を呼んで来る」

「……斉東は」

「消えた。今、エレベータが一階に着いた。たぶん、それに乗っている」

通路の奥から騒がしい足音がし、警棒を手にした警備員二人と若い看護師が、緊張の面持ちでこちらへと来るのが見える。

土師が咳き込み、血を吐いた。肋骨の骨折が悪化し、肺を傷付けている。看護師を呼び、土師の処置を頼んだ。警備員たちへは、警視庁捜査一課の身分を名乗り、今も斉東が病院内にいる可能性を説明し、応援が到着するまで入院患者を病室から出さないよう依頼

した。

警備員たちと話し合いながら、頭の片隅では、ずっと斉東の変化について考えていた。斉東が標的をこちらから土師へと変更した瞬間。その理由。奴が振り返って目にすることができたのは、土師の姿以外になかったはず。

——それが理由。他にはない。

斉東は土師を認識し、そして何かを思い出したのだ。

奴は以前に土師と出会っている。

恐らくは、砂漠の国で。

＋

次第に、警察病院内に警察官の数が増えていった。他にも病院関係者や部屋から出て様子を窺う入院患者の姿もあり、その分騒がしさも増したが、同時に安堵の空気も広がり、ようやくイルマもラウンジの椅子に座って体を休めることができるようになった。フロア全体の天井の蛍光灯が点き、眩しさに目を細める。誰かが気を利かせてくれたらしい。

窓には分厚い硝子をほとんど貫通した、ウォーターガンの威力が幾つも刻印されていた。コルセットの上からとはいえ、この衝撃をまともに受け止めた土師の痛みはどれほどだったのか、と考える。血を吐いていたのは、折れた肋骨が肺を傷付けてしまったためだろう。ストレッチャーで運ばれる土師の、苦悶《くもん》の表情を思い出す。

イルマは頭を抱え、短い髪を片手で握り締める。結果的に、土師に命を助けられたことになる。あいつ、早く逃げて隠れてろ、っていったのに。

土師には訊ねたいことがあった。斉東との関わりについて。土師は覚えていないようだったが、斉東の様子からして、恐らく二人は過去に会ったことがあるはず……けれど今の状態では質問の回答どころか、片手を挙げることさえ難しいだろう。

ベルトで固定された、イルマの左肩にも鈍い痛みが溜まっていた。

改めて、斉東に対する怒りが体内で膨れ上がった。その逃亡を追うこともできない自分の状態が腹立たしくてならない。少なくとも奴の襲撃は阻止してみせた、と考えて自分を納得させようとするがうまくいかず、怒りは胃の底で燻り続けた。

ふと奇妙な感覚に陥った。いつもとは何かが違うと思い、周囲の警察官の中に宇野の姿が見当たらないことに気付く。近寄って来たのは他の捜査一課員で、ラウンジの隅に席を移し、そこで襲撃の状況を説明することになった。立ち上がった際、イルマは見上が入っているはずの病室の方を見た。この喧騒の中でも、個室の扉が開く気配はなかった。

聴取の合間に一課員から捜査状況を聞いた。病院への襲撃、という事態をようやく認識し、通信司令本部が特別緊急配備を指示したという話だったが、すでに時機は逃がしているように思え、逃亡する斉東の確保を期待する気にはなれない。

警察関連施設内での警察官への襲撃、という事態に警視庁そのものが混乱状態に陥っているようだ。イルマは斉東の狙いについて捜査員へ説明したが、自分でも理解しきれていない状況だけに、うまく伝わった感触がなかった。斉東の標的は……少なくとも最初は、私だったはず。警視庁警察官の中で、斉東と《ｅｘ》に最も肉薄したのは私なのだから。けれど斉東は襲撃の途中で、対象を土師へと変更した。その一連の変化をどう説明すればいいのか分からず、斉東と自分自身への苛立ちが募るばかりだった。

斉東が乱射したウォーターガンも、本人とともに現場から消えたことも分かった。どこにもそんな武器は存在しないという。斉東が持ち去ったのだろう。それだけ奴の撤退のタイミングは早く、その逃走にも余裕があったことになる。現物を見せられないせいで、水を武器にした銃器、という話にも説得力を持たせることができず、捜査員たちはぽかんとするばかりだった。

うまく聴取が進まない中、若手の女性看護師が近寄り、明日肩関節の再検査を行います、と話しかけてきた。痛みと部分的な発熱はあったが、脱臼の再発した感触はなかったため、これ以上入院を長引かせる気がないのを伝えた。看護師の方も引かず、結局は押し問答となり、イルマは先に知りたい話を聞き出そうと、

「それより、ハジの方はどうなったの。血を吐いていた。肺が傷付いたんじゃ……」

「現在、超音波検査をしています」

続けるのを躊躇う素振りがあり、

「……血圧の低下と意識障害が現れていますので、適切な治療が必要です」

意識を失っている、ということは相当な出血があったのを意味している。いても立ってもいられず、

「やっぱり私の検査はなし。捜査員として確保しなきゃいけない人間が、二人もいる」

「今は、検査と治療が先です」

看護師も頑として引き下がらなかった。

「それは、土師さんもあなたも同じです」

＋

特別捜査本部の朝の捜査会議に、イルマは間に合わなかった。特捜本部からも再検査を指示され、従わざるを得なくなったのだ。問診、触診をやり直し、レントゲンとＭＲＩ検査の結果からは、骨に異常はないものの靱帯の炎症が進行している状態、と診断され、充分安静に生活するように、という医師による注意を不貞腐《ふてくさ》れながら聞き、退院許可を得て炎症鎮痛剤の配合された湿布を処方してもらい、保険会社への診断書の作成を依頼し、費

用の精算を自動支払機で済ませて病院を出る頃には、もう夕刻の時間帯に入っていた。一々待ち時間が長く、あちこちの長椅子でぼんやりとしている最中も、焦っているために気持ちは少しも休まらず、自動扉を抜けて病院の外に出た時は疲労困憊《こんぱい》し、大きな溜め息をつくことになった。

宇野はどうしたのだろう、とイルマは思い出す。朝に迎えに来る、といっていたはずだ。その場で見渡すと、大きな駐輪場とタクシー乗り場が視界に入る。流石《さすが》に宇野がこの時間まで待っているとは思わなかったが、連絡一つないことが気に食わなかった。

タクシー乗り場まで歩き、先頭の一台に乗った時、自分が空腹なことに気付いた。講堂の中で宇野がパンやサンドイッチを用意しているかもしれない。

イルマは腹いせに運転手へ、どこでもいいから近くのレストランに案内して、と告げた。

+

講堂の窓際の席にはすでに宇野がおり、机に頬杖を突き、一人で黙々と何かを書きつけていた。近寄ると、昇任試験の問題集を解いていることが分かった。コンビニエンスストアの軽食は、どうやら用意されていないらしい。イルマがわざと大きな音を立てて隣に座ると、一瞥はしたがそれだけで、何の挨拶も寄越さなかった。

「……あのさぁ」

ひと言いわずには済まず、

「朝に迎えに来るって、いってなかった？」

「……いきましたよ」

宇野は淡々と、

「もう一度検査をして退院はずっと遅れる、とナースステーションで聞きましたから、いったん捜査支援分析センター《SSBC》の手伝いに戻りました」

「ならどうして、もう一度来なかったわけ」

「連絡があり次第、迎えにいく予定でしたが。午後からはそのつもりで待機していました」

イルマは黙り込む。いい掛かりを吹っかけているという自覚はあったし、この苛立ちの大部分が、ベルトで片腕を固定され自由に身動きの取れない自分に対する不満であるのも、理解はしていた。それでも宇野の、まるで周囲に見えない障壁を張り巡らせるような態度が気に入らなかった。宇野の今の姿勢は、イルマが交通機動隊から捜査一課に異動となった当時の、出会ったばかりの巡査部長の様子そのものだった。

宇野の心理的な障壁は周りの全員に対して作られるものだったが、その厚みは相手への信用の度合いで変わる。ほとんどの同僚は、その心理メカニズムに気付いてさえいないだろう。物静かな人間という程度の認識のはずで、宇野のそつのない仕事とメカニズムとが相互作用しているのを知る者は、私の他にいないはず。

——それが宇野自身を護るための卵の殻《から》のような仕組みであるのは、同じ捜査一課二係の、特に何度も行動をともにした私だからこそ、分かる。

黒子に徹して、進んで補佐に回ろうとする彼の働きは他のどの男性警察官にも見られないもので、特に最近は逐一指示する必要もなく、むしろこちらを先回りして動き、いつの間にかストレスなく組むことのできる貴重な相棒となっていた。

——でもそれは、私からの信頼、ということでしかない。

イルマは、まだちらほらとしか捜査員の存在しない講堂の中で孤独を感じたような気がし、顔をしかめた。

——宇野から私への信頼は？

そう。結局このぎこちなさは、信頼関係の問題。私と、宇野との間の。

私は宇野に甘えすぎているのだろうか。

+

捜査会議が始まってからも、イルマの苛立ちは収まらなかった。

特捜本部が斉東の行方を全く把握できていない、というだけでなく、こちらに少しも意見を求めようとしないせいだ。一番気に入らないのは誰一人、「ライダー＝《ｅｘ》説」を考慮しないこと。和田管理官も共犯者としての可能性に言及しただけで、主犯は斉東、という見立てを崩そうとは考えていないらしい。

しばらく黙って他の捜査員の話を聞いていたが我慢できなくなり、イルマは立ち上がった。机に片手を突いて声を張り、

「私の報告した黒装束のライダーについて、何か判明した事実はありますか」

「……被疑者もバイクも見付かってはいない」

管理官の口調は冷静で、

「幹線道路上の防犯カメラの幾つかには、確かに被疑者と君の暴走が記録されていた」

反論しかけるイルマを片手で制して、

「ＳＮＳで拡散された気配はない。世間への影響がなければ、黙殺することはできる。適切な対処であったのかどうかは……微妙なところだが、今はいい」

大人しく腰を下ろすしかなかった。

「報告にあった二輪の自動車登録番号を照会したが該当するものはなく、どうやら偽造されたものらしい。防犯カメラの映像も高速で横切る二台が映っているだけで、脇道に逸れてからは完全に痕跡が消えてしまった。従って、ライダーに関する情報はほとんど君からの報告以外にない。ライダーがどのような人物かはともかく、今は正体の分かっている斉

東を主犯として、引き続き追う。斉東さえ確保すれば、共犯者の人物像も明らかになるだろう」

不満だったが、黙って頷く以外にない。

捜査会議が進行する中、斉東の脱獄時の詳細が明らかになった。

当時、集団食中毒の患者を搬送するために拘置所内に入った多数の救急自動車の隙間を縫って一台のバイクが侵入し、あっという間に斉東を連れ去った、という。斉東以外にも六人の未決囚が脱走し、今もその内の二人が確保されていない現状と、責任を感じた刑務官の一人が自宅から関係者へ遺書メールを送信したのち自殺、という後日談までが捜査員によって披露され、講堂内に暗い空気が漂った。

「……生活安全部サイバー犯罪対策課です」

イルマのすぐ前方で、やたらと胴回りのある若い男性が挙手し、報告を始め、

「斉東が電気通信事業者から盗み出した電子情報が判明しました。無人航空機《ドローン》に搭載された機器の記録《メモリ》が、一部読み取り可能な状態で発見されまして……通信事業者の協力を得て会社の所有する情報と比較したところ、一致するプログラムとデータが見付かりました」

緩みかけていた講堂内の集中力が、一瞬にして戻ったのを感じる。

「斉東に占拠されたビル、そのネットワーク技術本部では次世代の通信に関連するテクノロジーを開発しております。一致するデータの中には電話通信網を利用したドローン制御

技術があり、また、大手地図製作会社と提携し構築中の三次元地図のデータベースも盗用された模様です」

「三次元地図とは」

　管理官が問い返すと、

「通常の電子地図に、高さの概念を加えたものです。建物の形状などのデータも含まれます。要するに……将来のドローンの安全な航行のために専用の地図を用意する計画、ということになります」

「電気通信事業者が、なぜドローンを開発しているのかね。何かの補助的な研究として、か」

「いえ。むしろ積極的に開発しています。ドローンの制御システムの根幹はやはり電波通信ですから、技術的にも重なっているのです。また、今後増加するはずの民間によるドローンの利用と、既存の通信網との間に電波的な衝突が起こり、両者に悪影響を及ぼす可能性もあります。先手を打って研究しておけば双方の技術を蓄え、将来どちらの市場も主導することができる、と考えているようです」

「ということは」

　管理官は少し考えたのち、

「あのドローンによる襲撃は、ビルの占拠当時から計画されていた、ということになる」

「いえ、そうとも……通信事業者のドローン制御技術はもっと大型の機体まで想定しておりますが、襲撃ではそれらの技術全てが利用されたわけではありません。むしろ、自前のドローンに後付けで性能を足したようにも見えます」

「では、斉東はそもそも何のためにドローン関連の技術を盗んだのかね」

そこまでは、とサイバー犯罪対策課員は言葉を濁した。イルマも管理官と同じ疑問を持ち、やはりその答えは思い浮かばなかった。《ｅｘ》たちがドローン関連の技術と爆発物を組み合わせたのは、最初から意図したことだろう。けれどドローンによる襲撃は警察に対する罠の一部でしかなく、その仕掛けは小規模でないとはいえ、斉東が高層ビルを占拠し、四人もの人間を殺害したあの事案とは釣り合いが取れていないようにも思える。有益な情報、という程度のことにそれだけの労力を費やせるものだろうか。さらにいえば、ビル内での確保の際も斉東はひどく潔く抵抗を諦めたように感じられ、むしろ確保されること自体、最初から奴の計画に含まれていたのでは、とさえ考えてしまう。

けれどそれでは、得るものよりもリスクの方が遥かに大きく、彼らの目論見全体の整合性が緩すぎるように思える……でも、この考えも《ｅｘ》と斉東の精神が正常性を保っている、との前提があってこその話だ。すでに正常の淵《ふち》を越え、狂気の谷底へ落ちてしまった可能性だってある。

和田管理官が資料を読みつつ、昨夜の捜査会議で報告された話だが、と前置きし、

「斉東が以前の傷害事件で刑務所に入っていた際、面会を申し出た二名の女性についての

続報が入った」

イルマは、はっとして顔を上げる。続報？　斉東とコンタクトを取った人物の存在は判明していたが、詳細までは分かっていなかった。いつもなら、事前に宇野が報告してくれるはずの最新情報。隣に座る部下に対しての苛立ちが蘇る。けれど、いかに普段自分が年下の部下を便利に使っているか、という現実も知らされたようで、複雑な気分にもなった。管理官は続けて、

「以前にも話したことだが……一人はアオキサツキ。もう一人はサカイアキコ。サカイは実際に斉東と三度も面会している。アオキは面談の申請を一度行ったが斉東自身により却下され、会うことは叶わなかった。サカイの方が遥かに重要人物だが、今のところ現住所は不明。アオキの方は面談申請当時の住所、その近隣に越しているのが聞き込みにより昨日、明らかになった。都内に住んでいるが、こちらもまだ接触はできていない」

管理官は自分の腕時計を確かめ、

「少し遅いが……今なら確実に在宅しているだろう。これからすぐに、聴取に向かってもらいたい……イルマ君」

突然の名指しに身構えていると、

「相手は女性だ。三十歳。特捜本部所属の女性警察官が担当するのが、相手のためにも一番だろう。斉東との縁は薄いが、念のため話を聞きにいってくれ」

すぐ傍に座る庶務班員を指差し、

「イノウエ君といってもらう……失礼のないようにな」

イノウエと呼ばれた若い女性警察官がその場で姿勢を正して、はい、と返答した。以前、土師に爆薬のマーカーの調べについて問い詰められ、うろたえていた庶務班員。

捜査の本流から外された格好となったが管理官にこちらを軽んずる態度は窺えなかったし、女性が女性を訪ねるという理屈も分からなくはない。了解しました、と大人しく応える以外なかった。

+

聴取へ向かうタクシーの後部座席で、イルマは庶務班員である女性警察官から名刺を受け取り、「伊野上晴《イノウエハル》」という名前と、イルマと同階級である警部補を拝命しているのを知った。ミディアムヘアを少し膨らませた髪形。タクシーを待つ短い間に外気に触れただけで、頰に赤みが差している。イルマよりも五、六歳は若いだろう。今まで気付かなかったことがむしろ不思議だ、と思う。

彼女は高級官僚《キャリア》だ。

研修期間内の実務として、特別捜査本部の庶務班に配属されたのだろう。イルマは和田管理官の、失礼のないようにな、という言葉を思い起こした。聴取対象のアオキに関していったものとばかり考えていたが、今にして思えばあれは、いずれ必ず幹部へと昇任し、警視庁捜査一課にも影響を及ぼし兼ねないキャリアへの心構えとして、私に忠告を与えたのだ。何となく眉間に皺を寄せてイルマも名刺を渡そうとするが、庶務班員ですから特捜本部に所属する捜査員の情報は得ています、と硬い口調で断わられた。

清潔感のあるチャコールグレーのスーツスカート。ぴったり合わせた膝の上に両手を置き、やや緊張した面持ちで姿勢よく前方を見る伊野上の隣に座っていると、親戚の就職活動にでもつき合うような気分になってくる。

イルマは聴取対象者の情報を、伊野上から得るために質問を重ねた。伊野上は丁寧に事細かく答えてくれたが、何か言葉の端々に刺があるようで、その原因がこれからの聴取に対する気構えではなく、こちらだということにイルマは気付いた。

どうやら伊野上は私のことを、土師と同類と考えているらしい。警戒心と嫌悪感が滲み出ているのが分かる。たぶん感覚的に私を「敵」として認識している。言葉遣いが一々硬いのは、下手に言葉尻を捉えられないための、彼女なりの防御策のようだった。

――普段から、軽口ばっかり叩いているせい？

イルマは人差し指で額を押さえる。

――それにしても、土師と一緒にされるなんて。どんな悪評が出回っていることやら。

「それで……ええと、アオキサツキ、だっけ？」

確認すると、伊野上はハンドバッグから資料を取り出し、イルマへ差し出した。

青木早月《アオキサツキ》。三十歳。現住所、東京都豊島《としま》区……

「これだけ？」

余白の多いA４用紙を、イルマが人差し指で弾くと、

「昨日の今日ですから」

「運転免許証は？」

「取得していないようです。同様に、マイナンバーカードも所持していません」

「どんな部屋に住んでいるのか、分かる？」

「１ＤＫのマンションです」

伊野上はこちらの手から書類を抜いて、丁寧に畳んでバッグに戻し、

「引っ越したのちは住民票を更新していませんでしたが……不動産会社のサイトで、マンションの間取りも確認しています」

「１ＤＫ……高級ではない、かな」

伊野上が頷き、

「午前中に二度、他の捜査員が訪問したのですが、不在だったということです。けれどポストに郵便物は溜まっておらず、生活の気配はあった、と。ですから改めて私たちが」

「確認するだけの仕事に割り当てられた、と」

「遅い時間帯ですから、女性警察官が訪れることにも意味があると思います。彼女も参考人には違いありません」

「ああそう……事前のアポイントメントは？」

「取っていません。今回が初めての接触となります」

イルマは、四角張った相手の態度に意地悪な気分が起こり、

「いないかもしれないよ……もう寝ているかも。ちょっと接触の仕方が雑じゃない？」

「参考人としての重要性を判断するのも、今回の訪問に含まれています」

伊野上の頬の赤味が濃くなり、

「ですから、事前に作戦を考えるべきかもしれません。聴取の工夫をお願いします。普段、二係の宇野巡査部長と組んでいることが多いようですが、今回はイルマさんにお任せしても、大丈夫ですか」

やっぱり、刺のあるいい方。伊野上は、

「相手は、繊細な人間でしょうから」

「どうして……」

「男性凶悪犯に惹かれる女性、というのは時折現れます。珍《めず》しい人種ではありません。彼女たちにとって獄中の受刑者は、存在感の大きな者、ということになるのでしょう。つま

り自分に自信が持てないが故《ゆえ》の、裏返しの憧《あこが》れということになります」

「その理屈は否定しないし、事前に作戦を練《ね》るのもいいけど……一つだけいっておくよ」

イルマは伊野上を軽く指差し、

「聴取対象に先入観を持たないこと。特に、事案や被疑者との関わりのはっきりしない相手には。冤罪も、見逃された犯罪も先入観が強すぎるが故の悲劇……でしょ？」

同階級の高級官僚は口元を引き締め、はい、と答えたのち、

「では今回の聴取も、臨機応変に、ということになるのでしょうか」

「……任せるよ。一通りの質問は」

「了解しました。何か至らない点がありましたらその場で是非、支援していただけたらと思います」

真っ直ぐ前を向いていった。まるで、お手並み拝見、といわんばかりの口調。からかってやりたくもなるが、これ以上悪評が広まるのもまずいと考え、イルマも口を噤んだ。

タクシーが国道から脇道に折れ、目的地が近いことを知らせた。伊野上の頬の赤味が顔中に広がっており、その緊張具合が手に取るように分かる。

運転手がゆっくりとタクシーを停車させ、サイドブレーキを引いた。

＋

煉瓦《れんが》風のタイルで覆われた五階建てのマンション、そのエントランスへ伊野上に続き足を踏み入れる。伊野上がオートロックのインターフォンを操作している間、イルマは壁に並ぶポストの中に青木の名前を捜したが、見当たらなかった。

天井を見上げ、床へ視線を落とす。シャンデリアによる暖色系の照明。大理石模様の、よく磨かれた床。太い柱と厚みのある壁。高級住宅とまではいかないのかもしれないが、悪い造りではなさそうだ。管理人の常駐しない建物、と気付いた。

伊野上がインターフォンのマイクに顔を近付けた。はい、という返答がスピーカーから聞こえる。女性の細い声。伊野上は警察官として来訪した目的を、隠さずに告げた。

「青木さんと過去に手紙でやり取りのあったある人物について、お話を伺いたいのですが」

その言葉で、青木はすぐに察したらしい。数秒の間があり、どうぞ、という声が聞こえたのち内側の硝子扉が開いた。

青木早月は、髪の長い色白の女性だった。物静かな人物に見え、玄関に立った警察官二人に、決して目を合わせようとはしなかった。部屋着らしき地味なワンピースから、レギンスを穿《は》いたふくらはぎが見えていた。落ち着きなくワンピースの裾を握り締めている。

通されたフローリングのダイニングキッチンは想像よりも広く、壁際にソファーと細長い本棚が並べて置かれていた。半分だけカーテンの引かれた窓から見える夜景は、住宅街の屋根と電線ばかりが目立った。

イルマと伊野上をソファーに案内し、何か飲みものでも、とキッチンへ向かおうとするのを留めて早速の聴取を申し出ると、青木は折り畳みの丸椅子を広げ、やや斜め下を向いて静かに座った。

両手を膝の上で何度も組み替える姿からは、ひどい緊張と怯えが滲み出ている。俯いた顔立ちの中で、口紅の鮮やかな赤色が目についた。

「突然の訪問、申しわけありません」

伊野上が挨拶とともに警視庁の名刺を小さな机の上に置き、イルマもそれに倣《なら》った。年下の高級官僚の説明は淀《よど》みなく、

「エントランスで先程少しお話しした通り、一年半ほど前あなたが少しだけ文通した、斉東克也という人物についてご存知のことを教えていただけたらと思い、夜分に失礼かとは思いましたが、伺わせていただきました」

下を向いたまま頷く青木へ、

「報道でご覧になっているかもしれませんが……斉東は現在、殺人、逃走の罪で全国に公開指名手配されております。正直申しまして、少しでも情報が欲しい、と警視庁特別捜査本部では考えています。是非ご協力いただければ、と」

「……彼からの手紙はもう捨てました」

聞き取りにくい声量でいう。本当だろうか、とイルマは考えるが口に出しはしなかった。

「プライベートな内容まで立ち入るつもりはありません」

伊野上もその真偽には触れず、

「私たちが知りたいのは、斉東克也がどのような人物か、ということです。今後の捜査の参考にするために。お知り合いについて話すのは、心苦しいかもしれませんが……」

「知り合い、というわけでもありません」

咳払いをして、

「返事の手紙は、ごく短いものでした。彼の人となりをそれで知ったとは、とても……」

「最初の話として、なぜ斉東克也という男へ手紙を出そうと思いついたの？」

イルマが横から言葉を挟むと、途端に青木は口を噤む。この質問は、二人の関係のうち、彼女側の事情に触れるものだった。あえて単刀直入に訊ねたのだが、青木の警戒心を高めてしまったかもしれない。伊野上がこちらを一瞥したのが分かった。たぶん、批判的な視線。

イルマは辛抱強く青木が口を開くのを待った。当人が喋りたくない話題であっても、聞き出すべき情報のように思える。伊野上もそのことは分かっているのだろう。イルマの隣で同じように待っていた。イルマは青木の両手の細かな動きから、周囲へと意識を移した。

最低限の調度品だけで構成された部屋。隅にも低い机があり、一体型PCが載せられていて、それがTV代わりにもなっているらしい。植物の類いは一切なく、玄関に近いキッチンに小型の冷蔵庫があり、その上に電子レンジが載せられている。後は調理器具程度しか目に入るものはなかった。

青木早月の内面を、外側にさらけ出した空間のように見えた。虚ろな部屋、という印象。

傍の本棚を覗き込んだ。二、三年前のベストセラー小説が何冊か。その他は自己啓発書ばかりだった。本当の自分を見付ける……他人の視線を気にしない方法……好かれなくていい、という決断……政治イデオロギーに関する本、憲法について解説した書籍もある。

彼女の内面がここにも表れている。

イルマはふと、青木の視線を感じた。室内を観察するこちらを警戒している……というよりも、さらに観察しているように思える。青木はすぐに目を逸らし、そしてようやく口を開いた。

「……昔から、強い人に憧れているんです」

ワンピースの裾を強く握り、

「彼が仕出かしたことを、もちろん肯定するつもりはないのですが」

「どこで、斉東のことを知ったの」

イルマの質問に、

「新聞記事を読みました」

「喧嘩相手を手ひどく暴行した、という話よね」

「……はい。元傭兵だった、とも書いてありました」

「元傭兵で乱暴者だと、どういう印象になるの？」

伊野上がまた、こちらを見た。イルマは構わず、

「嫌悪は感じない？　好意が優先されるのかな」

「……怖い、と思いました」

青木は言葉を選びながら、

「怖さとともに、強さも感じました」

「強さ……強い人間にも、色々種類があると思うのだけど」

少し顔を上げた青木へ、

「身体的な強さ。それぞれの競技に秀でたスポーツ選手。ビジネスを勝ち抜いた人。大きな財力を持つ者。政治的な決定権を握る権力者。どの立場にいる人間でも、精神的な強さは要求されるだろうし。その中で、どうして斉東を選んで手紙を出したのかな」

「有名なスポーツ選手も政治家も、私を相手にしてくれるとは思えませんから。刑務所にいる斉東克也なら……コミュニケーションに飢えているのではないか、と。それに」

吐き出した青木の呼気が、震えているのが分かる。

「正直いってその中でも、一番強いのは斉東克也だと思います。私にとって、悪い、というのは、強い、と同じ意味なんです。一番悪い人間が一番強いんです」

思い出したように頭を下げ、すみません、といった。

「人に理解されない話をしているのは、自分でも分かっています。しかも、警察の方に」

「大丈夫です。正直に話していただけると、こちらも助かります」

そのまま空間に沈黙が降りてしまう。イルマから、

「あなたは、どんな仕事をしているの？」

「……テレフォン・アポインターです。派遣社員の」

「長く続けている？」

「五年間、同じ仕事をしています」

「部屋、綺麗にしているのね。食事はもう済ませた？」

「はい。食事はほとんど外食です……部屋にごみを溜めたくないので」

「ふうん。で、話は戻るのだけど……もう少し聞きたいな。具体的に」

身を乗り出そうとすると、固定された左腕が姿勢の邪魔になる。

「一番悪い奴が一番強いって、どうしてそう思うの……」

上目遣いにこちらを一瞥し、口を開くのを躊躇う様子だったが、

「たとえば、あるところに大勢の人間がいて……スポーツ選手や政治家や芸能人が集まっていたとして、突然ルールがなくなったとしたら」

「ルール？　何のルール……」

「全てのルール。規則も条例も法律も。その中で生き残るのは、一番凶暴な人間ではないか、と。躊躇なく暴力を振るうことのできる者では、と考えてしまうのです」

青木の極論にイルマは眉をひそめた。伊野上は言葉を失っているらしい。さらに青木へ、

「どうして、そういう強い人間に憧れるのかな」

「……自分に自信が持てないからでしょう」

助けを求めるように、遠慮がちに伊野上の方を見た。

「そういう人と接触することができたら、何かが……私自身の何かが変化するような気がするんです。でも……理屈では全部間違っている、ということも分かっています。危険な

考え方だということも。手紙を出したこと自体が間違いでした。すみません」

「私どもは、あなたが斉東へ手紙を出した事実を非難するつもりで来たのではないんです」

伊野上が慌てた口調で、

「その行為自体は、全く違法ではありませんから。あなた自身を問い詰めるためではなく、あくまで斉東という人物の情報を得るための訪問です。知りたいのは、斉東克也についての話だけです」

伊野上から、非難の色を込めた強い視線が送られる。イルマは、青木の言葉について考えていた。一番悪い人間が一番強い――

「……彼からの手紙に書いてあったのは、否定の言葉だけです」

青木から喋り出し、

「私と面会するつもりはない、と」

「他には？」

高級官僚から、またも非難の視線。どうも宇野と組んでいる時と違い、うまく連携して質問を繋げることができない。青木はますます小さな声で、

「……あなたの希望に沿うこともできない、と」

「希望？」

「……交際を申し込みましたので」

「それは、交友を求めて？　それとも求愛の言葉？」

「求愛なんて……相手にもされないでしょう」

「斉東の方からその後、連絡はあった？」

「……一度も」

「出所した斉東と会ったことは？」

「まさか。ありません。本当に、手紙のやり取りだけなんです」

「他の受刑者へ手紙を出したことは？」

「それも、ありません」

伊野上がこちらを睨んでいるのに気付いた。イルマは首を竦め、しばらくの間、相棒に聴取を任せることにした。何か、考えておくべき事柄があるような気がする。

青木は伊野上へ、子供の頃の話を始めた。優等生であることを両親から義務付けられた家庭環境の話で、ほとんど愚痴のようなものだった。イルマは自分が苛立っているのを感じる。青木の消極的な思考に付き合い、嫌気が差しているからだろう。青木の性格が私とは対照的、というのではなく、彼女の極端に表出した自らへの不信感というものが実際は私自身の中にも存在し、それを剝き出しの状態にされた気分になり、苛ついているのだ。不快さが灰色の淀みとなって、胃の底に沈んでいる。

それだけだろうか？　何か、違う気がする。

青木は反論の許されない家庭での息苦しい生活を、小声で伊野上に訴えていた。彼女は今も当時の思考回路の中にあり、没個性的な人格へと自分自身を追い込み続けている。

——自分自身で。

何かが違う、と感じていた。もう一度、そっと室内を見回してみる。

最低限の調度品で整えられた無機質な部屋。まるで、映画のセットのようにも見える。ある意味では、模範的、といえるかもしれない。

そう。違和感の正体はそこにある。

一瞬だけ青木と目が合い、すぐにまた相手は視線を外した。自分に自信を持てず、強者に憧れる女性。虐げられた幼少期が、その人格を形作った。個性のない部屋と、そこに住む住人。運転免許証もマイナンバーカードも持たない、写真情報のない女性——

「悪いけど」

イルマは再び口を挟んだ。ライダースジャケットから携帯端末を取り出し、

「聴取に訪れた、って事実を上に報告しないといけなくて」

カメラ・アプリを起動させる。隣に座る伊野上が不思議そうな顔をした。彼女がこちらの意図に気付く前に、やり遂げるべきだった。

伊野上は、青木に感情移入しすぎている。今、彼女に邪魔をされるわけにはいかない。

「室内の写真を一枚だけ、撮らせてもらえる？　報告書に添付するための」

怪訝《けげん》な表情でこちらを見る伊野上へ、イルマは微笑みかけた。視線の中に、邪魔をするな、という警告を含ませる。青木も戸惑う様子だったが、部屋の奥を見やり、

「その辺りでよいのでしたら……」

向き直った青木の顔を、イルマはすかさず正面から撮影した。

「ご協力、どうも」

こちらの意図に気付いた青木の顔が紅潮するのを、イルマは見た。どす黒く変色し、鬼火が両目に宿ったようにさえ思える。真っ赤な唇が薄く開いて牙が覗き――

そして次の瞬間には、何ごともなかったように、全てが平静に戻った。イルマは立ち上がった。困惑の面持ちで見上げる伊野上へ、先に戻る、と伝えた。

「失礼します」

青木へそう告げる。青木の顔には表情と呼べるものが存在しなかった。乾いた瞳がただ、イルマの目を真っ直ぐに見返している。

外通路に出ると、イルマはエレベータへ急ぎ足で向かった。青木の行動はすぐに監視する必要がある。凶悪犯に憧れる、空っぽの人格。それこそが、青木の仕掛けた心理的な罠だとしたら。私たちがすでに、青木の術中に嵌まっているとしたら。

捜査員にとって、青木早月は理想的でありすぎる。

＋

一階まで降りたところで、階段を駆け降りる足音がエントランスに響き渡った。伊野上が現れたのを見て、イルマは舌打ちしそうになる。

「なぜ、彼女を追い込むのです」

声を落としつつも、伊野上はイルマに詰め寄り、

「青木さんが精神的に傷つきやすい人物というのは、本人の口からも分かったでしょう。彼女を追い詰めて、特捜本部に何の得が……」

「悪いけど、私にはそうは見えなかった」

携帯端末を取り出し、

「私に分かったのは、彼女が捜査員の一人を短時間で自分の味方につけた、ということ」

言葉を詰まらせる伊野上へ、

「役割分担として、あなたは青木に張りついているべきだった。その間に、私が特捜本部の応援を呼ぶ。監視態勢を整えた上で、彼女を見張る。青木早月はきっと、特捜本部が考えていたよりもずっと重要な人物だよ。私が写真を撮った時の、彼女の目を見た？」

「非礼を怒るのは、当然です。一体、何を根拠にそんな話をしているのですか」

「今いったじゃん。青木は、あなたの考える人物像と一致しすぎている。それに、もう一つ」

相手の唇を指差し、

「あの口紅の色。徹底的に自信のない人間が、あんな派手な色を使う？」

「自信がないからこそ、強い色を使いたかったのでしょう。その話は何の根拠にもなりません」

「特捜本部に戻った時に、保管された証拠品を確かめるといい」

硬い表情の伊野上へ、

「あの口紅の色はね、《ｅｘ》が雷管に見せかけて手製のプラスチック爆薬に差し込んでいたのと、同じものだから」

「まさか、彼女が《ｅｘ》だと……」

「可能性、の話。少し引っ掛かっていたことがあって」

庶務班員である伊野上なら把握しているはず、と考えながら、

「覚えてる？　《ｅｘ》が作成したＣ－４プラスチック爆薬は、工業用の鉱物油《ミネラルオイル》の代わりに化粧水が使用されていた。口紅にしろ化粧水にしろ、何かの代替物に化粧品を利用するって発想は、むしろ《ｅｘ》が女性である場合の方が、しっくりくると思うのだけど」

「……推論が飛躍していると思います」

「可能性の話だってば」

遠くで、誰かの靴音が鳴った。もう一方の階段を降りる足音。非常口だ、とイルマは気付いた。マンションの内側からのみ、開く構造。エントランスを抜けずに、外へ出ることができる。

「ここで特捜本部と連絡を取って、応援を要請して」

「どうして私が……」

面倒臭い奴。一々説明する間もなかったが、

「庶務班でしょ？　手の空いてそうな私服警察官で追跡班を構成するよう、工夫してよ。私は今、非常口からマンションを出た人物を確認する。すぐに戻って来なかったら、青木を尾行しているものと思って」

返答を待たず、イルマはエントランスの自動扉から歩道に出た。駐車場を横切って、急ぎ建物の反対側へ回り込む。植え込みの向こう側に非常口の扉が見えた。その前の小さな通りに立ち、左右を見渡す。街灯の光で、静かに歩く青木早月の姿が闇の中に浮かび上がった。イルマは直ちに尾行捜査に移る。小走りで追いかけ、青木との距離を三〇メートル程度まで詰めたところで、歩を緩めた。やや距離が開いていたが、相手がこちらの容姿を認識している以上、近付きすぎるわけにはいかない。

少し迷うが、片手の中で握り締めていた携帯端末で宇野へ連絡を取ろうとする。特捜本部の応援よりも先に、即座に動くことのできる味方が欲しかった。はい、という冷静な通

話の声に何となく気後《きおく》れも感じるが、

「現在、被疑者を尾行中。とにかく、すぐに動くことのできる人員が欲しい。現在地は……今、どこにいる？」

『特捜本部で情報交換をしています。すぐに、そちらへ向かいます。三十分間、主任だけで凌いでください』

「分かった」

通話の切断された液晶画面を見詰め、心底ほっとする自分を見出していた。イルマは片手で頬を叩く。被疑者に集中しろって。

青木の足取りは確かで、明らかに何らかの目的地を目指している。ぱんぱんに膨らんだブランド品らしきショルダーバッグを抱え、長袖のフリース・ワンピースを身に着けていたが、部屋で着ていたものよりも短く、薄くなっているように見えた。この季節には、そぐわない格好。青木の焦りが表れているように思える。あのバッグの中身は？　何らかの証拠品を移そうとしてるのでは？

住宅街を抜けた。国道沿いの歩道を越えて急ぎ横断歩道も渡り、道路の反対側で追跡を継続する。わずかながら人通りが存在し、イルマを少し安堵させた。一人きりで、すでにこちらの正体を知る相手を尾行するのは無理がある。しかも、片腕をベルトで固定しているために特徴的な輪郭と動きは遠目にも分かるはずで、相手が一瞬でもこちらに目を留めた時には追跡を悟られてしまうだろう。

その時には一気に駆け寄り、所持品検査を迫ってバッグの中身を開示させる他ない。

緊張で首筋が硬くなっている。青木は一度も振り返らなかった。少なくとも、これまでのところは。コンビニエンスストアを素通りし、幾つかの飲食店の前を通った。頭上を高速道路が走り、超高層建築が立ち並んでいる。時折、夜の黒色の中に青木が溶け込んでしまいそうになり、その度にイルマの足を速めさせた。

青木が歩みを止め、イルマは携帯端末を耳に当てつつ、素早く街路樹の陰に移動する。青木が確かめているのは背後ではなく、目的地の方角らしい。小首を傾げ、脇道の先を覗き込んでいる。薄着の服装は目的地が近いことを意味しているのかもしれない。タクシーやバスを利用するつもりなら、国道に着いた辺りで乗り込むことができたはずだ。青木の足取りには無理に急ぐ様子はなく落ち着いていて、一定の速度を保っている。

――青木早月は、どこを目指している？

青木が細い道へ入った。見失わないよう、イルマは小走りに後を追う。明かりの消えた予備校の前を歩き、また角を曲がった。

様々な迷いが胸の内に生まれ、イルマは混乱してもいた。

少し、まずい。青木が目的地を探して、このまま路地の中で何度も道を折れるとすると、見失うか、あるいはこちらが向こうの視界に入ってしまうかもしれない。

荷物そのものを重視し、今ここで所持品検査に持ち込むべきか。証拠品となる爆薬がショルダーバッグの中に入っていれば、緊急逮捕を実行することができる。事件を連想させる何か――ドローンや斉束に関連した――を所持しているなら、少なくとも任意同行は求められるはず。

けれどそうした場合、目的地に関しての情報を永遠に失うことになるかもしれない。そこで、誰と会うのかも。

すぐに決断はできなかった。聴取の直後に部屋を出たことからすると、彼女にとって不都合な「何か」を持ち出した可能性は高いように思える。けれど今検査をすれば、「どこ」へ向かうかの情報を捨て去るだけでなく、もしこちらの見込み違いで何も発見することができなかった時には、今後の捜査を著《いちじる》しく不利にしてしまう。

携帯端末で時刻を確認すると、すでに二十分が経過していた。宇野を待つこの三十分間は長すぎる、とイルマは後悔する。無理にでも伊野上を尾行に参加させるべきだった……いや、それも結果論でしかない。不慣れな伊野上と二人で追跡を強行したところで、ひどい結果に陥ることになっただろう。

また別の住宅街に入り、通りが益々入り組み始め、イルマは青木との距離を詰めざるを得なかった。三叉路《さんさろ》を折れた青木を追いかけると、相手はやや広くなった通りから建物の中へと入ってゆくところだった。立ち止まり、イルマは愕然とする。青木が足を踏み入れたのは、立体駐車場だ。二階建てだが奥行きがあり、照明の少ない内部では設置された消火栓の赤いランプが輝いて見え、周囲の空間は闇に沈んでいる。

駐車場の出口は一箇所しかない。そこを見張る他、できることはなかった。出口傍の自動販売機の前に立ち、車の出現を待っていたが、青木はなかなか姿を見せず、焦りばかりが増してゆく。すかさず駆け寄れば自動車登録番号を記憶することくらいはできるはず。青木早月がこちらの尾行に気付いていた、という可能性は？　ない、と断言することはできなかった。我ながら、うまい追跡だったとはとても思えない。すでに駐車場の奥の柵を乗り越えるなどして逃げ去った、という事態も考えられた。

時刻を確認した。残り数分で、尾行時間が三十分に達する。もう少し。後少し現在の状況のまま粘ることができれば、宇野の応援を得て捜査態勢を立て直し、今度はこちらが有利に――

駐車場の奥で、エンジン音が響いた。暗がりから黒色のレーサーレプリカ・バイクが現れ、イルマの数メートル先で一時停車した。

黒いフルフェイス・ヘルメット。黒革のつなぎ。バイクがゆっくりと発進し、啞然とするイルマの傍を悠々と過ぎ、通りに出た。その間ずっとヘルメットのバイザーはこちらを見詰めている。バイザーの奥でライダーが笑みを浮かべたような気がした。

イルマが一歩踏み出した途端、レーサーレプリカは轟音を立てて速度を上げ、走り去っていった。

我に返ったイルマは通りに立ち、かろうじて自動車登録番号が前回の遭遇時とは別のものであるのを確認した。特捜本部へ番号を伝えようと携帯端末を操作しつつ、立体駐車場に足を踏み入れた。暗い敷地内を横断するが、やはり青木の姿はどこにも存在しなかった。柵に沿って設置された植え込みの中に、捨てられたブランドバッグを見付ける。中には何も入っておらず、男性用の革つなぎがここに詰まっていたのだと思い至り、イルマはその場で呆然としてしまう。あのヘルメットは？　二輪のステアリングにでも掛けたままにしていたのだろう。

青木は駐車場の中で、服の上からつなぎを着用したのだ。薄着はそのための用意――

イルマは鉄骨と鉄板で構成された天井を見上げる。防犯カメラは見当たらない。恐らく、と思う。

恐らく青木早月は、今日の警察の訪問を察知してはいなかった。けれどそうなった場合の、次の行動計画はあったのだ。だからこそ青木は、こちらの動きが本格化する前にマンションを離れ、追跡不能な状況を作り上げることができた。

駐車場出口で待ち受けるこちらを嘲笑《あざわら》うような挑発。私の尾行は悟られていた。訪問した時点からのこちらの行動は全部、彼女の想定範囲内に留まっていたのかもしれない。

そして青木早月はもう、あのマンションには帰らないだろう。

＋

イルマは立体駐車場の出口に戻り、特別捜査本部庶務班への報告を続ける。

捜査本部はすでに大方の状況を聞いているはずだったが、先に連絡した伊野上の先入観がそのまま移っているらしく、イルマが《ｅｘ》を追っていた、という話をなかなか受け入れようとしなかった。緊急配備どころか、青木早月の部屋を捜索するために許可状の取得を、というこちらの要望にも否定的で、庶務班員から代わった和田管理官は不機嫌に、

『何をもって令状の根拠とするつもりだ。証拠は』

「青木早月は間違いなく、私が追いかけた黒装束のライダーです。車種も同じでした」

『ライダーは中肉中背の男性、と君の報告書には記されていたはずだ』

「正体は女性です。厚手のつなぎを着ていたため、誤認しました」

『戻って来たところを接触し、任意で室内を調べればいいだろう』

「戻って来るとは思えません」

『ナンバープレートは確かめたか』

「前回とは別の番号でした。やはり偽造だとは思いますが、念のため照会してください」

『ライダーが青木だという、確かな根拠は』

「私の目です。自信があります」

『自信、で裁判所を説得できると思うか』

「……提出する報告書の内容を、工夫してもらえれば」

そんなもの書き方次第だろ、といってやりたいのを抑え、

「それよりも先に、緊急配備を。今なら確保できる可能性も……」

駄目だ、と管理官が話を遮り、

『このひと月余りの間に、三度も緊急配備が発令されているんだぞ。そのうちの二回は、この特捜本部から要請されたものだ。しかもその全てで被疑者を取り逃がし、通信指令本部長の進退問題にまで発展している。ただでさえ、緊急配備は広域の警察力を酷使するんだ。黒装束のライダーがいた、というだけでは要請の根拠にはならん』

「なら、プラスチック爆薬を所持する被疑者を野放しにするわけ？」

『……家宅捜索の方を、何とかする』

捜査責任者である苦悩が、管理官の口調から滲み出ている。実際、特捜本部は少しも成果を挙げておらず、そのために集中力が少しずつ弱まり、捜査がより消極化しつつある現実を目の当たりにしたように思えた。

『大人しく待っていろ』

管理官が念を押すようにいった。イルマは、斉東と《ｅｘ》を何度も取り逃がした自分

の責任を痛感していた。お願いします、と伝えて通話を切った。

マンションまで歩いて戻り、その最中、ずっと両足を重く感じていた。二度も《ｅｘ》に迫りながら、それらの機会を無駄にしてしまった。それに、もう一つ問題がある。黒装束のライダーを実際に目撃したのが自分一人、という事実だ。そのためにどうしても特捜本部への説得力が弱くなり、主観だけで《ｅｘ》とライダーが同一人物だと強弁するような印象を与えている。

それでも、とイルマは考える。青木早月の正面写真を押さえることはできた。これまで斉東克也の捜索以外方針のなかった特捜本部に、新たな方向性を加えることに成功したはず……そう自分にいい聞かせ、道を戻った。

マンションの前には軽自動車が停められていた。エントランスの中に宇野が伊野上とおり、小声で情報交換をしている。二人の視線がこちらへ向いた。

逃がした、と口を尖らして二人に伝えてから宇野へ、

「あの車で来たの……無駄足だったね」

自分のいい方に内心驚き、

「色々立て込んでいてさ、もう一度連絡する暇がなくて……」

「でしょうね」

イルマのいい訳に、宇野は表情を変えず返答して、自動扉の方へと歩き出した。扉の前で振り向き、レンタカーを返却します、といった。

「すぐに警察車両もやって来て、混雑するはずですから」

エントランスを出るとすぐに軽自動車に乗り込み、発進してしまった。イルマは体内に鬱積《うっせき》する気分を吐息に変えた。何もかもがうまくいかない。捜査も、意思の疎通も。人差し指の関節を嚙み、苛立ちを紛らせようとする。

伊野上は少し俯いた姿勢でエントランスに立ち、彼女は彼女で何か不満そうな顔をしている。話しかける気になれず、イルマは自動扉を抜けてマンションの敷地から歩道へ出るとガードレールに座り、夜風で暗い興奮を抑え、応援の現着を待った。

ガードレールに腰掛けたまま両足を歩道から離し、危ういバランスを保ちつつ、捜索差押許可状と捜査員の到着を待ち続けた。

＋

「なぜ本人の前で写真を撮った」

ＰＣから降りた和田管理官は真っ直ぐイルマに詰め寄り、そういった。

「もっと慎重に接触していれば、逃がさなかったはずだ」

「……青木早月を少なくとも重要参考人として扱うべき、と気付いたのは聴取が相当進んだのちです」

ガードレールから立ち上がったイルマは、固定され冷えきった肩を片手で摩《さす》り、

「それより、なぜもっと彼女の身辺捜査を徹底しなかったんです？　特捜本部の判断が甘かったからこそ、中途半端な訪問になってしまったんでしょ」

「自分一人で判断しようとするからだ。常に組織としての連絡を密にして……」

管理官が口を閉ざし、感情を自制しようとしているのが分かった。この会話は、責任の擦《なす》り合いでしかない。落ち着け、とイルマも自分にいい聞かせ、

「これまで、青木早月の容姿に関する情報はありませんでした」

口調を抑え、

「顔写真を手に入れることができたのは……不幸中の幸いかと」

「……青木が被疑者でなかった場合、写真撮影と家宅捜索で、二重の人権侵害になるぞ」

「自信はあるので」

そう答えると、曇った表情のまま管理官はエレベータへと歩き出した。一課の藤井と大山が管理官の後ろ姿とイルマを不安そうに交互に見やり、過ぎていった。

エントランスに入っただけで、体に温《ぬく》もりが戻るのを感じる。

すでにほとんどの捜査員は上階へ移動していたが、イルマはまだ一人でいたかった。捜査に参加した鑑識員は数名で、たぶん指紋の採取と写真撮影程度の簡単な作業ののちに、家宅捜索が始まるのだろう。鑑識員と入れ違いに青木の部屋へ戻ろう、と決めた。

ぼんやりと青木と斉東の関係について考え、気がつくと目の前に伊野上が立っていた。視線が合った途端、相手がゆっくりと頭を下げた。

「……何？」

「すみませんでした」

イルマは首を傾げ、

「青木が被疑者だと、すぐに認めなかったこと？　その話なら別に……」

「いえ、その件ではなく」

伊野上は大理石模様のタイルに目を落とし、

「反論はしましたが、すぐにイルマさんの主張通り、特捜本部へ連絡しましたから」

「じゃあ、どうして謝るわけ……」

「青木の逃亡の責任を、全部押しつけてしまうことになりました」

「どういう意味……」

「聴取中に対象者の写真を撮った、という話を管理官にしたのは私です。ただ聴取の状況を正確に報告するつもりでいったのですが、結果的に、その部分が管理官を怒らせることになりました」

姿勢を正し、

「二人で聴取を行ったのですから、責任も二等分するべきでした。申しわけありません」

伊野上の潔癖ない い方に、言葉を失ってしまう。目の前の高級官僚はもう一度丁寧に頭を下げ、唖然とするイルマをその場に残し、階段を駆け登ってゆく。

＋

紺色の制服姿の集団が鑑識車へ戻り始めたのが分かり、イルマも気怠い体をエントランスの壁から引き剝がして、最上階へ向かう。

鑑識作業が完了し、家宅捜索が始まっていた。玄関には捜査員の靴が所狭しと並んでいる。念のためにホルスターバッグから薄手のビニール手袋を取り出し、両手に嵌める。

捜査員たちがリビングの本棚から書籍を全て取り出して床に並べ、押収品目録を作成していた。別の捜査員がキッチンの収納を開き確認しているのを脇から覗き込んだイルマは、備えつけの戸棚の中にコップ一つ存在しないのを認め、小さく唸り声を上げてしまう。

冷蔵庫の扉を開いてみた。封の切られていない炭酸水のペットボトルが一本、扉の内側に差してあるのと、奥にバターが置かれているだけだった。ほとんど何もない、という室内の状況に、捜査員たちが困惑しているのが分かる。イルマも同じ気分だった。青木の部屋は想像以上に表面的で、単なる見せかけの空間でしかない。裏側には、何も存在しない。青木早月、という人物そのものが仮面なのだ、とイルマは思う。彼女の本質は明らかに、《ｅｘ》を名乗る人格の方にある。

奥の部屋の扉をイルマは押し開いた。内部の様子に、馬鹿馬鹿しさを覚えてしまう。寝室として使用されるはずの小部屋には家具が一切存在せず、人目に触れない場所は偽装するつもりもない、ということらしい。扉の近くで管理官と東係長が今後の捜査を相談している。爆薬類は発見されていないようだった。何の証拠も出ないとなると、私の主張もまた宙に浮くことになる。嫌な気分が、再び胸の中で存在感を示し始める。

扉を閉めようとした時、イルマの背後で捜索を続ける捜査員たちの雰囲気が変わる。冷蔵庫を覗き込む藤井が、バターの箱を取り出すところだった。不安そうに、何か入っていますね、といって大山を見上げた。和田管理官も寝室から出て来ると、藤井へ、

「重いか？」

「いえ」

「鍵か何かか」

「もっと軽く感じます」

恐る恐る、キッチンの調理台に置いた。皆が警戒して遠巻きになっているのを見たイル

マは面倒になり、軽く片手を挙げ、私が開ける、と宣言して調理台に歩み寄った。何かいいたそうな管理官へ、

「爆発物処理班《エス》呼ぶほどの案件じゃないでしょ……」

箱を持ち上げると確かに軽く、何かが詰まっている感触はない。傾けると、内部で小さな物体の転がる感覚があった。調理台に置き直し、イルマは蓋を開け、中を覗いた。

「……鑑識を呼び戻して。置き土産がある」

そう管理官へ伝える。蓋を大きく開けて、周囲の者がよく見えるよう、中身を調理台の上へと滑らせた。騒めきが起こった。ちり紙に軽く包まれた灰色の塊。枯れた木片のようだった。

塊は第二関節から先の、指だ。

恐らくは、新発田晶夫の人差し指だろう。指紋認証を偽るために《ex》により切断された、文字通り鍵となる物体《オブジェクト》だった。

まるで、ここまで達した警察に対する報賞のように存在する。

あるいは、その指先で宣戦布告を示すように——

以前に斉東克也が収監されていた都外の刑務所へ引き続き伊野上と向かうことを、イルマは管理官から直《じか》に命じられた。

当時の斉東の刑罰は喧嘩による傷害罪で、相手の手首と頬の骨を砕いて重傷を負わせたために、二年の実刑が執行されることになったのだ。斉東が殺人を犯し、一線を越えたのは傷害罪の服役を終えた直後のことで、刑務所内にいた当時は犯罪傾向の進んでいないA級受刑者として扱われていた。すでに通話で刑務官からは服役中の斉東の様子を何度か聞いていたが、実際に刑務所を訪ねるのは特捜本部としても初めてのことだった。

それだけ、斉東と青木の関係が重要視されるようになったのだ。イルマによる青木主犯説を採用するか否かは未だに保留状態だったが、室内に残された人差し指が科捜研で新発田のものと確認されたのちは、少なくとも斉東と同格の共犯者として認識されるようになっていた。

刑務所の刑務官は、青木と斉東の手紙でのやり取りを検閲のために一読しているはずだった。ほとんど覚えていない、という話だったが、もう一度聞いてみる価値はある。そして、特捜本部が捜査員二人を直接送り込むことにした理由は、また別にあった。

境《サカイ》斉東と文通し、三度の面会をしたというもう一人の女性。現住所の分からない、その彰子《アキコ》という人物は青木早月の別名ではないか、という疑いが持ち上がり、その真偽のほどを確かめるために、東北自動車道を走る長距離バスに早朝から乗り込み、実際に刑務所を訪れることになったのだった。

けれど、事前に電子メールの添付ファイルで送付した青木早月の顔写真に対する刑務官の反応は、鈍いものだった。庶務班との通話では、似ていない、という話だったらしい。改めて訊ねるのに、青木本人を視認したイルマと伊野上が適任とされたのは理解できない話ではなかったが、往復で八時間以上かかる距離をバスの席に座ってひたすら揺られていると、島流しにでもされた気分になってくる。

イルマは座席に伊野上と隣り合って座り、高速道路の単調な景色を眺めるか、事件について考えるか、その他のことを思い出していた。

宇野の態度。土師の怪我。見上の回復。特捜本部内で青木の重要性が増したことにより、自動二輪車捜索班が強化され、黒色のレーサーレプリカだけでなく都内全域の大型バイクを確認する、との方針が決定されたこと。イルマが内心驚いたのは、管理官によるもう一つの決定だった。追跡班からの、不審な大型バイク全てにGPS発信機を取りつけたい、という要請を和田管理官が許諾したのだ。しかも、対象二輪車が多数であるため令状なしで行なう、という。全車の行動確認に捜査員をあてる余力は初めからないにしろ、それにしてもプライバシー侵害の可能性を世間から絶えず取り沙汰される捜査方法を、あれほど慎重な管理官が採用したのは意外でしかなく――

伊野上はずっと、モバイルバッテリーに繋いだ携帯端末の画面を見詰めていた。こちらと会話を交わす気は一切ない、という態度で、気難しげな表情は何か話しかけられた時には直ちに反論する、という姿勢にも見え、イルマは軽口を叩く気にもなれない。

一つ前の席を中年男性が陣取っていて、背後のイルマたちに気付くと、何度も振り向いて窓硝子に張りつくように遠慮もなく覗き込もうとする。酒臭い息も届いた。イルマはジャケットの内から警察手帳を抜き出し、相手からよく見えるよう、細めた両目の傍に持ち上げてみせる。それ以降は、中年男性は一度も振り返らなかった。

＋

鉄道駅前でタクシーに乗り換え、刑務所へ向かう。途中の細かな手続きは全て伊野上が行い、乗り場を案内するその時にだけ、高級官僚はイルマへ短く声をかけた。

タクシーを降りて刑務所作業製品展示場の前を過ぎ、イルマは正門と接した守衛所へ近付こうとする。周囲は低層の住宅街で高い建造物はなく、青空がとても広く感じられ、長く乗り物の中に拘束されていたこともあり、大股で歩いているだけで気分がよかった。

後ろから支払いを済ませた伊野上が小走りに追いかけて来た。守衛所の小窓が開き、顔を出した職員の誰何《すいか》に答えて警視庁警察官の身分と用件を伝えると、すぐに通用門を開け、敷地内へ通してくれた。

刑務所庁舎は二階建ての、近代的な建物だった。刑務官待機室に案内され、一瞬だけ総務部長を名乗る初老の男性が現れて挨拶すると、すぐに奥へ引っ込んでしまった。ファイルの並んだスチール棚に近い折り畳み椅子に、伊野上とともに腰掛ける。待機室は暖かかった。伊野上がショートコートを脱ぎ、丁寧に畳んで膝の上に載せた。長机を挟んだ正面に四十代と二十代らしき濃紺の制服を着た刑務官二名が座り、挨拶を交わしつつ名刺を交換した。名刺によると年嵩の刑務官が看守長で、もう一人が看守ということだった。

看守長はすでに机の上に用意された写真を眺めながら、

「この……青木という女性と境彰子が同一人物では、というお話でしたが」

「実際に斉東との面会に立ち会われた方はおりますか」

「この者が三回の面会のうち、二回立会人として同席しています──」

若手の看守が写真を手に取り、真剣な顔で見詰めるが、

「……正直いって、境彰子の風貌を詳細に記憶しているわけではありません。ただ印象としては……別人ではないか、と」

「斉東克也自身に対する印象は、何か残っていますか」

「それも……当時の斉東は刑務所の中で特に言動にも問題は見られず、要注意人物とはされていませんでしたから……身分帳の記録にも、何も残されてはいないですね」

「面会での会話の内容で、覚えていることはありますか」

「やり取りの内容で覚えているのは、先日特捜本部からお電話をいただいた際にお話ししたものだけです。後は……雰囲気といいますか、会話の様子くらいでしょうか」

「会話の様子？」

「立会人となった二回というのは、三回のうちの、一度目と三度目よね？」

イルマは口を挟まずにいられれず、

「一度目の面会と最後の面会では、雰囲気が変わっていた、ということ？」

はい、と看守が頷き、

「一度目は、女性の方ばかりが喋っていた覚えがあります。自己紹介のようなものだったと……人間として尊敬している、といった話だったでしょうか。その辺りは、お電話でお伝えした通りですが」

「境彰子は、物静かな女性？」

「そう記憶しています。淡々とした、ちょっと厳しい感じがあって……何か、学校の教師というか、科学者を連想させるような雰囲気でした。個人的な感想ですが」

少し青木と人物像が重なる気がする……青木早月＝境彰子の線を簡単に捨てることができない。

「面会時間は？」

看守長が、斉東克也の身分帳を捲り、

「一回目と二回目が十五分。三回目が三十分となっていますね」

「その辺りは、間違いありません」

イルマは断言した看守へ、

「最後の面会の方は、どんな雰囲気だったの」

「何というか……セラピーを聞いているようでした」

「心理療法《セラピー》？」

「いえ……あくまでそれも、個人的な感想です。徐々にそうなっていった、というか」

看守は腕組みし、記憶を探る様子で、

「最後の面会では、特に後半はほとんど斉東が喋っていたと思います。何度も同じ話をしていました」

「戦場で友人が死んだ、という話ね」

看守は頷き、

「戦争には向いていない男だったとか、敵に背中をみせて亡くなったとか、そんなことを何度も。傭兵による本物の戦場の話ですから、正直いって最初は興味深く聞いていたのですが……余りに同じ話ばかりするものですから、面会を途中で切り上げようか、と考えたりもしました」

「その時点で、境彰子は斉東克也のセラピストのようになっていた、と」

「覚えている限りでは」

「境の方が精神的に優位に立っていた、ということになるけど」

「そう……そうですね。斉東が同じ話を訴え、女性が宥《なだ》める、という風でした」

青木早月は、人の心に取り入るのが巧みだった。境彰子も斉東に対して、同じ心理戦を仕掛けたのでは……でも、青木と境が同一人物である証拠がない。ベルトで固定された片腕をもう一方の手で抱え、イルマは考え込んでしまう。

「ちょっと待ってください」

そういい出したのは、しばらく沈黙していた伊野上だった。あれをお借りしてよろしいでしょうか、といって傍の事務机を指差した。陶器製の筆立てに入ったサインペンの束。

看守が立ち上がり、筆立てごと伊野上へ渡した。礼をいった伊野上は自前のハンドバッグから小さな封筒とポケットティッシュを取り出し、筆立ての隣に並べた。すぐに、伊野上の意図は明らかになった。封筒の中から、庶務班により印刷された数枚の青木早月の顔写真を抜き出し、その一枚を黒色のペンで着色し始めたのだ。イルマたちが黙って見ていると、伊野上は器用に青木の睫毛《まつげ》を描き足し、茶色のペンで鼻の脇と頰を塗り、ティッシュで叩いて色を薄めた。

ほとんど素顔に近い青木の顔は化粧を施され、目の輪郭と顔の立体感が変化し、別人に近い印象が浮かび上がった。イルマと同様、刑務官たちも驚いたらしい。看守が小さく頷き、似ています、といった。

「……境彰子です。恐らく」

思わず、伊野上と顔を見合わせた。伊野上の頰が興奮で赤く染まっている。特捜本部へ連絡を、と助言すると、慌てて携帯端末を膝の上のコートから取り出した。

＋

「……メイク、うまいもんだね」

長距離バスが東京駅に着くまで後一時間というくらいになった時、イルマの方から隣席の高級官僚へ話しかけた。顔写真への工夫が青木＝境の根拠となったことを褒めたつもりだったが、どうやら伊野上は嫌味と受け取ったらしく、どういう意味ですか、と不機嫌にいい返してきた。

「別に。いった通り。あなた自身、自然なメイクをしているでしょ。だから写真にもうまく色を載せられたのかな、って」

「……青木が、口紅だけ濃い色にしていたのを思い出したので。それに合わせた場合どんな顔立ちになるのかを、ずっと考えていました」

「ふうん」

「《ｅｘ》は挑発的でした。あの聴取の際、口紅の色だけが浮いていたのは、それも彼女の意図的な謎かけ、挑発だったのかもしれない……と今では考えています」

イルマは頷いた。その可能性は確かにある。しばらく、ともに黙っていたが、

「……嫌味のない、控えめなメイクを心掛けているのは確かです」

そう伊野上がいい出した。

「色々な意味で、周囲とぶつからないように心掛けていますので……青木早月、という人物が怪しい、と気付いたのは聴取のどの時点だったのですか」

突然の質問に、まだ気にしているの、と少し興醒《きょうざ》めするが、

「気付いたのは最後の方だよ。何か、ずっと違和感があって……出来すぎているように見えたんだよね。自分は弱い人間です、っていう主張が強すぎるように。自信がないのに主張が強い、っていうのは矛盾でしょ」

「自信がない、という部分は誰でも持っていると思いますけど」

横目でこちらを見て、

「イルマさんはきっと、違うのでしょうね」

面倒だな、と考えつつ、

「彼女はその、『私の中の弱さ』を的確に突いてきた、という話」

聴取の最中に感じた気分を思い起こし、

「最短で共感を呼ぶように仕掛けた、とも考えられる。相手への共感って大切だけどさ。供述調書を書く時には被疑者の立場となって云々《うんぬん》、って煩《うるさ》くいわれたし。でも、対象との関係性を聴取の間に変化させるのはまずいよ。別に先輩風を吹かすつもりもないけどね」

伊野上が黙り込む。青木の術中に嵌まったのが、悔しくて仕方ないのだ。だからといって、私に嚙みつかれても。しばらく間を空けた後、伊野上はまた唐突に、

「他人からどう見られているのか、気にならないのでしょうね」

「……共感性の話？　それとも私のメイク？　これでも一応、ファンデも口紅も塗っているんだけど」

「見た目の話ではなくて、姿勢のことです」

「要するに、態度がでかい、っていう非難でしょ」

「非難してはいません。どうしてそれほど自信を持って振る舞うことができるのか、不思議なだけです」

「……そんなにあなたは周りが気になるわけ？　キャリアでしょ？　自信を持って行動す

れば？」

「自分の経歴には、もちろん自信を持っています」

声が大きくなるのを、他の乗客を気にして抑え、

「私が採用された年は一万五千人の警察官に対して、キャリアの入庁は十一名だけでした。それだけ上からは期待されている立場、ということでもあります」

「あなたはさ、官僚として警察組織の内部機構を支える人間になるわけでしょ。一捜査員としての働きを求められているのではなくて」

「内側と現場が乖離《かいり》しては、組織は成り立ちません。研修期間の現場体験が、その後の仕事に生きるはずです。手を抜くわけにはいきません」

アルコールが入った時はもっとひどく人に絡むようになるのだろうか、とイルマは閉口しつつ、

「第一、どうして警察官になろうと考えたわけ」

伊野上は一瞬、口籠《くちご》もったが、

「……正直いって、絶対に警察官になりたかったわけではないんです」

咳払いをして、

「何かになりたかった、というだけで。何かにならないといけない、って強迫観念が子供の頃からあって」

きっと自意識と自己評価が、うまく釣り合っていなかったのだろう。分からなくもない、とイルマは考え、伊野上の両親も高学歴なのだろうか、と想像する。

「警察も官僚も自己愛を満たすには充分、ってこと……」

そうですね、と伊野上は素直に頷き、

「むしろ入庁してからの方が地に足が着かず、浮遊している……ような気持ちです」

「別にいいじゃん」

リクライニングシートの背にイルマは深くもたれ、

「努力して地位を手に入れたんだから。もう試験もないし、安心して昇任すればいい。これ以上、人生の根拠も必要ないでしょ」

「イルマさんの根拠は？……いえ、真面目に聞いているのですけど」

「私の検挙実績、庶務班の資料で読まなかったの」

「実績が優れているのは知っています。そうではなく……それ以前の話です」

「根拠ねぇ……」

シートから身を起こし、

「あれかな。たぶん、あの辺だと思うのだけど」

イルマは窓硝子越しの、夕焼けに染まる空を指差した。隣から首を伸ばし、生真面目に指の先に目を凝らそうとする伊野上へ、

「あのずっと遠くに『正義の星』があってね……私はそこからやって来たの」

相手は不思議そうな顔をしている。

「自分で勝手に決めればいい、ってこと。思い込みで充分」

伊野上は呆れた表情で、

「イルマさんは、どうして警察官になったのですか」

「TVで刑事ドラマを観ていたから」

馨《カオル》と一緒に。伊野上は、はぐらかされたと思ったらしい。不機嫌そうに口を閉ざした。イルマもそれ以上説明する気にはなれなかった。

嘘ではなかった。他に理由は見当たらない。瞼を閉じれば、イルマの部屋で年の離れた弟とTVを観る様子を、今でもはっきりと思い浮かべることができる。TVを観る時にはカオルのさらさらした髪の毛を、いつもイルマは後ろから手櫛《てぐし》で梳《す》いていた。そうしながら何気なく、私も警察官になろうかな、とつぶやくと、カオルは不思議そうな顔で振り返った。その後で、格好いいね、といってくれた。

堪らずイルマは瞼を開け、窓外へ視線を移した。高速道路のガードレールを越えて見える街並みと赤い空の景色が、うまく意識と調和してくれない。亡くなった弟のことを思い出す度に、暗い幕が周囲に下りるように感じてしまう。幕を振り払った際には、焦りに似た闘争心が体内で過剰に噴き出すはずだったが、今はまだ感情を変換することができない。

息苦しさを、静かな呼吸を繰り返すことでごまかしていると、

「……イルマさんにとっては、警察官は天職のようですね」

納得がいかないのか、伊野上がまた絡んでくる。

でも今は、その相手をしている方がいい。

「あのさ、たぶんあなたは自意識と現実との摺り合わせがうまくいかなくて、色々悩んでいるのだろうけど……まあ、いいか。この際だから特別に、はっきりと教えてあげる。私とあなたとの違いを。あなたが全然、知らない話」

伊野上が動揺し、緊張するのが分かる。

「動いてからでも考えることはできる、ってこと。あなたはとにかく考えて、まずは結論を出そうとする。私は先に動き出して、走りながら考える。それが私とあなたの違い」

目を伏せる伊野上へ、

「私には私のやり方がある。それだけ。そっちは自分のやり方で動けばいいでしょ？　周囲を気にしてメイクがうまくなったのも、収穫じゃん。別に嫌味じゃなくてね、お陰で写真に化粧を施すこともできたんだし。私にはメイクの技術はないからさ。気合い入れて鏡に向かうと、ピエロになるんだ」

伊野上はしばらく考えたのち、

「間《あいだ》が足りないんです」

「間？　何の？」

「中間色です。メイクの。じっくりと様子を見ながら、手間をかけることも必要です」

伊野上がわずかに微笑んだのが分かった。イルマは、

「ふうん。じゃあ今度教えてよ。具体的に」

いいですよ、と伊野上がいう。ようやく落ち着いた時間が流れ始めたように感じる。

「青木早月と境彰子のことなのですが……」

伊野上の方から話題を変え、

「《ｅｘ》は戸籍を二つ利用している、ということになります。青木と境、どちらが本当の彼女なのでしょうか」

イルマは無言で頷いた。会話を始める前、バスの中でずっと考えていたことだった。伊野上の質問は続き、

「彼女は、実在する他人の戸籍を自分のもののように扱っている、ということでしょうか。それとも戸籍自体を売買したのでしょうか」

「……自由に動くには、戸籍を手に入れる必要がある。そして、本当の持ち主は少なくとも行方不明でなくては都合が悪い」

「そもそも、利用している戸籍が二人分だけとは、限らないのでは」

「私もそう思う。でも、自分に近い年齢の戸籍が無限に売り出されるはずもないから、せ

いぜいプラス一、二というところだと思うけれど」

「一つ増えるだけでも、問題です。徹底的に洗い出す必要があります」

「もちろん。でも、全く別人の戸籍同士にリンクが張られているわけじゃないしね……」

《ｅｘ》の正体。写真を手に入れたことで間近まで迫った気になっていたが、再びその姿が霞み始めたように思える。

「人の気持ちに取り入るのが巧み、というのが《ｅｘ》の特技だとしたら」

伊野上は独り言のように、

「彼女の財力が豊富なのも、その方面から解明できるのではないでしょうか」

「結婚詐欺《さぎ》みたいなものね。その線はいけると……」

イルマははっとして、伊野上の顔をまともに見た。伊野上も気付いたらしく目を見張り、

「《ｅｘ》が面会を希望した相手は、斉東だけではないかもしれません」

「全国の刑務所に問い合わせる必要がある。Ａ級、Ｂ級、Ｌ級にかかわらず、全ての刑務所に。面会相手は凶悪犯とは限らない」

「財産狙いかもしれません。こちらには現在、《ｅｘ》の写真があります。一気に問い合わせることも可能です」

「幾つかのメイクのパターンで、画像を作成した方がいい。青木早月、境彰子以外の氏名で面会しているかもしれない」

「青木早月として撮った写真だけなら、早速庶務班から全国へ手配できるはずです」

伊野上が携帯端末を操作する。イルマは自分の体内を、すでに闘争心が占めているのを知る。

e

プログラムを完成させるには場所を移す他なく、移動に手間はかかったが、それも大きな問題ではなかった。自宅として使用できるマンションはこの1DKも含めまだ数軒あり、データは海外のクラウド上に保存しており、簡単に足がつくはずもない。外部に統合化を依頼したプログラム・コードもすでに届いていた。レーサーレプリカのナンバープレートも交換し終え、住み処《か》とは離れた防犯カメラのない場所に他人名義で保管している。安易に乗り捨てては、むしろ捜査機関へ情報を与えてしまう危険があった。

《ex》は広いリビングに運び込まれた水素吸蔵合金貯蔵ユニット、作業台の中央に置かれたその紡錘形《ぼうすいけい》を眺める。ユニットの外側はアルミニウムを炭素繊維強化プラスチック《CFRP》で補強した高圧複合容器であり、内部の合金——重水素を数十キログラムも蓄えることができる——を保護している。ユニット表面は炭素の黒色で鈍く輝いていた。ようやく現実化した仕組みは、簡素な機能美で満たされているように思える。合金の割合。その形状。ユニットの設計。知性が理想的な形を成したのが、目前のオブジェクトだ。

それでもこのままでは、単なる燃料の保存容器にすぎない。けれど定められた高圧電流をユニットに流した際には、究極の爆発物として働くことになる。ＴＮＴやプラスチック爆薬など比較にもならない。問題は、合金内に吸蔵された重水素クラスターの静電気力と金属そのものの電気抵抗をどう計算し、どう電流に反映させ、反応を制御するかという点にある――

その答えも、すでに用意されている。《ｅｘ》は二ヶ月半前、二十平方メートルほどの待合室でベンチの隅に座り、手の中でプラスチックの札を何度も裏返して面会の開始を待っていた時のことを思い返す。今にしてみれば至福の時間だったのではないか、とさえ感じる。興奮も焦りも消え、限りなく無に近付くような体験だった。

＋

天井近くのスピーカーから、プラスチック札の番号を読み上げる声が流れ、《ｅｘ》は静かに立ち上がった。

面会室の折り畳み椅子に座り、分厚いアクリル板越しに《ｅｘ》は老人と向かい合った。老人の隣には中年の刑務官が立会人として座り、広げたノートを退屈そうにペン先で叩いている。老人と会うのは初めてのことであり、面会時間が多く設定されているとは思えなかったが、長々と語り合う必要もない。アクリル板の中央に細かく開いた、通声用の孔に顔を近付け、

「新聞は読まれましたか」

老人が頷いた。短く刈った髪は白く、疎らだった。痩せこけており、肌は土気色《つちけ》で乾燥している。健康状態の良し悪しはともかく、落ちくぼんだ眼窩の中で冷徹な知性の灯火《ともしび》が小さく光っているのを見て取ることはできた。

「君に手紙で促されたから、ではない。私は個人的な日課として、欠かさずに読んでいる。手紙がなくとも、世間で起きたことは把握しているんだ」

「では、私が本気だということも理解していただけたでしょうか」

老人は鋭い目付きのまま頷き、

「三人のうちの二人。そうだな」

「はい」

《ｅｘ》は立会人を一瞥するが、興味を持った様子はなかった。老人のいう三人のうちの一人は、当人が拳で撲殺《ぼくさつ》していた。相手も科学者だった。そのために老人は無期懲役刑を受け、この刑務所で三十年前から、人生の後半を費やすことになったのだ。

そして残りの二人。物性物理学教授と雑誌編集者は《ｅｘ》が爆殺した。老人へ、

「教授。私があなたの研究を引き継ぎます」

《ｅｘ》の申し出に、老人は苦痛に満ちた表情で首を横に振り、

「今ではもう、大勢の人間が気付いているよ。三十年前は、常温核融合の理論を物理学界が顧みることはなかったのだがね。あの三人のように、激しく非難する者までいた。ところが今では、大企業が出資者となるほどスポットライトを浴びている。研究者の何割かは完全に盗人《ぬすっと》のようなものだが、私を覚えている人間が存在しない以上、抗弁するのは無駄な労力だ。研究がしたければ、君も独自に行うがいい。私の許可を受ける必要はない」

老人が咳き込んだ。濁りのある呼吸を整えて、

「君の熱意には感謝している。ここで、誰とも理知的な話をすることなく、すごしてきたんだ。食事に甘味がいつ加わるか、それ以外関心のない連中に囲まれての三十年間だ。ここ数年、手紙の上とはいえ数式を見せ合うような関係を築くことができたのは、喜びでしかない。科学は、私にとっては娯楽だ。思考の痛みを伴う、最高の娯楽だよ。そして」

眼光が蘇り、

「君は私の……怨念《おんねん》にも付き合ってくれた。最初は悪い冗談だと思っていたがね……一人目で本気だと知った時には、呆然としたよ。数日間、他に考えごとができなかったくらいだ。二人目も同様だ。奴らのせいでこの私の人生は、全く実りのないものにされたのだからな」

老人との会話は、二件の殺人について触れている。けれど、立会人に気にする風はなく、頬杖を突いたノートの上でペンを動かしてはいるが、その先は宙に浮いていた。

「……実りのない人生だった」

繰り返しいう老人の声からは張りが消え、その体も萎《しぼ》んだように見える。

「誰にも知られることなく、ここで命が尽きるだろう、と考えていたのだ。だが、君だけは私を忘れなかった、ということだろう」

「これから、実らせればいいのです」

《ｅｘ》はアクリル板にいっそう近付き、

「私は本当に、あなたのことを偉大な物理学者であると考えています。あなたの研究は、他人によって奪われていい学術的成果ではないのです。お手紙を差し上げる前から、私はあなたの『拘束クラスター理論』のことばかりを考えていました。あなたの論文を隅々《すみずみ》まで理解し、私の準備が整うまでに、これだけの時間がかかったとお考えください」

「好意には感謝する。だが、すでに研究は奪われてしまった」

「あなたの論文の中の、『もう一つの重要な可能性』についてはいかがでしょう」

立会人が欠伸《あくび》を嚙み殺している。

「すでに合金の割合やユニットの構造などについては、お手紙でいただいた情報を元に独自の製作を開始しています。後は、それを正確に働かせるための拡張理論です。お手紙では、すでにそれも完成していると……ならば、実物を完成させるのです。それを用いれば、世間は否応なく、あなたの偉大さを知ることになります」

老人の表情が、初めて曇った。

「だが、あれは……」

「あなたの歩くことのできない街、あなたが吸うことのできない外の空気に何の価値があるというのです？　あなたの名を歴史に刻む、これが最後の機会となるはずです。私を信じて、数式を委ねてはいただけませんか」

「しかし……」

「あなたの研究を完成させることができるのは、私だけです、教授。私をよくご覧になってください」

老人が両目を細めた。訝《いぶか》しげな色が視線に混じる。

「分かりませんか？　もう一度、手紙の名前を確かめてください。英田凛《エイダリン》。それが私の名前です」

「英田……まさか。単なる偶然だと思っていたが」

老人が驚きの声を上げる。初めて、立会人がこちらを一瞥する。けれど、何も問題はない。交渉はすでに、成功したも同然だった。

「君は、英田君の娘か」

「はい。英田和司《カズシ》の一人娘です。これで、全て納得いただけたのではないでしょうか」

《ｅｘ》は微笑んだ。

「教授、数式を」

上向けた両手のひらをアクリル板の前に出し、

「完成させるのです。あなたと私のために。父のために」

老人が《ｅｘ》の目を見返し、静かに深く頷く。

＋

炭素繊維を含んだ樹脂に、《ｅｘ》自身が濃い影となって映っている。自らの変化について、思いを巡らせる。これまで慎重に隠していた、「私」という存在が捜査線上に浮かび上がってしまったこと。いずれ、世間にも知られる状況となるだろう。今までのように斉東の陰に隠れて行動することは不可能になった。

急ぐ必要がある。全てを完結させるために。三十年に及ぶ恨みを、最高の状態で晴らすために。

――あの女性刑事。

斉東の動きを二度も阻止し、そして私の正体に最も近付いた人物。まさか、話の途中で無理やり顔写真を撮るほど不作法な人間だとは、予想することができなかった。聴取の中で、一時はこちらの味方に引き入れた気配もあったのだけど……

電気通信事業者のビルで斉東が逮捕される可能性は、最初から計画に含まれていた。その場で大怪我をしたり射殺されたりしないよう、必要以上に抵抗しないことを斉東にいい含めておき、拘置所内に予め協力者を用意して脱獄の補助をさせたのだ。一人は元受刑者から違法薬物を購入し続ける刑務官——脅して従えるのは簡単だった——であり、もう一人は未決囚だった。二人の連携により所内に人為的な食中毒を発生させ、混乱に乗じ、斉東を拘置所の外へ連れ出すことに成功した。不良刑務官はすでに、自殺を装い毒殺している。未決囚は逃亡し、それがそのまま協力への報酬となった。

新発田の死体に爆薬を仕掛け、その一室に警察を誘導した罠は凝ったものだったが、期待ほどの成果を挙げることはできなかった。警察官一人が重傷、という結果では足りない。犠牲者があの女性刑事であったなら、その後、二輪車での逃走劇を演じる必要もなかったのだろうが……いや、あの爆破は、新発田晶夫という意気地のない男への、計画からの離脱を仄めかしたための罰、というだけでも意味はあった。周囲への見せしめにもなっただろう。

計画の遂行は今も着実に進んでいる。女性刑事の存在など、わずかな乱れにすぎない。計画の障害になる人間として、のちに斉東に排除を依頼したのだが、それも今となっては蛇足だと思うようになっていた。焦る必要はなく、もっと洗練された報復を行うべきだったのだ。

目の前の俗事に執着して目標を見失うな、とは父の言葉だ。

捜査の手が最後まで届かない、と考えるのは単純な楽観でしかない。いずれこちらに到達するのは、分かり切った話のはず。所持する全ての不動産が仮住まいのようなものだったし、探し当てられた部屋は平凡な女性を演じるための舞台装置であり、何の愛着も未練もない。そして彼らは部屋の中から、私が私であるという印に、新発田晶夫の人差し指を受け取っただろう。私自身、この日が来るのを予感していたのだ。

その印はまた、終末へ向けての加速が始まることも意味している。

終わりを知らせる鐘を鳴らしたのはあの刑事、イルマだ。けれど実際は、彼女はほんの少しも把握していない。これから、何が起こるのかを。

「協力者」が教授の数式を元に最後のパーツを作り上げ、それを水素吸蔵合金貯蔵ユニットと組み合わせた時、どれほどの衝撃がこの街に襲いかかるのかを——

四　それぞれの惑星

i

捜査一課の覆面警察車両の中でイルマは他の捜査員とともに、マンションの一室を爆発物捜査犬が点検し終えるのを待った。セダンの車内がひどく狭く感じられる。隣に宇野が座っているせいもあるのだろう。

今回、爆発物対策係の出動がなかったのは、不動産協同組合に問い合わせて判明した青木早月名義で賃借、購入された物件が都内に四箇所存在し、新たな捜査で明らかになった彼女と関連する受刑者名義の住居を足せば十二軒にも及び、一斉家宅捜索の全てに爆対が参加するのは不可能と分かっているからだ。

凝った罠は室内にない、と特捜本部は判断していた。表札に、（ｅｘ）、の表記がないこと、《ｅｘ》は青木早月の名前まで知られることを想定しておらず、身を隠すのに精一杯で仕掛けを施す暇はなかっただろう、との推測に基づく結論だった。

それでも最低限の安全を確認するために、多くの爆発物捜査犬が警備第二課の犬舎から引っ張り出されることになった。絶対にトラップはない、と決まったわけではなかったから、マンションへ警備犬を引き連れて向かった警備課員の顔が制帽の下で強張っていたのも仕方のない話だ。捜査犬が動き出して数十分経っても吠え声の一つも聞こえてこないということは、特捜本部の見込み通りだったのだろう。捜査犬の次は鑑識員の出番であり、イルマたち捜査員の入室はその後となる。

後部座席の気まずい空気を慮《おもんぱか》ったのか、運転席と助手席に座る同じ係の捜査一課員たちが小声で会話を続けていた。捜査の進行とは関係のない話ばかりで耳に入っても聞き捨てていたが、見上のリハビリが始まったらしい、と一方が突然いい出し、イルマをはっとさせた。話題はそれ以上続かず、こちらから積極的に見上の状態を訊ねるのも怖く、結局話はそのままどこかへ流れ、捜査員たちは別の雑談に移ってしまった。

苦々しい気分で、乗り出しかけた姿勢を戻す。鑑識車から渕たちが銀色の鞄を手に降りる姿が、窓硝子越しに見えた。

携帯端末《スマートフォン》の着信を感じ、ジャケットから抜き出して相手を確認すると案の定、破損したイルマの一〇〇〇ccデュアルパーパスを預けたバイク屋で、その用件も分かっていたが、車内の重い雰囲気に耐えられず通話アイコンを押してしまう。すぐさま中年男性の声がスピーカーから流れ、

『……頼むぜ。俺の店が狭いのは、あんたもよく知っているだろう。新聞販売所から、原

付の複数台の注文が入ったんだ。あんたのでかい二輪をどけないと、整備が始められないって。取りに来ないなら、こちらから仕事先へ届けるからな』

今の私にいう？　でもあの小さなショップが開店中ずっと、歩道にまで商品をはみ出させているのは確かだ。整備、修理の腕が間違いないのも、永い付き合いのイルマは知っている。むしろそのために、要領の悪い商売をして始終ぼやいている中年整備士へ、

「出先にいるんだって。それに今、片腕が利かないからさ。持って来られても乗れないし」

窓硝子へ顔を背け、小声になり、

「急ぐのなら、マンションの前にでも置いといて」

『馬鹿いうな。チェーン・ロックを掛けても、二輪は簡単に盗まれるぞ』

「じゃあ、敷地内のどこかに停めて」

『管理人に、話を通してくれるか』

外の雰囲気を確かめる。鑑識作業はすぐに終わるかもしれず、

「管理会社の電話番号、知らないんだよね……ちょっと今、その手続きをする時間はないかな。勝手に持ち込めば？」

『勝手に持ち込んで、店の悪評が立ったらどうする』

「……なら、麹町の警察署に運んで。夕方から夜には、いるはずだから。警察署の駐車場で、受け取るだけ受け取るよ」

気忙しいこと。イルマは唇の端を曲げ、通話終了アイコンを押す。

鑑識員と入れ替わる際に渕が、火傷痕が出たぞ、とイルマに伝え、そのまま擦れ違い、車に乗り込んだ。渕の言葉は斉東克也の指紋、掌紋が室内に残されていた、という意味だ。斉東の両手には戦闘で作ったらしき細かな火傷が刻まれている。データベースで照合してみなければ正確な判断はできなかったが、まず間違いはないだろう。

2LDKの室内に入ると殺風景なリビングがあり、奥の部屋の壁際に設置された大型の事務机の上には、明らかに使用した様子のある工作機械が載せられていた。各種の切削《せっさく》加工ができるように、幾つもの立体的な機械で構成されている。とても重そうに見え、捜査員だけで押収できるのだろうか、と不安に思うほどの存在感だった。もう一つの部屋はからっぽで、家具一つない。

リビングでは宇野が本棚から書籍を取り出し、目録を作成している。人権についての本が目につくが、イルマからすると、これも一種の偽装のように思えてならない。思想的な理由で、《ｅｘ》が受刑者に近付いているとは思えないからだ。

青木早月と境彰子名義で全国の刑務所へ送られた手紙は百通近くになり、実際に訪れた面会が十数回に及ぶことも、すでに分かっていた。斉東を除き、生存の確認できた全員が今も刑に服している。現在死亡が判明している人間は二人おり、行方の知れない者も五人存在する。全員が男性で、二十代後半から八十代までと幅広く、経歴の明らかになった者全員が不動産も含め、多額の資産を持っていた。厄介なのは、彼女が受刑者以外の一般市民男性にも接触した可能性のあることで、その場合、対象人物を探し出すのがとても難しくなるだろう。

宇野が記録を終えた書籍の一冊を、ビニール袋を嵌めた手に取ってみる。新品同様で、開いた形跡すら見当たらなかった。やはり、ここにも偽装が施されている。けれど、長く潜伏していなかったとしても作業場として利用したのは間違いなく、これまでの部屋に比べれば、生活感はだいぶ残されていた。特に、斉東の気配が強い。作業室の隅に脱ぎ捨てられた衣服や床に並べられた飲料水の空缶。この部屋を彼らが放棄したのは、そう遠い昔ではなさそうだ。

——思想的な理由がないのだったら。

イルマはその場で考え始める。東係長がリビングの中央に陣取るこちらを横目で睨み、過ぎていった。

——それなら、《ｅｘ》の動機は？

はっきりしているのは、強い殺意。彼女の言動から、接触した受刑者たちへの愛情や執着を感じることはできない。斉東克也でさえ彼女にとってみれば、利用価値のある道具にすぎないはず。斉東については、以前に出会っているらしき土師へその詳細を訊ねたいところだったが個人的な過去に触れる話でもあり、土師は土師で、折れた肋骨をステンレスプレートで繋ぐ手術を受けてからそう時間は経っておらず、彼の携帯端末に残した伝言を聞いたかどうかも分からない。返答があったとしても、実際に捜査の参考になるとは限らないのだけど。特捜本部を通じて、ではなく直接本人から話を聞きたかった。

改めて室内を見回してみる。生活感に違いはあっても、以前に青木早月の部屋で受けた印象と大きくは変わらない。整えられてはいるが、やはりここも取り繕《つくろ》われた形式的な空間にすぎない。

《ex》は一体何を取り繕っているのだろう。本当の、その内面は。

彼女の殺意は、本当はどこへ向いている？

＋

宇野とともに押収品の詰め込まれた段ボール箱を所轄署の講堂に運び込んだイルマは、捜査員全員が室内前方の庶務班の机に集まっているのを見た。

何かが進行していることを察し、近くの長机に押収品を置いて庶務班へ駆け寄る。目が合った班員の伊野上が小さく頷き、立ち上がって傍の黒板に情報を書き込み始めた。

英田《エイダリン》稟。女性。二十九歳。

Ａ４用紙いっぱいに印刷された、運転免許証の写真が貼り出される。覚えのある顔立ちだった。ただし記憶にある風貌よりも髪が短く、今のイルマとさほど変わらない。前回聴取した際の長い髪はウィッグだったのだろうか。資料を受け取った和田管理官が、全員席に着いてくれ、と室内を見渡していった。

「新しい情報が特捜本部に寄せられている。正午頃、《ｅｘ》の別名義らしき人物の資料が千葉刑務所から送られてきた。青木早月、境彰子とはまた別の氏名となる」

雛壇に戻り黒板を顧みて、

「運転免許センターで照会したところ、住所と氏名、生年月日が明らかになった。重要なのは顔写真が青木早月、境彰子と同一人物である、という点だ。つまり……『英田稟』こそ、《ｅｘ》の本物の素性となる」

息を呑みつつ、イルマは後方の席に着く。講堂全体が静まり返っていた。

「免許証に記載された住所は刑務所で英田自身が記したものと同一の場所だが、急遽捜査員に確認させたところ、今は別人が住んでいることが分かった。再確認はさせるが、《ｅｘ》の用心深さからすると現在の住人は無関係である可能性が高い。結局、《ｅｘ》……英田稟の行方は今も判明していない、ということになる。最初から説明してもらおう」

庶務班の席から伊野上が立ち上がり、

「《ｅｘ》が英田稟として刑務所に現れたのは、約二ヶ月半前、出版社で二度目の爆発のあった直後となります」

　傾けたノートPCの画面を見下ろしつつ、落ち着いた口調で、

「これまで特捜本部からの問い合わせに刑務所側が反応しなかったのは、英田稟、という人物から手紙を受け取った受刑者が一人だけだったこと、また化粧や髪形が青木早月、境彰子とは相当異っており、新たにこちらから送った化粧パターンに似ていたことで、ようやく刑務官が気付いたという事実によります……問題の面会相手ですが、これも刑務所からさきほど、経歴が送られてきました」

　伊野上が黒板に、新たな氏名を書き足してゆく。

「戸辺泰《トベヤスシ》。七十歳。三十年前に無期懲役刑の判決を受けています」

　席に戻ってPCを操作し、

「物理学の大学教授だった戸辺は自らの研究を同じ学部の先輩教授により非科学的と公に非難されたことに腹を立て、相手を殺害したということです。拳での撲殺であり、自分の指も骨折させるほどの激しい殺意が問題となって無期懲役刑の判決が下り、当人も控訴しなかったためにそのまま刑が確定した、という話でした」

　管理官が後を引き継ぎ、

「肝心の、英田稟との繋がりだが……情報は今日上がってきたばかりで、細部は判明していない。戸辺が事件を起こした時には、まだ生まれていなかったはずだ。しかし、当時の

戸辺が在籍していたのは最初の爆発があった物性物理学研究室、あの大学だ。三十年前の被害者も合わせて、全員が科学関係者、ということになる。何らかの因果関係が、その辺りに含まれているとみていいだろう。現在、特捜本部が把握しているのは以上の事実と……伊野上君、面会時に立会人となった刑務官の証言を」

「はい……多くは何かの物理実験に関する話、戸辺の執筆した論文に関係した会話のようでしたが、論文に書かれた『もう一つの重要な可能性』という部分に英田は執着していた、と。その箇所の数式を譲って欲しい、と何度も英田から戸辺へ頼んでいた、という話でした。最終的には数式を譲ると戸辺もいい出し、口頭で伝えていた、と」

和田管理官の額に深い皺が刻まれ、

「それがどんな意味のあるものか、刑務官は把握していないのだな」

「理解できなかった、と証言しています。単なる数式を淡々と喋っていただけで反社会的な内容ではなかったことから、英田がその場でメモを取っても遮りはしなかったそうです。もう一つ、戸辺は英田稟という名前を改めて聞き、驚いていたようだった、と話しています」

「……のちの捜査で明らかになるだろう」

管理官が身を乗り出し、

「これから早速、手の空いた人員は戸辺の在籍した大学へ向かってもらう。戸辺について、徹底的に聞き込みをして欲しい。英田稟との関連も、そこで判明するかもしれない。当時の戸辺の論文だが、それも同じ敷地内の大学図書館内に保存されている。現在大学側に、関連する論文の複写を用意してもらっている。宇野巡査部長」

イルマの隣に座る部下が、はい、と返答する。

「経歴によれば、君は理系ということだな。君と……イルマ君に論文の受け取りを頼む。図書館から連絡があり次第動き出せるよう、待機していてくれ。複写のＦＡＸは依頼しているが、何か関連した話を聞くことができるかもしれない。後は、英田稟名義、戸辺泰名義で所有、賃貸されている不動産を徹底的に洗い出して欲しい。話は以上だ。捜査の割り当てを更新する。名前を呼ばれるまで、その場で待つように」

管理官だけでなく、署長をはじめ他の幹部たちの顔も上気している。イルマも同じ気分のはずだったが、別の小さな緊張が、捜査への集中を殺《そ》いでいた。どうしても宇野との捜査、と聞いた瞬間に内心身構えてしまう。

誰かに悟られないよう、小さく息を吐き出した。いつから私はこんなに、臆病になったわけ？

イルマは、室内前方で和田管理官と伊野上が話し合っていることに気付いた。伊野上が少し声を大きくしたために、おおよその内容が分かるようになった。要するに、管理官は伊野上を戸辺泰の聴取に送ろうとしており、当人が難色を示している、という構図らしい。重要な役割であるはずの、戸辺への聴取を避けようとする伊野上の心情も分からなくはない。現場を離れたくないのだ。常に捜査の中心から外縁へ押しやられるのは、研修で一時所轄の刑事課に在籍するだけの高級官僚《キャリア》であれば通常の扱いだったが、彼女自身はもっと先鋭的に食い込みたい、と思っている。

でも、とイルマは考える。彼女は私のような一兵卒として働く捜査員とは、最初から別のカテゴリーに属している。伊野上は少し、刑事課という部署に思い入れを持ちすぎているかもしれない。伊野上の視線が管理官から逸れ、イルマを捉えた。軽く首を横に振ってみせると、年下の高級官僚は諦めたように肩の力を抜いたのが分かった。

新たな捜査を割り当てられた捜査員たちが、講堂から続々と出てゆく。管理官も含めた幹部たちも皆、いったん退席するらしい。報告が上がってくるまでの間にそれぞれの雑事を済ませ、態勢を整えるつもりなのだろう。

宇野はいつの間にか隣で、昇任試験の問題集を広げていた。待機中の時間をそうやってすごすのは、普段通りのことだ。そのくせ、いつになっても実際の試験は受けようとしない。以前なら意識しなくとも言葉にしてしまう軽口が、今日はうまく出てこない。一人で食事にでもいこうか、と考え始めた頃、ライダースジャケットの中で携帯端末が震えた。

取り上げると、驚いたことに管理官からの連絡だった。

『大学図書館が論文を準備するのに、まだしばらくかかるだろう』

硬い口調で、

『今のうちに、私の用事につき合ってもらえないか。一時間以内に済ませる。駐車場で待っている』

＋

警察署脇の駐車場に停められた黒いセダンの後部座席の扉が開き、内側から和田管理官が顔を覗かせた。歩み寄ると管理官は奥の席に移動し、イルマもその隣に乗り込んだ。出してくれ、と運転席に座る若手の一課員へ、管理官が声をかけた。

イルマは相手が用件を切り出すのを座席にもたれ、待った。それにしても、と思う。和田管理官は、特別捜査本部が設置された当初とは別人のようだ。焦りの姿勢が消え、特捜本部内に根を下ろし、現場指揮官として堅実に捜査と向かい合っている印象だった。貪欲《どんよく》な功名心らしきものがその態度から、すっかり抜け落ちてしまったように見える。

きっかけは見上真介の大怪我だろう。彼の怪我にひどく気落ちし、その影響が和田管理官独特の毒気までも抜いてしまったらしい。そこで、イルマは管理官専用車の向かう先がどこであるのかを理解した。

「……警察病院ですか」

管理官の横顔が頷いた。

「真介が……君に会いたい、といっている。悪いが、見舞いにつき合って欲しい」

咄嗟には返答ができない。内心、イルマはひどく動揺していた。黙っていると、

「……真介の父親は、私の恩師といっていい警察官だった。所轄署に配属されて以来のつき合いだ。恐らく、私をずっと目にかけてくれ、異動の際もできる限り手元に置こうとしてくれた。実の息子のように感じていたのだと思う。真介が生まれたのは、彼が五十代に差しかかった頃だ。彼にとって真介が初めての子供だった」

管理官の声は落ち着いていて、

「見上警視は、十年前に亡くなった。元々恰幅《かっぷく》のいい体型だったのが、病床ではまるで……枯れ木のように痩せてしまってな、真介を頼む、と私にいい続けていたよ」

イルマは、管理官の見上真介への態度が理解できた気がする。彼は恩師と呼ぶ上司との関係を、そのまま次の代に持ち込んだのだ。

「私には娘が二人いるが、息子はいない。小さな頃から知っている真介は、やはり私にとって他人ではないんだ。そして実際、真介は有能だ。傍に置いて後悔したことはない。頭の回転が速く、鋭い。捜査員たちの上に立つに相応しい人間だと思っている。が……君が以前、私にいったことも確かだ」

思わず、管理官の顔を確かめた。

「真介は上昇志向が強い。負けん気の強さを丁寧な物腰で隠しているがな。あの爆発に巻き込まれるまで大きな問題を起こしたことはなかったが、周囲との軋轢《あつれき》が小さな気泡のようにあちこちから浮かび上がっていたのは、私も知っている。意識的に目を逸らしてきたのも、否めない」

深々と座席に体重を預けた。その姿勢が管理官の首元に幾つもの皺を作り、より老けた風貌に見せている。

「問題は、真介自身の出世欲にある。父親を越える警視正の地位を目指しているんだ。それには、最短で駆け上がる以外にない。真介は自分の人生の全てを、そのために費やしているといっていい。正直にいおう。その態度を、私はむしろ頼もしく思っていた。少なくとも真介は有言実行の警察官であり、努力もしない口先だけの人間とは違う。だが……真介はいずれどこかで現実と向き合うだろう、とも思っていた。結局、現実が今回の件により、残酷な形で降りかかってきたことになる。そして……それは私も同様だ」

黙って話を聞くイルマは、自分と管理官の認識がほとんど違わないことに驚いていた。

「この件に関して、君には何の責任もない。そのことは真介の性格からしても、理解している。むしろ私の責任だ。君のいう通りに、な。真介と私は最悪の形で、現実を突きつけられたんだ。こう見えても私は、現在の個人的状況を受け入れつつある……いや、私のことなどどうだっていい。真介の話だ」

小さく何度も頷いて、

「不幸な状況であったとしても、真介が初めて自らを見詰め直す機会となったことも確かだ。恐らく彼は今、失意のどん底にいるだろう。前回私が見舞いにいった際も前々回も、真介はひと言も喋らなかった。今日ようやく、少しだけ電話で話すことができたんだ」

闇の中に小さな光明が輝いたように感じる。

「リハビリに励んでいるという報告と、そして、君に会いたいといっていた。言葉数は少なかったが、要するにあの事件を個人的に振り返ろうと考えているらしい。特捜本部は、これから英田稟に関する情報が上がるようになれば、息をつく暇もなくなるだろう。やっと現状と向き合う気になった真介と会うのは、今の機会以外にないかもしれない。そう考えて、独断で君を連れ出してしまった」

イルマは自分の持つ選択肢を確かめたくなり、

「私が、病院へいかない、といったらどうするつもりですか……」

「私だけで見舞いにいく。私が車を降りて、タクシーで病院へ向かおう。君はこのまま特捜本部へ戻ってくれ。ただ、そう決める前に、私の話をもう少しだけ聞いて欲しい」

和田管理官の声にも緊張の色が混じり、

「さっきもいった通り、今回が真介にとって初めての内省の機会となる。あの男にとって、最初の壁であるはずだ。事件の様子からしても非常に大きな壁であるのは、君にも理解してもらえると思う。最悪の形だが、私はこの面会を真介のために利用し、導いてやりたいのだ。今までとは別の考え方、別の方向を示す話し合いにしたい。人生の方向性が一直線とは限らない、と。脇見をして他の道を探るのも悪いことではないと……捜査とは全く関係のない、個人的な事情だ。他人の人生にそこまで関わる必要も責任も、君にはない。もっとはっきりいえば、私は君の率直さを真介の教育に利用しようとしている。私は真介を甘やかしすぎたんだ」

イルマは、デニムの膝を見詰める自分に気付く。特捜本部へ戻る、という選択肢があるはずもない。

「……了解しました」

私自身が、あの爆発事故の結果と向き合わなければ——

「私も当事者として、一度はお見舞いにいくべき、と考えていましたから」

ありがとう、と管理官は静かにいった。背広の襟元を整え、

「念のためいっておくが……真介は片腕と片脚を失っただけでなく、火傷もある。彼の姿を見ても、動揺しないで欲しい」

＋

リハビリテーション科病棟の個室で、見上が戻るのを管理官と二人で待った。見上はリハビリ科に移る前は整形外科におり、一日だけとはいえイルマが入院した際は同じ階にいたことになる。病室もそう離れていなかったため意識はしていたものの、できるだけ同僚のことを考えないようにし、何のコンタクトも取ろうとしなかった当時を思い出して後ろめたい気分になった。

前兆もなく扉が開き、男性看護師につき添われた見上が姿を現した。管理官に続き、イルマも腰掛けていた丸椅子から思わず立ち上がる。

見上は全く表情を変えることなく、イルマたちの脇を過ぎ、看護師の手を借りて、ベッドにゆっくりと腰を下ろした。トレーニングウェアの袖は、右腕の肘から先の厚みがなかった。片方のズボンの裾から、金属製の足首が見えている。イルマは見上の姿から目を逸らさないようにするだけで精一杯だった。

看護師が通路に出て扉を閉めた途端、病室内に沈黙が降りた。見上へかけるべき言葉が見付からない。事前に用意していたはずの見舞いの台詞は、真っ白になった頭の中のどこかに消え失せてしまった。

見上真介はやつれていた。髭は綺麗に剃られていたが、髪の毛は櫛も当てていないらしく全て無造作に垂らしている。あるいは長く伸ばして顔の側面に刻まれた火傷痕を隠すつもりなのかもしれなかった。今は赤みがかった傷がはっきりとさらけ出され、それが首元まで繋がっていた。

見上が静かに顔を上げ、ようやく来客に気付いたように管理官とイルマの顔を交互に見た。何度か会っているはずの管理官さえ、動揺しているのが分かる。見上の両目には生気らしきものが存在しない。お疲れ様です、と力のない声でいい、イルマも慌てて同じ挨拶を返す。

「《ｅｘ》の捜査は順調に進んでいますか」

「ええ。少しずつだけど」

見上の質問に、イルマは少しほっとする。警察官としての魂が、同僚の内部に残されているのが分かったからだ。

「……正体は判明したのですか」

「ほぼ特定できたと思う。潜伏先までは明らかになっていないけど、二十九歳の女性で、英……」

「捜査の、現在進行形の細部をここで話すことはできない。見上警部補」

和田管理官が口を挟んだ。

「続きは、君が捜査一課に復帰した際に伝えることにしたい」

そうですね、と見上が俯いた。室内から会話が消えないよう、今度はイルマから、

「調子はどう……」

そう訊ねてから、すぐに後悔する。顔を上げた見上の目元に、険《けわ》しいものが走った気がした。

「悪くはないですよ」

小さな声で見上が答え、

「火傷は神経まで達していませんでした。運動能力自体に問題はありません。両目の視力も変化していない。幻肢痛《げんしつう》と火傷の引き攣《つ》れを別にすれば、単純に右腕と右脚のそれぞれ半分が消えてなくなった、というだけの状態です」

「……私と話がしたいって聞いたのだけど、本当？」

「ええ……訊ねたいことがあるのです」

見上の暗い瞳がまともにイルマへ向き、

「僕があなたからどう見えているのか、知りたくて」

「どう、とは」

「あんな無様なことを仕出かした警察官は、優秀な捜査一課員からどう見えているのか、という話です」

イルマの緊張が増した。見上は、私との面会を前向きな機会とは決して捉えていない。言葉を選びながら、

「犯罪に巻き込まれた。それ以上でも以下でもない。でしょ?」

「正直にいって欲しい」

「見上」

再び、和田管理官が話に割り込む。

「イルマ君には忙しい職務の合間を縫って、わざわざ足を運んでもらっている。彼女は今も捜査に集中している立場だ。無用な圧力をかけるなら、すぐに特捜本部へ戻ってもらう」

「……自分を見詰め直したいだけですよ」

「見上、お前は今も捜査一課に属する人間だ」

椅子に座ったまま、管理官が身を乗り出し、

「組織の利益を優先する、という考えは念頭に置くべきだ。組織とは特捜本部であり、警察であり、国民だ。全体の利益を優先するなら、自らの行動は律してしかるべきだろう」

「私は、イルマさんからどう見えたのか、が聞きたいのです」

声に力は籠もっていなかったが、目付きには決して引き下がらない、という意志が感じられた。仕方なく、

「……少し軽率だった、とは思う」

すぐに言葉を継ぎ、

「それでも、やっぱり原因は犯罪によるものだよ。警察側に過失があったとしても、あんな仕掛けは許されるべきものじゃない。あなたは、犯罪に巻き込まれたんだ」

「……ずっと考えていたんですよ」

ふと、見上が肩の力を抜いたのが分かった。

「あの時、どう動けばよかったのか、と。火傷の痛みに呻いている時も、感染症の痙攣《けいれん》がようやく治まった際も、壊死した組織を削ったのち、強力な麻酔で朦朧とする最中も。正常かどうかはともかく、時間だけは沢山ありましたから」

思わず目を逸らしそうになるイルマへ、

「私はね、警察官としての一生を全うすることを望まれて、この世に生まれてきたんです。その両親からの期待に応えるために実績を積み上げ、捜査一課の今の立場まで行き着いた。それが、こんな……リハビリ室の平行棒に毎日しがみつきながら、傷口が再び開くのを怯えてすごす、こんな状態に」

声に力が入り始める。

「なぜもっとあなたは、私を罵《ののし》らないのです？　いつもの、あなたらしくないでしょう」

何かを、見上へいってやるべきだった。彼自身のためになる、厳しい忠告を。そう管理官に期待され、自分でも分かっていたが、ひと言も声を発することができない。

「あなたがあの時、あの場にいたせいで、俺は自らの手柄を守るために、一歩先に踏み込むしかなかったんだ。なぜもっと俺を信頼し、俺の判断に任せなかった?」

次第に見上の口調が荒くなってゆく。見上の顔に冷笑が浮かぶのを、イルマは見た。

「あんたはもっと下がるべきだったんだ。あるいはもっと積極的に、俺の行動を抑えることもできた。なぜどちらの選択も取らなかった? 知っているさ。あんたは、あえて動かなかったんだ。そうだろ? 俺は人の心を読むことができる。だが確かにあの時、俺は読みを誤った。あんたの緊張を、手柄を横取りされることへの焦りとみた。本当は、俺が罠に掛かるのを待つ狩人《かりゅうど》の心境だったわけだ。邪魔な同僚を潰すために通り一遍《いっぺん》の警告を与え、あの部屋に追い込んだ。知っているぞ、イルマ。何もかも、お前のせいだ」

見上が激昂《げきこう》する。松葉杖に縋《すが》り立ち上がろうとして、失敗した。隣に座る管理官と同様、イルマは言葉を失っていた。

「お前は俺の前に現れ、俺の未来をずたずたに切り裂いた。覚悟してもらおう。いずれ、お前を潰してやる。それくらいのことは片腕、片脚でもできるはずだ。必ず……」

やめろ、と震え声で管理官が怒鳴った。席を立ち、

「何のためにイルマ君をここまで連れて来たと思っている。この機会を……」

「私には、人の心が分かるのですよ」

見上は薄笑いを浮かべ、松葉杖に体重を掛けようともがいている。

「イルマがここにやって来たのは、俺を嘲笑うためだ。その内心を、正直に口にすればいい。全ては自業自得だと。自己責任という名の罠に陥れてやった、と」

「瀕死のお前を現場で救ったのは、彼女だぞ。もしあの時、応急処置が遅れていたらどうなっていたか」

見上の腕が震え、立ち上がりかけていた体が杖から滑り落ち、ベッドに座り込んだ。

「いっそ……そのまま放っておいてくれたら、と思いますよ」

項垂れ、光のない瞳は床を見詰め、急に思考能力を失ったように沈黙する。

空間が凍りついたようだった。管理官が立ち竦んでいる。イルマの頭の内側で、見上の言葉が反響していた。

――何もかも、お前のせいだ。

見上のことだけではなかった。これまでの事案、爆発によって目の前で死んでいった者たちの様子が意識の中で再生される。すみませんでした、という小さな声が届いた。見上の声だった。

いいえ、と返事を絞り出した。イルマは静かに丸椅子から立ち、失礼します、とかつての同僚へ頭を下げ、扉に近付き通路へと出た。

エレベータを目指し、リノリウムの広い通路を真っ直ぐに歩いているつもりだったが、足元がふらつくように思え、イルマは壁に設置された入院患者用の手摺りにつかまった。

通り過ぎる女性看護師からの心配そうな視線を感じ、壁から身を離す。

エレベータの扉に着く前にまた歩行のバランスを崩しそうになり、手摺りに寄ろうとするイルマの肘を、背後から誰かが支えた。看護師の助けだと思い振り返ったイルマは、和田管理官がそこに立っているのを知った。

管理官の張り詰めた顔。両目が真っ赤に充血しているのを認め、礼の言葉が思い浮かばない。車まで送ろう、と管理官がいった。

「もう少しだけ真介と話がしたい。すぐに私も特捜本部へ戻る。先に私の車で戻っていてくれ」

「……大丈夫です」

体のバランスを何とか立て直し、

「見上警部補の傍にいてあげてください」

歩き出すイルマの腕を管理官が放した。沈痛な面持ちで、すまない、といった。

「これほどまで、真介の気持ちが混乱しているとは思わなかった。無理につき合わせた。本当に……すまなかった」

謝罪を受けること自体が、苦痛に思える。曖昧な返事をして、到着したエレベータへ逃げるように乗り込んだ。

一階の待合席に、イルマは座り込んでしまう。深く座席にもたれると体と心に蓄積した疲労が存在感を示し始め、特捜本部へ戻るべきと分かっていても、すぐには体が動かなかった。

何をしに来たのだろう、とイルマはぼんやりと考える。ここではっきりしたのは、見上が私を憎んでいる、という事実だけだ。

そして、わずかではあっても、見上のいい分にも理があるように感じていた。何もかも、お前のせいだ……あの時、あの爆発の直前、本当に私にできることはなかったのだろうか——

ジャケットのポケットに両手を突っ込み俯いたまま、イルマはしばらくの間、あやふやな思考が頭の中で揺れるのに任せた後、ようやく動き出す諦めがついた気がした。腰を浮かしかけた時、ジャケット内部の硬い何かに、布越しに指先が触れるのを感じた。内ポケットを探ると白い封筒が現れた。何だっけ、と首を傾げ、そして思い至った。電気通信事業者の高層ビルでオフィスの机の下に隠れていた、イルマと同年代の女性からの手紙だった。女性へ気が逸れた次の瞬間、斉東の散弾を喰らったという体験が、遠い昔のように思える。イルマは手紙を開封し、便箋《びんせん》を広げる。名前の分からない警察官へのお礼の言葉が綴《つづ》られている。読み進めたイルマは深く息を吸い込んだ。

髪の長い、スーツスカート姿の小柄な女性。机の下で怯え、涙を流していた。

……その、男の子のように短い髪をした女性警察官のお陰で、社内の保育所に預けたままだった三歳の息子と、無事再会することができたのです。その方がいなければ、今頃私と息子はどうなっていたのかと毎日考えています。本当にありがとうございました……


イルマは微笑んだ。ずっと気になっていた光景だった。ターコイズ色の高層ビルのエントランス外で、保護者との再会を待って保育士の首にしがみついていた、幼い子供の姿。きっとあの子はもう一度、母親と抱き合うことができたのだろう。

安堵の気分が心の底から湧き上がる。久し振りに覚えた心地だった。手紙を仕舞ってジャケットの内に戻すと、携帯端末が震え出した。画面には、宇野《ウノ》弘巳《ヒロミ》、の名前が表示されている。

奇妙に浮ついた気持ちで通話を繋ぐと、いつも通りの丁寧な口調が、

『大学図書館から連絡がありました。主任は今、どこにいますか』

警察病院にいる、と伝えた。一瞬宇野が言葉を詰まらせたのは、事情を察してくれたのだろう。

『直接、大学へ向かいますか。レンタカーは押さえてありますから、僕がこれから……』

「うん。迎えに来て」

そう返事をしてから、いい方が子供っぽい気がして、急に恥ずかしくなる。宇野が、了解しました、と生真面目にいって通話を切った。

＋

エントランスの案内図で確認したところ、大学図書館は地上二階と地下四階の計六フロアで構成された大きな建物で、正午だというのに館内には大勢の利用者が存在した。入口傍で中年の女性司書がイルマたちを出迎え、椅子に囲まれた六角形の机へと案内してくれた。机にはすでに、三冊の論文集が並べられている。机の隅には他に、十数冊の冊子が積み重ねられていた。司書と名刺交換を済ませ、席に着く。

「すでに、警察の方へは該当する論文をＦＡＸで送付しておきました」

司書は立ったまま、

「他の論文についても、できる限り用意しました。そこに積み重ねているものがそうです。だ……当時の事件に関係するもの、常温核融合に関わる文章は、この三つで全てだと思います。どうぞ、ご覧になってください」

ありがとうございます、と礼をいって、宇野がそれぞれの論文集の内容を簡単に確認し、

「これらの論文は、どういった機会に発表されたものですか」

「有名科学雑誌などに載った論文はありません。懇談会等の内輪での発表用の資料や、小さな財団の定期刊行物に掲載されたものです」

該当する頁には付箋が貼られている。『パラジウム陰極電気分解に関する追試実験』。『金属による水素吸蔵実験時の過剰熱について』。『水素吸蔵合金（真空雰囲気）通電実験時の過剰エネルギーの考察』。

試しにイルマも、手近な論文を捲ってみる。粒子間のクーロン反発力の克服。連鎖反応による異常発熱。低温金属固体内での重水素クラスター閉じ込め……司書が傍にいる手前、分かった振りくらいはしたかったが、どうしても眉間に皺が寄り、一行を読み込むこともできない。

宇野は内容を理解しているように見える。背広の内から黒縁の眼鏡を取り出して掛けると素早く紙面に目を通し、一枚ずつ丁寧に頁を送っていた。イルマは司書へ、

「これを書いた戸辺泰、という人物について何か知っている？」

「私は余り……ですけど、この大学では有名な人のようです。事件のあった当時の事情を知っている先生方は多いと思います」

「あなたは何か聞いている？」

「画期的な研究を先輩教授に邪魔されて、その恨みで相手を殺害してしまった、と聞いて

います。それだけです」

「戸辺泰のことをこの大学では、どう捉えているのかな」

「同じ物理学の研究者の中には、同情的な者もいるようですけど……」

事件そのものには関わりたくない、という態度だったが、何かを隠している風にも見えなかった。事務室におりますので、といい置いて司書は仕事へ戻っていった。

他にすることもなく、宇野の隣でイルマも論文の拾い読みを再開する。机の上には、今もぎこちない空気が漂っていた。それでも、警察病院で感じた異様な緊張感とは全然違っている。ぎこちなさの中でも、自分が安堵を覚えているのが分かる。

宇野が一つの論文を読み終えた。真剣な表情の部下の邪魔をするわけにもいかず、自分の前に広げた書類にただ目を落としていると、イルマは文中の、意外な言葉の存在に気付いた。宇野の読み終えた論文集と交換し、ざっと頁を繰ってみると、やはり同じ文字が登場する。宇野へ、

「気がついてる……」

論文を読み続ける宇野が小さく頷いたのを認め、

「英田和司助教授、の名前。実験に参加している、ということよね」

「……協同で研究しているようですね」

「英田稟と関係がない、とは思えない」

もう一度頷くと、宇野は黙ったまま論文集を読み進める。三冊全て通覧し終えるのを、イルマは欠伸を嚙み殺しつつ待った。やがて宇野の方から、

「……英田稟の肉親でしょう」

「戸辺泰は、自分の研究を先輩教授に潰されたことを恨み、相手を殺害した。同じ怨恨《えんこん》を英田和司が抱いていたとしたら。そして……その恨みは、肉親である英田稟に受け継がれているかもしれない」

「他にも、繫がっている箇所があります」

宇野が書類を選び、改めてイルマの前に広げた。指差された場所に注目する。

……重水素化金属の利用により、核分裂（プライマリ）と核融合（セカンダリ）のうち、プライマリを必要としない純粋水素爆弾作製が実現するものと……

「純粋水素爆弾？」

「核分裂爆発に頼らない水素爆弾、という意味です」

「……分からないんだけど」

「原子爆弾は、ウランやプルトニウムの核分裂反応を利用したものです。原子の中心となる核を連鎖的に分裂させ、巨大なエネルギーを生じさせます。一方、水素爆弾は重水素の核を融合させることで生じるエネルギーを利用します。ですが……」

「ちょっと待った。分裂するにしても融合するにしても、どうして原子核の変化がそんな

に大きなエネルギーを生むの？　水素に着火して爆発するのとは違うわけ？」

「水素と酸素の混合気体の爆発も充分危険ですが、それは単なる化学反応ですから。物質の源は原子です。原子の核反応は……源の覆される究極の状態が不合理なほどの巨大エネルギーを生み出す、といえるかもしれません。ただし性質的に原子爆弾には大きさの限界があり、水素爆弾には理論上、限界がありません。そのため水素爆弾はより強力な兵器と位置付けられています。ですが重水素を核融合させるためには、摂氏数億度の高温が必要となります。そのために起爆薬として原子爆弾が用いられているのです」

「戸辺泰の研究は、常温核融合……」

「その通りです。戸辺泰の論文は常温核融合研究の最初期に位置し、研究の先駆となるものです。以前に特捜本部で読んだ水谷英二の論文によく似ていますが、その三十年前ですから。実際に常温で重水素を核融合反応させる技術があるなら、起爆薬である原子爆弾は不必要です。そのため、水素爆弾自体を極端に小型化させることもできます。核融合だけで破壊力を生み出す——今のところ、あくまで理論上の存在ですが——これが、純粋水素爆弾です」

「つまり」

ようやく、宇野の深刻な表情の意味が理解できたように思える。

「英田稟が戸辺泰に要求した数式、『もう一つの可能性』は……」

「常温核融合爆弾の技術、ということになるのでは」

大規模な威力を持つ爆弾。大量破壊兵器。現実的な話だろうか？

「だとしたら《ｅｘ》が対象としていたのは、最初から個人じゃないことになる……ねえ、本当に英田稟に大量破壊兵器が製作可能だと思う？」

「この論文では、兵器への応用の可能性だけが記載されています。核融合の効率をさらに高めた際には、という仮定の話です。戸辺が自らの研究、『拘束クラスター理論』の拡張を獄中でも進めており、完成した数式を英田が受け取ったとするなら……あり得る、という話になります。理論的には、ですが」

宇野は立ち上がって論文の冊子を集め、一応全ての論文をコピーしてもらいましょう、といった。事務室の窓口で論文の複写を頼み、イルマは念のため英田稟の顔写真――幾つかの化粧パターンで印刷された――を見せて記憶にあるかどうかを職員たちに訊ねてみたが、心当たりはない、ということだった。司書は、英田稟、青木早月、境彰子の氏名で利用者データベースを調べてくれたが、やはり該当する人物は存在しなかった。

「英田和司助教授の記録は残っていますが、それ以外は……英田稟という人は、英田助教授の親族の方ですか」

司書からの質問に、たぶん、と答えたイルマは、

「英田助教授を知っているの……今、どこに住んでいるか分かる？」

「いえ、あの事件があった当時に亡くなっているはずです」

「三十年前に？　その辺りの事情は知っている？」

「少しですけれど……戸辺教授はすぐに捕まりましたから、世間からの非難はむしろ英田助教授に振りかかったらしいのです。まるで共犯者のように扱われて、そのために……自宅で自殺してしまった、と聞いています」

英田稟の強い殺意。その理由。

線が繋がった、とイルマは思う。英田稟は、科学界と世間に対して大きな恨みを抱いている。隣に立つ宇野を肘で小突き、戻ろう、と伝えた。

「論文の内容と合わせて、できるだけ早く特捜本部で情報共有した方がいい。実験用資材の購入から、英田稟の居所を割り出せるかもしれない」

「それなら……重水素が鍵になるのでは。個人で購入する者は、まずいないはずですから」

「よし。その線でいこう」

司書へ残りの論文のＦＡＸ送信を依頼して、イルマは窓口のカウンターを離れた。

＋

気持ちばかりが急《せ》いてしまう。大学へ戸辺泰に関する聴取に向かった捜査員の一部が講堂に戻っている、とイルマが知ったのは、車内でこちらの報告を庶務班に入れた時のことだった。知った途端、情報共有の必要性が膨れ上がるのを感じ、落ち着いていられなくなった。ばらばらだった要素同士がようやく繋がり、事件の図柄が鮮明に描き出されようとしている。

所轄署の駐車場に着いた瞬間、宇野の運転するレンタカーの助手席から飛び出し署内へ駆け込んだ。一階の隅に爆発物捜査犬二匹が座っており、警務課に用事のある市民たちの注目を集めていた。今も続く、マンション捜索の中継点として所轄署が利用されているらしい。車酔いに弱い捜査犬を休ませているのかもしれない。警備課員に引かれ、犬たちが署長室へ消えた。

イルマはエレベータの到着を、苛立ちつつ待っている。

「三十年前、戸辺教授と英田助教授のほとんど二人で常温核融合の研究を進めていた、という話です」

雛壇の管理官へそう報告する捜査員へ、イルマも近付いた。その辺りに小さな人だかりができている。

「何か研究成果となる実験結果が出たそうで、その話が新聞の記事にもなり、少し話題になったのですが、同じ学部の先輩であるフナキという教授が記者会見まで開き、実験結果を非科学的と否定した騒ぎがありまして……その会見の影響で、当時特殊法人だった新産業開発機構から助成されていた研究費を打ち切られ、戸辺教授の研究は成り立たなくなってしまった、ということです。戸辺は激怒し、教授室で相手に詰め寄り、その場で撲殺した、と。地方裁判所で無期懲役の判決が下った際、戸辺は、どうせ研究者には戻れない、と吐き捨て上告もしなかったといいます」

「なぜ先輩教授は……わざわざ記者会見まで開いて後輩の研究を邪魔したのか」

　管理官の疑問に、

「当事者が殺害されていますから、これは周囲の推測ですが……フナキ教授はもっと大掛かりな核融合炉を建設する計画に携わっており、その大規模予算の研究を守るためにも、早急に戸辺の実験を潰す必要があったのでは、という話です」

「辻褄は合う、な」

「もう一つ重要なのは、戸辺教授を補佐していたのが、英田和司助教授という事実です。英田和司は、英田稟の父親となります」

　イルマはその場で頷いた。追いついた宇野が隣に立った。庶務班員が黒板に次々と人物名を足している。戸辺泰。英田和司。舟《フナ》木《キ》宏《ヒロシ》。

「研究室の中で、常温核融合実験は戸辺と英田の二人で、それも空き時間を利用して細々と行われていたそうです。当時は完全に傍流の研究として扱われていたようですから。そして実験を邪魔され、殺人事件となったのちは収監された戸辺に代わり、英田がいっそう激しく世間と科学界から攻撃を受けたといいます。研究者たちからは科学者としての資格を問われ、世間からは人格を否定する非難が浴びせられ……大学では一時、その対応に追われて大変だった、と証言する古株の事務員もおりました。そして英田助教授は、その心労で自ら命を絶ってしまい……娘の英田稟は当時まだ生まれておらず、母親のお腹の中にいたということです」

講堂が静まり返る。PCの打鍵音が天井に響く。

一同が知ったのは英田和司の最期であり、英田稟の殺意の源だった。捜査員は続けて、

「もう一つ判明したのは……《ex》によって爆殺された、物理学者の水谷英二と科学雑誌編集者の織田勉に関してですが、どうやらこの二人は戸辺の殺人事件があった前後に、彼の研究を非科学的と主張した非難側の急先鋒《きゅうせんぽう》だったようです」

「待て。水谷が戸辺の常温核融合研究を非科学的と非難していたなら、なぜその後、論敵と同じ研究をするようになったのか」

「研究室の助教の話では、退官間近だった水谷が企業から注目されるために行った簡易的な実験だったのですが、予想以上の成果が現れるようになり、かつて自らが攻撃したことも忘れて没頭するようになった、という話です。その点は、助教さえ余り快く思ってはいないようでしたが」

「戸辺は、水谷の最近の研究について知っているのか」

「その辺りの細かな事情は、まだ……」

「引き続き、頼む。戸辺の論文についてだが専門的な内容のため、科捜研で精査してもらっている……そちらからも報告がある、という話だったな」

発言を求められたイルマは、

「ウノが三つの論文を通読しました。その上で……お話があります」

部下へ向き、話の続きを促した。宇野は真剣な表情で言葉を選ぶ様子だったが、ようやく口を開き、

「戸辺泰の論文の中で示唆《しさ》されていたのは、自身の常温核融合理論の大量破壊兵器への応用です。刑務所内での面会の様子から察するに、その技術が英田稟へ伝わったとみていいと思います」

「その……大量破壊兵器、とは」

「核融合反応を利用した水素爆弾……を小型化したもの、ということになるのでは」

和田管理官は数秒間絶句したのち、

「……個人で製作ができるのか」

「戸辺泰の理論が本当に完成しているなら。文中に実験材料として載っている各種金属や重水素を手に入れること自体は難しくありません。たとえ原子爆弾であっても、それに使

用されるウランは非常に入手困難ですが、個人での製作は可能といわれています。仕組みが違うため単純な比較はできませんが……」

イルマが宇野に代わり、

「対立していた三人の科学関係者を殺害した今となっては、英田稟にとって残る敵は個人ではないはずです。対象を広く想定するなら、父親を追い詰めた社会そのものまで範囲内となるでしょう。被害を大きくするためには当然、爆破の威力を増す必要があります。もちろん、全ては可能性です。ですが、英田稟は現在大量破壊兵器の準備を進めている、と仮定するべきかと」

腕組みし、考え込む管理官へ、

「問題はすでに、英田稟がどこまで準備を進めたか、ではないでしょうか」

「完成した数式が渡ったとしても……まだ二ヶ月半だ。英田の経歴も未だに判明していない。どの程度の知識、技術を持っているものか……」

「協力者がいれば、製作も加速されます。今にして思えば、殺された新発田晶夫は英田稟の協力者だったのではないでしょうか。その後二人の間で問題が起こり、殺害されるに至った、と推測できます。新たな爆発物がもし試作段階まで達した時には、その状態で充分危険です。いずれかの時点で、市民へ避難等の指示が必要になるかもしれません」

「……爆破位置や被害範囲の分からないもの相手に、避難指示など出せるわけがない」

「英田稟は大量の重水素を購入しているはずです」

イルマは食い下がり、

「その販売ルートを辿れば、居場所がつかめるかもしれない」

「いずれにしろ今は、英田稟の行方を追うことに全力を尽くすしかない」

管理官は、少し離れた席でノートPCに向かう捜査員の方を見やり、

「英田に関しては新たな捜査により、彼女名義の不動産が二件見付かったという報告が入っている。また、理数系の学部に在籍していた可能性は高いだろう。それらを辿れば、遠からず本人に行き着くはずだ。手掛かりは複数ある」

「刑務所へ向かった伊野上からの連絡は？」

「聴取を始めるには、まだ少し時間がかかるだろうと……どうした」

管理官が、ノートPCを操作する捜査員に声をかける。イルマは、先程から会議にも加わらずPCで一人作業するその若手警察官が、自動二輪車捜索班の人員であることに気がついた。顔を上げたまま、漠然とした表情でなかなか声を発しようとしない相手へ、

「……何かあったのか」

管理官の質問に捜査員は、あの、と自信なさげな口調で、

「GPS発信機をつけた、大型バイクについてなのですが」

「それが、何だ」

「放置車両かと思われた一台に動きがあったもので、ＰＣ上で追っていたのですが……どうやら今、この警察署の敷地内に入ったようです」

事態が呑み込めず啞然とする講堂の空気を、乱暴に扉を開く音が破った。雪崩れ込むように所轄署員が数名、講堂に足を踏み入れる。全員が真っ青な顔色をしていた。イルマは階下から、捜査犬の吠え声を聞いたように思う。斉東が、と所轄署員の一人が声を上擦らせていった。

「斉東克也が……署内に現れました」

＋

イルマはエレベータを使わず、階段で一階まで駆け降りた。背後に宇野の声が聞こえたが、足を止めはしなかった。八階分を一気に下り、息が切らしながら辺りを見回した。

一階は、まるで所轄署内の全警察官が集まったように人で溢れていた。大人しくしろ、手を挙げろ、と命じる怒鳴り声。イルマは人垣を掻き分けるようにして、エントランスを視界に入れようとする。二匹の捜査犬がけたたましく、自動扉の方角へ吠え立てていた。

人垣の中、数メートル四方の空白が警察署の一階フロアに作られている。その中央には、作業服姿の背の高い男が軽く両手を持ち上げる格好で立っていた。

――斉東克也だ。間違いない。

イルマは、大勢の警察官が斉東を遠巻きにして近寄らないわけをようやく理解した。たった一人の男に、署内の全警察官が手を出すことができずにいる。斉東の着るベストの表面を埋め尽くすように、粘土状の固形物が並んでいた。爆発物捜査犬が唸り声を上げる。

斉東はその胴回りに、大量のプラスチック爆薬を括《くく》り着けている。そして、挙げられた片手には、ベストと細い有線で繋がった空調のコントローラのような機械が握り締められていた。

「俺の話を聞く気はあるか」

斉東がコントローラを高く掲げていう。イルマはジャケットから携帯端末を出し、土師と連絡を取ろうとする。祈るような気持ちだった。

「どうしても争いたいなら、まとめて相手になってやる。そっちは拳銃を使ってもいい。だが……しくじるなよ。俺の親指がこの感圧スイッチから離れただけで、全ての爆薬が弾けるからな」

単なる脅しだろうか、とイルマは考えようとする。けれど捜査犬の興奮した様子は、ベストに並んだ物体が間違いなくプラスチック爆薬であると証明している。イルマはさらに前に出ようとして、うまく体が動かないことに気付く。ベルトで固定された肘の辺りを、背後の宇野につかまれていた。宇野が小さく首を横に振った。

雑音とともに、イルマか、という土師の声が端末のスピーカーから流れ出す。しめた。イルマは急ぎ、

「C－4爆薬が、五キロから七キログラム。警察署のエントランスで起爆した場合、どれくらいの被害が発生する？」

『……C－4の爆速は約八千毎秒だ。その量なら鉄骨も切断するし、コンクリートの壁に孔も開けるだけのエネルギーがある。ただし、直に接していた場合だ』

「離れていたら？　周囲の壁から二、三メートル距離があったら」

『署の強度にもよるがね……建物自体を倒壊させるのは無理だろう。だが、その範囲に人間がいれば、ばらばらになるぞ。薄い壁や硝子窓も……出し抜けに何のクイズだ？　見舞いの言葉もなしに。いや、そんな話より……』

「警察署に、斉東克也が現れた。爆薬つきで。元気そうで嬉しいわ。それじゃ」

土師からの返事がないのは、言葉を失っているせいかもしれない。イルマは構わず通話終了アイコンを押した。少しでも前に進もうとするが、それを宇野が阻んでいる。

要求は何だ、と声を上げたのは、この場に到着した和田管理官だった。人の輪から一歩前に踏み出した形だが、握り締められた両拳がわずかに震えている。

「要求、ではないな……」

起爆装置の先を管理官へ向け、相手が体をのけ反らせるのを楽しむように、

「俺は通告に来た。俺たちはこれからやり方を変える、と知らせるために」

イルマは息を呑む。斉東は署内の壁掛け時計を見上げ、

「今から三時間二十分後には……全てが終わるだろう。同時に、世の中の価値観も変わる。知ってるか、この国の外には本物の砂漠が広がっている。俺が見てきたものを……」

「てめえの事情なんか、知ったことか」

イルマはこらえきれず大声を上げ飛び出そうとするが、宇野に引き止められた。その場から真っ直ぐ斉東を指差し、

「捜査の手が間近まで迫ったからこそ、逃げ場もなくなって自分から来たんだろうが」

「そこか、イルマ」

頬の痩《こ》けた無表情な顔に、歪《いびつ》な笑みが小さく浮かび、

「落ち着きのない警察官……逃げ場がなくなった？　俺は俺の役割に従って動くだけさ」

イルマは身を乗り出し、

「英田稟の目的は、お前とは違うぞ。英田はただ自分の恨みを晴らすために動いているだけだ。お前は、ただの駒《こま》にすぎないんだよ」

「だから何だ？　重要なのは」

コントローラでイルマを指し、

「お前らが英田稟に辿り着いた、という事実の方だ。話をそこから先に進めよう」

自分の着用するベストを見下ろし、

「こいつでさえ、このフロアを吹き飛ばすくらいはできる。新しい事情は把握しているか？　新方式の威力については？　まるで別次元の……顔色が悪いな、イルマ」

「てめえを巻き込む度胸があるのか？」

宇野の手を振りほどき、

「英田もお前も。てめえの命を吹き飛ばす覚悟が」

「……ここには何人の警察官が集まっている？」

斉東が両手を広げ、背後を確認する。自動扉の向こう側、歩道にも制服警察官が待機している。

「四、五十人はいるな。幾らでも集まるといい。だがお前らには……別の役割がある」

「……英田凜はどこにいる」

管理官の問いかけを無視し、斉東はもう一度時計を見上げた。

「残り三時間二十分、という話は伝えたな？　お前らには、これから街中を探し回ってもらう……もう少し、情報をやる」

ベストに固定されたプラスチック爆薬を軽く叩き、

「新方式の威力はこいつで換算して、三千倍以上になるだろう」

「……それが本当の話だと証明できるのか」

「起爆時刻の午後八時になれば、この話の真偽も分かるだろう。大勢の市民が死ぬからな。簡単に理解できる」

「狙うなら、こっちを狙え、屑野郎」

イルマは、羽交《はが》い締めにしようとする部下を押し退け、

「何が一般市民だ。びびって私に手を出せないだけだろうが。病院から、泣きながら逃げ帰ったのを忘れたのか？」

斉東の顔を苛立ちがよぎり、そして突然歩き出した。潮が引くように人垣もその分だけ広がる。大きな音を立てて壁際の長椅子に腰掛けると、

「俺はここで、世の中が変わるのを待つ。話し相手が欲しい。椅子を一つ持って来い。俺の前に置いてもらおうか」

警務課の奥から、警察官たちの頭上を渡って折り畳み椅子が運ばれてきた。それを当然のように管理官が受け取り、斉東から二メートルほど離れた位置に広げた。後ろから署長が慌てて、代わりましょう、と申し出るが管理官は、この事件の指揮官は私です、といって譲らなかった。腰を下ろそうとした時、

「駄目だ」

斉東が強い口調でいった。

「イルマに座らせろ。それ以外は許さない。お前は俺に……自分を巻き込む度胸はある

か、と訊いたな」

両目に宿る凶暴な光がこちらを刺し、

「座れ、イルマ。俺の親指がどのくらいの間スイッチを押さえていられるか、お前に確かめてもらう」

歩を進めようとするイルマの腕を、宇野が放さなかった。これまで憤りながら、背後に宇野の温かさを感じていたのも確かだったが、

「……ご指名だよ」

振り返って声を落とし、

「土師によるとね、あのくらいの爆薬では建物自体は壊せないだろう、って。あなたは特捜本部にいて、何か情報が上がった時にはすぐに連絡を頂戴。私もここで、いつまでもぐずぐずしているつもりはないから。奴を見張ったまま、動き出すタイミングを計る」

「ですが……」

「逃げるわけにいかない。でしょ。情報収集、任せたからね」

数秒の間があり、ようやく宇野の手が腕を放した。一瞬、何か空白らしきものが胸の中に生じた気がする。強いて足を踏み出し、和田管理官へ頷いてから、イルマは人垣の中に設置された折り畳み椅子に座り、脚を組んで背にもたれ、顎を上げて斉東を見詰める。

+

斉東との間に会話などなく、二メートルの距離を置いて向かい合ったまま、イルマは無関心を装い、いたずらに時間がすぎるのに耐えていた。警察署一階からは人影が消え、エントランスは静けさで満ち、壁掛け時計の秒針の音ばかりが意識に届いた。イルマを除く全警察官を移動させたのは管理官による措置であり、その方針に異存はなかったが、外の様子が気になっても角度的にうまく視界に入れることができず、何の情報も入ってこない状態は予想以上にストレスを感じるものだった。

相手を睨みつけながら、イルマは斉東の胴体を一周するプラスチック爆薬をどう起爆不能な状態にさせるか、真剣に考えていた。起爆装置と爆薬が有線で繋がっている以上、電波妨害は効かない。斉東の手中にある起爆装置を液体窒素で冷凍し機能不全化する、という方法も今の状況では全く現実的ではなかった。

唯一、成功の可能性があるとすれば……あのコード、起爆装置から爆薬に埋め込まれた電気雷管へと延びる有線を切断することだけだろう。コード自体は細く、刃物さえあれば断ち切るのは難しくなさそうだ。イルマは、太股に装着したホルスターバッグの内ポケットに収めた、小さな鋏《はさみ》——文房具にも眉毛を切るのにも使う——を意識する。

けれどその手段を成功させるには、バッグから斉束に悟られずに鋏を取り出し、二メートルの距離を飛び越え、斉束がスイッチを放す前にコードを切断する必要がある。今は斉束の、奇妙なほど表情のない浅黒い顔を見返し、腹立たしさを隠して平静を装う以外、できることはなかった。

全てがはったりだとしたら、とイルマは想像してみる。あの起爆装置が偽物だとしたら。実際には、感圧スイッチが起爆と連動していなかったら。「新方式の爆発物」など存在しないとしたら——無意味な空想。どちらにしても、それらを証明してみせることはできないのだから。

振動を感じ、ジャケットから携帯端末を抜き出してみる。連絡を寄越したのはまたもバイクショップだった。内心舌打ちするが、視線を上げると斉束がこちらの動きに注目しているのが分かり、イルマは相手への視線を外さず、端末をホルスターバッグに仕舞った。

無言での睨み合いが続く間に、建物の外からは警察車両のサイレンや、ヘリコプターが上空を過ぎる音が聞こえてくるようになった。席を立つまでもなく、周辺の建物からは住人の避難が行われている雰囲気を感じる。万全を期すなら、特別捜査本部の機能自体を署内から別の場所へ移すべきだったが、その気配はなかった。和田管理官は時間を惜しんでいるのだろう。英田稟の居場所を探るために。警察署の外では緊急配備や検問も設置され、特に不審な人物や車両に対しては警視庁の警察力を総動員し、徹底的に検めているはずだ。

「ねえ……あなたの役目は結局、特捜本部を攪乱《かくらん》することなわけでしょ」

イルマの方から質問を試みる。

「なぜわざわざ知らせに来たの。黙って設置して起爆させれば、それで終わり。違う？」

「……混乱だよ」

斉東の顔が、笑みでわずかに歪む。

「事前に知らせれば、より大きな混乱が起きる」

「あなたが直接、知らせに来る必要はない」

「兵士として、直にお前らの相手がしたくてな。準軍事組織であるお前らを、俺が一人でコントロールできるかどうか。勝負は簡単についた。俺の勝ちだ」

イルマは苛立ちを隠し、

「それで、『新方式の爆発物』って奴、あなたは実際に目にしているの？」

「……さあな」

「だってあなたは、英田稟の一兵士なわけでしょ……知らされていない情報も沢山あるのかな、って」

「お前は俺から、少しでも情報を引き出そうとしている」

斉東はこちらの挑発には乗らず、

「構造と、そのスケール……駄目だ。これ以上の情報は与えない」

「ということは」

イルマは離れた位置から、相手の瞳の中を覗き込み、

「あなたは実物を見ていないということでしょ？　でもたぶん……その位置は知っている」

「さあな」

斉東が一瞬、口籠もったように見えた。態度以外からも推測できたことがある。この英田稟の共犯者は、無意識のうちに爆発物を構造と大きさだけで表現し、重さを問題にしなかった。重量が印象に残っていないのは、爆発物を製作拠点から遠くへ持ち運ばなかった、その証しのはず。恐らく車両等に載せて移動し続ける、というやり方もしていない。でも、それがいい状況とはいえない。むしろトラックにでも積まれていた方が、路上で警察が発見する確率は高まるだろう。後は……英田稟の所有する不動産だ。その方向から、核融合爆弾に迫る以外にない。

太股のホルスターバッグの中で、再び携帯端末が振動したのが分かった。イルマはバッグを探る振りをして鋏を端末の裏に隠し、取り出した。液晶画面には、宇野弘巳、の名前が表示されている。斉東を軽く一瞥し、接続する。

『そちらは大丈夫ですか』

「全然平気。退屈なくらい」

二メートル前方に座る相手が、少しだけ姿勢を変える。思わず、その手中にあるコントローラを確かめずにいられなかった。何も起こらなかったことに安堵しつつ、

「斉東から聞き出したんだけどさ、爆発物は車両等には積んでいないって。どこかの建物内に設置されている可能性が高い」

斉東の表情がわずかに崩れるのを、イルマは見た。

「で、そっちは……」

宇野の、背後の人間とやり取りする雑音が聞こえたのち、

『英田稟の二件の不動産についてはどちらももぬけの殻で、何も見付かっていません』

表情から内容を悟られないように、イルマは無表情を保ちつつ、耳を傾ける。

『また、常温核融合を研究する物理学者数名に、純粋水素爆弾が存在するとしたらどれくらいの大きさになるか、と訊ねたのですが全員、設計によるため答えかねる、と。ただし皆、資材となる高純度の重水素や金属が高価であるのと、製作環境が大掛かりになるため数百キロ、数トン規模の爆発物は難しいはず、という意見でした。主任の情報を足せば、より捜査範囲が狭められるかもしれません』

でも、その程度では全然手掛りが足りない。イルマは焦りを押し殺し、

「他に分かったことは……」

『重水素の入手方法ですが、やはり研究目的のルートばかりです。一番最近の販売は製薬

会社からの注文で、その前はあの爆殺された水谷英二の研究室からの注文でした。こちらは事件後、定期購入していたのをキャンセルし損なっていた、という説明を助教から受けました』

「ふうん……」

『主任、現在警察署一階の周囲には、特殊犯捜査係《SIT》が配備されています。彼らは電気通信事業者ビルでの雪辱《せつじょく》戦と捉えているようです。いつでも踏み込む準備はできている、と』

宇野の声が低められ、

『ですが、短慮な行動は慎んでください。主任が無理をしては、全部が台無しになってしまいます』

「了解」

短くいって、通話を切り上げた。

「爆発物は建物内に設置されている、か」

斉東が鼻を鳴らし、

「それで問題は解決したのか？」

イルマは固定された左腕を気にする素振りを装い、ベルトの内側に鋏を差し入れる。斉東の挑発を、意識しないよう努めた。

何かが、頭の隅に引っ掛かっている。

必要な材料。各種金属。重水素。英田稟の財力が幾ら潤沢《じゅんたく》でも、材料がなくては何も作り上げることはできない。そしてそれを保管し、設置する場所。誰にも怪しまれずに――

バッグへ仕舞いかけた携帯端末に着信履歴が映り、イルマは眉をひそめる。履歴の中に土師健二《ハジケンジ》の名が表示されていたからだった。着信があったのは、ほんの数十分前。こちらの連絡後すぐに、折り返しかけてきたらしい。現在状況が知りたくて？　いや、奴が他人事に一々首を突っ込むとも思えない。

リダイヤル操作をして耳に当てると、すぐに通話は繋がり、

『勝手に切るんじゃねえよ』

少し声が掠れている。珍しく、興奮しているらしい。

「状況は説明したじゃん。こっちは今、口の軽い元傭兵から話を聞き出している途中なんだけど」

意味ありげに斉東を見やるが、動揺した様子はない。

『いいから、俺に喋らせろ。今なら痛み止めも効いているした……病院でお前に質問されたことを、あれからずっと考えていたんだ。そう……俺は確かに、奴と会っている』

「奴……中東で？」

二メートル先で、元傭兵が両目を細めた。

『そうだ。今とは見た目も雰囲気も全く違う。だから、すぐには気付かなかった。名前も

向こうではサトウと名乗っていたはずだ』

「その情報は貴重だけど」

顎を引いて斉東を睨み据え、

「間違いない話？」

『聞け。俺が奴と会ったのは、米軍基地の医務室だ。奴は要人護送の最中、戦闘に巻き込まれたんだよ。怪我はなかったが、医務室に搬送されてから、ずっと周囲へ向かって大声で何ごとか喋り続けていたらしい。米陸軍は戦闘の状況を聞き取りたいんだが、斉東はその時パニックに陥り、英語のやり取りができなくなっていた。認識票《ドッグタグ》に国籍が刻印されていたから、正式に会社を通じて、俺が臨時の通訳として派遣されたんだ』

「……奴は何を喋っていたの？」

『陸軍が知りたいのは、いつどんな風に戦闘が始まり、どんな経過だったかということだが、斉東の話は断片的でほとんど戦闘分析の役には立たなかったはずだ。奴は死んだ仲間のことばかりを話していた。カルロス……いや、カシアスだ。カシアスという友人が死んだ、敵に背を向けていたからだ、という話ばかりを繰り返していたよ』

イルマは刑務官から聞いた、斉東と《ｅｘ》との面会の様子を思い起こした。同じ内容の話を斉東は《ｅｘ》にもしていたはずだ。立会人となった刑務官はその時の光景を、斉東が訴え、《ｅｘ》が宥める心理療法のようだった、と証言した。

「その、死んだ友人についての詳しい話は聞いている……」

『カシアスは自動車工で戦争には向いていなかった、といっていた。車の陰に隠れたまま後頭部を撃たれて死んだ、と。聴取を担当した陸軍の軍曹も困惑していたよ。何しろ軍曹の袖をつかんで、本当に同じ話を繰り返すだけだったからな。とはいえ他の人間の証言、応援が到着するまで車の陰から応射し続けた、という話と矛盾はなかった。俺もすぐに解放されて、軍事会社のコンテナハウスに戻った。聴取についてはそれだけだ。実質的には一時間もなかったろう』

「見た目が今と違った、って……」

『ああ。俺にとっては当時の出来事よりも、奴の変化の方が印象的だね。当時と今との違いの方が、な。警察病院で見た時よりももっと体重があったし、髪も長かった。怯えきっていて、傭兵らしい雰囲気は少しもなかったよ。何か……ただの学生が戦場に迷い込んだ、という感じだった。俺自身も、そんな風だったろうがね……』

警察病院での襲撃の際、斉東は士師の姿を目にした途端、標的を私から変更した。斉東は士師を覚えていて、そしてそこには何か、不都合な事実が隠されているはずだった。士師の存在がカシアスのことを思い出させるから、苛立つのだろうか。いや、あれは苛立ちなどではなく、憎しみを込めた激しい攻撃だった。

怯えきった学生。イルマはそのイメージを、目の前の元傭兵に重ねてみる。斉東は、何かを察したらしい。落ち着きが消え、こちらの通話に集中していた。目元が気忙しげに小さく何度も引き攣った。なぜ奴はそんなにも、土師というただの通訳だったはずの人間に神経を尖らせるのか。

斉東は、むしろ自慢げに砂漠の土地にいたことを警察官たちへ知らせた。その態度は、友人の死に動揺する青年の姿と矛盾するのでは。過去の斉東と、虐殺犯である現在の斉東の間に何があったのか――

英田稟だ、とイルマは気付く。

現在の斉東が、英田の影響力によって作られたとしたら。刑務所にいる間、斉東は模範囚だった、という。殺人という一線を越えたのは、英田稟と出会ってからだ。英田稟が、より深く斉東を操っているとしたら。斉東克也の全てを。いや、さらに広範囲をコントロールしているとしたら。

急に視界が澄んだように、イルマは感じる。

《ｅｘ》＝英田稟が得意とするのは、心理戦だ。相手の心の奥に罠を張る――

『話はそれだけだ』

土師の声に苦しそうな濁りが混じり、

『役に立つ話かどうかは分からんが、伝えるなら今しかねえだろ』

「……まあまあ、だね」

イルマは、最高に役に立った、とはいわなかった。また貸しにされては面倒だから。

「後は斉東がどう思うか、だけど。ありがと、ハジ」

その名前に、はっきりと斉東が反応するのが分かった。イルマは構わず通話終了アイコンを押し、続けて宇野へと繋げた。はい、という少し慌てた部下の声に、

「これから、斉東を確保する」

宇野の背後の、講堂の空気までぴんと張り詰めたのが伝わってくる。捜査員全員が、耳を澄ましているのだろう。イルマは立ち上がった。

「それとは別に、爆発のあった大学にもう一度問い合わせて。戸辺泰に同情する物理学研究者もいる、と司書がいっていたよね。その人間を確認して。大至急」

凶暴な目付きで斉東も立ち上がる。

「念のため、誰も一階には近付けないよう管理官へ伝えて。確保したら、また連絡する」

「何も理解しなかったみたいだな……」

斉東の長身が膨れ上がったように思えた。

「理解していないのは、あなたでしょ」

怒りの余り、むしろ血の気を失う元傭兵へ、

「あなたは、あなたのことを理解していない」

再び端末に隠して、小さな鋏をベルトの内から抜き出した。

「十年前、あなたは砂漠の地で戦闘に巻き込まれた。その時のことを覚えてる？」

慎重に一歩、前に出る。

「その時、友人が亡くなった。でしょ？　カシアスが撃たれた」

一瞬、斉東の目が泳いだのが分かる。

「自動車工のカシアス……戦場に向かない友人が、後頭部を撃たれてしまった。米軍の医務室でも、英田稟との面会でもあなたはしきりにそう訴えていた。なぜ、その部分ばかりを強調し続けるの？　友人の死を悼《いた》むより、敵に背を向けて撃たれた、って話ばかりを」

斉東からは何の反論もない。また一歩イルマは歩み寄り、

「それに、戦闘の直後に会ったきりのハジに、なぜそれほどの敵意を向けるの？　あなたはそのわけを自分で理解している？　当時のあなたは今とは全然違う、って」

「……俺は俺だ。何の変わりもない」

イルマは首を横に振り、

「教えてあげる。あなた自身のことを。今のあなたが、英田稟に作られた張り子の虎だってことを。カシアスは、あなたに殺されたんだ」

斉東が体を大きく震わせた。プラスチック爆薬の起爆を覚悟したイルマは、一瞬目を閉じてしまう。瞼を開け、斉東の姿を確認すると、その額には汗が玉となって浮かんでいる。

「……後頭部を撃たれたのは、背後からの誤射のせい。でしょ？　車の陰に隠れた臆病な

人間が、どうして後ろから撃ち殺されるの？　味方に撃たれたのよ。つまり、あなたに。その事実を隠すため、あなたはことさらカシアスが敵に背を向けた、という部分を強調しなくてはいけなかった。自分にも信じ込ませるために。我を忘れるくらいに。そして……現在、あなたのその動揺を知っている人間は英田稟を別にすれば、当時通訳として聞き取りに立ち会った、ハジだけ」

斉東は混乱し、平静を失っている。目の焦点が合っておらず、イルマを越えて、どこか遠くを見ているようだった。

「無理はしないこと……あなたは英田稟が設定したような歴戦の勇士じゃない。スラッシュ、なんて異名が似合うような」

そう。英田稟は、斉東の心理療法をずっと続けてきた。戦場で心に傷を負った一人の青年の、治療を。英田稟と斉東自身の望む通りの姿へ矯正《きようせい》し続けてきた。

「認めることね。あなたはその後、色々な戦場を渡り歩いたのかもしれない。でも、常に自分自身から目を背けてきたんだ。戦場で平常心を保てず戦友を背後から撃った、一人の青年から」

斉東の長身が揺らいだ。イルマは端末を床へ捨て、素早く小さな鋏の持ち手に指を通した。一気に斉東の懐へ飛び込み、体ごとベストに密着し、起爆装置と爆薬とを繋ぐ細いコードに意識を集中する。C－４爆薬の、香料の混ざった鉱物油《ミネラルオイル》の臭いが鼻腔を刺激した。

い縛っていた。

切断の手応えと同時に、汗が全身から噴き出すのを感じる。痛みを覚えるほど、歯を食い縛っていた。

我に返った斉東がイルマの手を払い、鋏を弾き飛ばした。安堵からの油断を自覚するが、遅かった。斉東の両手の長い指がイルマの首に巻きついた。咄嗟に膝で相手の急所を蹴り上げようとするが、斉東はそれを察しているらしく、うまくいかない。体を捩《よ》じって斉東の手を捥《も》ぎ離そうとしても、指は頸動脈《けいどうみゃく》の周りに食い込み、どうにもならなかった。血流が完全に、首筋で止められてしまっている。

視界の周辺から黒色が滲み出す。それが急速に広がり、イルマは自分が意識を失いかけているのを知る。突然、強い衝撃が襲いかかり、床へと体勢を崩した。

遠のいていた意識がゆっくりと戻ってきた。顔を上げると、床に押さえつけられ、もがく斉東の姿が目の前にあった。制圧しているのは……防弾ベストを着込んだ黒い突入服《アサルトスーツ》の男たち。十数人もいる。SIT隊員の一人に、イルマは立ち上がるのを助けられた。

「……一階に近付くな、っていったじゃん」

不平を漏らすと、

「こいつを逃がすわけにはいかないもんでな……」

隊長らしき中年男性がヘルメットのバイザーを上げ、無表情でいう。

「協力、感謝する」

イルマは片手で首を擦りながら、

「ずっと傍にいたわけ……」

「壁越しにモニタリングを続けていた。突入の機会を窺っていたんだ」

「……どう突入するつもりだったの」

「四方から盾で抑え込む、というくらいしか作戦はなかった。君は……独創的な交渉《ネゴ》をするな」

にこりともせずに、

「SITに来るか？　特に誘拐事件では、女性隊員の必要性は高い。その気があるなら、推薦書を用意するが」

「……訓練よりも捜査が好きだから、さ」

斉東が後ろ手に手錠を掛けられ、引き起こされる。両目に宿る憎悪の光は、今もイルマへ向けられている。これまでの経緯を考えれば一発くらい殴っても罰は当たらないだろう、とも思うが、SIT隊員の手前、遠慮せざるを得ない。それでも黙っていることはできず、相手の鼻先へ人差し指を突きつけ、

「私の勝ちだからな」

「ふざけるな」

斉東は噛みつかんばかりに、拘束されたまま身を乗り出し、

「俺が爆破を知らせに来てから、どれくらいの時間が経ったか、分かっているのか。残り二時間に近付いているぞ。俺たちの勝利は、最初から決まっている」

「お前はただの駒だろ……」

イルマは床に落とした携帯端末を拾い上げる。宇野からの着信履歴が幾つも表示されていた。接続すると、

『主任、無事ですか』

「斉東は確保したよ……捕まえたのは、SITだけど」

『全員で無理やり押さえたんですか』

「まさか。私の独創的な交渉ののちに、だよ。それよりも大学関係者の件、確認してくれた？」

『ええ、はい……』

未だに緊迫した事態が続いているのは、充分に理解しているつもりだった。けれど、宇野が動揺で舌をもつれさせているのを、どうしても愉快なことのように感じてしまう。

『戸辺泰に同情的、という人物は実際には一人しかいないようです。トクノハジメ。爆殺された水谷英二教授と同じ研究室の、助教を務めた人物です』

想像通りだ、とイルマは思う。

「ということは」

引き立てられようとする斉東へ視線を送り、

「爆発物がどこにあるかも判明した、ってことね」

元傭兵が、言葉を失う。

＋

辺りは騒然としている。それでも最低限の落ち着きが残されているのは、第二次世界大戦中の不発弾が発見された、という警視庁の発表した偽りの情報によるものだろう。

大型バスを改造した指揮官車の後部でイルマはジャケットを脱ぎ、左腕を固定するベルトも外し、ホルスターを装着する。ロングシートに沿って並ぶ一課員たちが同じように、東係長から配られた拳銃と手錠を懐に収めていた。その中にはひどく怯えた表情の、同じ二係の藤井もいる。

シートに置いたジャケットの中で携帯端末が震えていた。着信相手を確かめたイルマは、すぐに上着の中に戻した。画面に表示されていたのは、またもバイクショップの店名だった。

実際、ショップと現場とは数キロメートルしか離れておらず、受け取りは容易だったが、そんな時間があるはずもなく、それにショップにとってこの場に近いという事実は、決して幸運とはいえない。それでも……あの店までは被害も届かないはず。科捜研の計算が確かなら。主任、と宇野が話しかけてきた。

「徳野にも英田稟の息が掛かっている、と推測したのはなぜですか……」

徳野始《トクノハジメ》。三十一歳。四年前から、水谷の研究室に配属されていた。イルマは自分の拳銃をホルスターに仕舞い、

「英田稟の影響力を過小評価しているかも、って思いついたから。だって、戸辺泰と英田和司の一連の騒動は三十年も昔の話なのに、記憶として残ってるだけならともかく今も同情する研究者がいるなんて、ちょっと奇妙だよ。それに」

少し迷うが、固定ベルトはシートに置いたままにした。ライダースジャケットを着直すと肩に鋭い痛みが走ったが、無視を決め込み、

「水谷の研究室は、本人が亡くなっても重水素を購入し続けたわけでしょ。大学の会計課が見過ごしていたのは、支払いが発生していなかったからだろうし。実際に購入していたのが英田稟だとするなら、名義は研究室というのは都合がいい。それと……二ヶ月半での完成は、やっぱり期間が短すぎる。『協力者』が存在したとしか思えない」

「それが、徳野始……」

「水谷の研究室を補佐していた一人、新発田に英田稟が接近していたのだから、もう一人にももっと注意を払うべきだった。あなたも大学図書館で、水谷の論文は三十年前の戸辺

泰のものとよく似ている、っていってたじゃない。水谷が戸辺を真似したのかどうかは分からないけど、技術的に似た研究をしているなら、新発田と徳野ほど英田稟の協力者に相応しい人間はいない。新発田が殺され、徳野が残ったのは、徳野の方がより協力的だった、ということでしょ。戸辺泰に同情を覚えるくらい、英田稟の影響を受けている。それに……標的についてもね」

窓の外を指差して、

「ここから川を挟んだ位置には戸辺への研究費を打ち切った、例の新産業開発機構の建物が存在する。国立研究開発法人だっけ？　ほら、路上での自動走行実験に警視庁も大規模に協力したことがあったでしょ。こっちの大学校舎で爆発を起こせば、確実に巻き込むことができる。殺された三人以外に英田稟の標的になるものがあるとすれば、あの法人ほど相応しい対象もない」

今その建物には、特殊急襲部隊《SAT》の狙撃班が職員と入れ替わって待機しているはずだ。

「ですが……徳野は英田への研究協力については否定しています。認めたのは、英田稟からの接触があり、四〇キログラムの重水素の購入を手助けしたということ、そしてその受け渡し場所を提供したという部分だけです」

「今は、その証言だけで充分じゃん」

イルマは先程の聴取の様子を思い起こす。大学校舎一階の総合窓口まで呼び出した徳野を管理官も含めた捜査員総出で取り囲み、責め立てるように質問をぶつけたのだ。警察官全員が殺気立っていて、その中にはイルマも含まれていた。眼鏡の奥で目を白黒させる丸顔の男性へ、

――重水素のタンクはどこ？　メーカーに返品されていないのは、もう特捜本部で確認しているんだって。

それが常温核融合爆弾の原料になる、とは徳野は認めなかった。そう簡単に製作できるものではない、という彼の主張の真偽を判断する余裕もなく、受け渡し場所となった研究室――爆発で破壊されたのち、被害のあった周囲とともにリフォームされ、徳野が仮に引き継いでいた――へ爆発物処理班《エス》が急ぎ確認に向かうことになった。同時に、市民の避難措置の実行も特捜本部により決定された。ここ数日間に校舎内で英田凜らしき女性を何度か見かけた、という大学職員の証言を元に、すでに爆発物が仕掛けられたと考えるイルマの主張を和田管理官が支持したのだ。

今は一課員に交じり、徳野も指揮官車に退避していた。イルマたちの役割は、大学敷地周辺の見当たり捜査を行うことだ。英田凜が爆発範囲外ぎりぎりから見届けようとしている可能性はあった。

様々な想定が捜査員たちを緊張させ、そして少なからず混乱させていた。全員の顔にその気分が陰りとなって表れている……私もたぶん同じような顔色をしていることだろう。

科学捜査研究所の説明によれば、核融合爆弾の威力はTNT爆薬換算で最大五二〇〇倍にもなるという。仮にこの最大値で被害範囲を想定した場合、四〇キログラムの重水素の核出力は二〇八トン、火球による被害は半径三〇メートル、爆風による建物の倒壊被害は半径三七〇メートル、第三度熱傷に至る半径は三四〇メートル、放射線の被害は半径六三〇メートルに達する、と計算された。ただし純粋水素爆弾に関する実際のデータは存在しないため、既存の核兵器に置き換えての近似計算となる、核融合のみの爆発を想定した場合、核分裂爆弾とは違い放射性降下物が発生しないため二次的な被害は抑えられるはず、との解説も添えられていた。そしてこの計算は斉東により伝えられた、「新方式の爆発物の威力はC－4換算で三千倍」との情報とも矛盾しないという。

円の面積にして一平方キロメートル強となるその範囲の、理論値一杯まで被害が広がるとは考えられず、爆発の中心地点となる大学校舎から外側へ順に退避を続ければ市民全員を救うことも可能、と特捜本部では判断し、現在は地域課の制服警察官が総出で誘導を続けている。

指揮官車前方の無線装置から、二十二階に到着、という音声が聞こえた。その前に座る管理官と一課係長が身を乗り出す。イルマは声に聞き覚えがあり、硝子張りのビルで爆発があった際にエス班を指揮していた班長――土師の上司であり、唯一彼の精神的外傷を知る男性――だと気付く。防爆用の分厚いヘルメットの中で喋っているせいか、息遣いが荒く聞こえる。

「外から研究室を見張るSATより、連絡が入った」

和田管理官がスタンドマイクへ顔を寄せ、

「人影や大型機械はおろか室内には何も存在しない、ということだが、位置的に視認できない箇所も多いらしい。何が待っているか分からん。充分に注意してくれ」

『了解。研究室の前です。直ちに内部を確認……扉が開かない……指紋認証式のロックが掛かっている』

管理官が傍に座る徳野へ向かい、

「君の指紋か」

いえ、と徳野は狼狽《うろた》え、

「空き部屋同然ですから、まだ誰の指紋も登録されていません」

「設定したのは……英田稟だな。他に開ける方法は？」

「専用のカードキーが……しかしキーは指紋設定時にも使用しますから……」

「すでに英田に持ち去られている、か。班長、扉の蝶番を斧《おの》か散弾銃で壊そう。すぐに運ばせる」

『少し待ってください。何か変だ。扉のスコープを外して、スコープファイバーを通します。内部を確認する』

無線のスピーカーからは、息遣いの音以外聞こえなくなった。指揮官車内が静まり返る。緊張の中、報告を待っていると、これは、という班長の声がようやく流れ、

『窓の下に、大きな水槽が置いてある。大型のバスタブくらいの容器に……灰色の水が入っています。金属製タンクが二本、傍で横倒しにされていますが、どこにも繋がっていません。他にはノートPCと幾つかの小さな機械が。内部はそれだけです。いや、これは核融合の装置ではなく……この臭い。そうか、硫黄《いおう》化合物だ』

声に力強さが加わり、

『管理官、この爆発物は炭化カルシウムと水を反応させたアセチレンガスです』

「何だと」

『核融合爆弾ではありません。間違いない』

管理官が唸り、黙り込んだ。他の一課員同様、イルマも困惑していた。核融合爆弾ではない……英田稟は新しい爆発物を完成させられなかった？　新たな問題があります、と班長がいい、

『散弾銃や斧を使用するのは、自殺行為となります』

「……どういうことだ」

「アセチレンガスは、簡単に爆発するのです」

そう口を挟んだのは徳野だった。車内全員の注目を浴びると首を縮めて、

「扉も金属製ですから……一瞬でも火花が散れば、それだけで起爆を誘発します」

『……起爆させましょう』

班長がそういい出し、車内の混乱を大きくする。管理官が係長と顔を見合わせ、

「しかし、それでは……」

『今から、二十二階通路の窓硝子を全て叩き割ります』

班長は断固としていい、

『その後、狙撃班に外から研究室の窓硝子を破壊させてください』

「ガスが薄まれば起爆を防ぐことができる、ということか」

『いえ……室内のPCには二種類の小さな機械が接続されています。一つは発火装置でしょう。もう一つはトランシーバーに似た装置で、これは市販品の可燃性ガス検知器です。つまり濃度の変化に、発火装置が対応する形になっている』

その口調は落ち着いて聞こえ、

『推測ですが……《ｅｘ》は、人為的に、あるいは何らかのアクシデントでアセチレンガスの濃度が低下し始めた場合、設定時刻を待たず、強制的に起爆させる仕組みを用意したのではないでしょうか。その前提の下に、我々も行動するべきかと』

そうか、とイルマはようやく班長の意図を理解する。班長は続けて、

『あくまで爆発は、アセチレンガスによるものです。核融合爆発の規模にはなり得ませ

ん。いずれにせよ扉が開けられない以上、起爆を防ぐことはできないはずです。そうであるなら、アセチレンガスの爆発を前提に予め爆風の通り道さえ作っておけば、周囲への影響を小さくできます。被害はこの階だけで済むはずです。人的被害は完全に、零に抑えられます』

班長の、危険なほど合理的な発想はどこか、土師に似ているようにも思える。だからこそ、あの男を上司としてコントロールできるのかもしれない。冷静でもあり、もし班長が英田稟の罠にいち早く気付かなければ、扉を強引に破ることで自らガスを起爆させ、被害をさらに広げていたことだろう。

そして班長のいう通り、爆発の規模が核反応から化学反応へ縮小されたのも確かだった。イルマは無線でのやり取りに耳を澄ます。

「班長、君たちの呼吸にガスは影響しないのか」

管理官の質問に、

『基本的に無害です』

班長はそう答えるが、無線機の傍に立つ徳野は、吸いすぎれば呼吸困難に陥る、と小声で反論する。管理官がハンドマイクを握り締めて、

「……三十八分後には起爆時刻となる。できるか」

『三分で終わらせます』

班長は引かず、

『窓を割れば上下階へのダメージを和らげることができますし、周囲への硝子の飛散を防ぐ措置にもなります』

「……分かった。だが、無理はするな」

了解しました、という返答はほんの少しだけ震えていた。SAT狙撃班に無線で状況を知らせた後、和田管理官が運転席へ向かい、移動先の指示を出す。指揮官車が動き出し、大学敷地内の駐車場から道路に出た。研究室の入っている高層建築から数百メートル距離を置いたところで、歩道に沿って駐車した。管理官が振り返り、

「徳野氏を特捜本部へ送ってくれ。重要参考人として聴取は続けるが、ここはもういい。念のために爆発から離れてもらう。残りの人員も非常線の外へ出ろ。英田稟が周辺のどこかで爆発を見届けている可能性がある。見当たり捜査を優先しろ」

藤井が徳野と同じくらい顔を強張らせ、重要参考人を車外へ誘導する。イルマたちも係長から簡単な捜索範囲の指示を受け、指揮官車側面の扉から外に出ようとすると、管理官が話しかけてきた。

「……見上は、一課に戻る気持ちがあるそうだ」

それはきっといい知らせなのだろう、とイルマは考えようとする。管理官は目を合わせずに、

「君とは所属を離そうと思っている」

「……お気遣いなく」

ステップを降りようとして立ち止まり、

「管理官も、もう少し校舎から離れた場所へ移動しては」

「……分かっている」

和田管理官はその責任感から、少しでも爆発の傍に身を置こうとしているように思える。見上のこともあり、やや自暴自棄になりかけているのでは、とイルマは訝しんだ。仕掛けられたのが核融合爆弾ではなかった、という事実にも管理官は安堵の表情を見せようとしない。

歩道に降り立つと、街はすでに夜気に包まれ、周囲に人の気配はなかった。大学校舎の高層ビルはさほど遠くない位置に存在し、その二十二階だけが明かりを点していた。一瞬霞んで見えたのは、エス班により窓硝子が内側から割られたせいらしい。それ以上の動きはなく、どうやら全ての窓を破壊し終えたようだった。

道路の先に、黄色と黒色の立入禁止テープが張り渡されており、その奥では地域課警察官たちが一般車両へ誘導棒を振る光景があった。今も非常線の外は混み合い、渾沌《こんとん》としている。軽トラックの運転手と地域課員がテープの傍で揉めている様子があった。英田稟は本当にこの付近にいるのだろうか。逮捕されるリスクがあったとしても、大きな打ち上げ花火を間近で見守る、という発想はあり得るように思える。

けれど……これは常温核融合爆弾ではない。

今でも英田稟の名は、高い危険性を孕《はら》んでいる。確保を急ぐ必要があり、徐々に追い詰めている感触はあったが、身柄確保を確信できるだけの材料は現在も見付かってはおらず、距離を詰めるほど逆に、英田の行動は大胆になってゆくようだった。

手掛かりは、徳野始。彼への聴取に捜査の今後がかかっている。少し前を早足で歩く、猫背の研究者の後ろ姿を見詰める。脚をもつれさせて転倒しそうになり、藤井に支えられていた。その背中を眺めながらイルマは、現在の徳野は英田の呪縛から本当に脱しているのだろうか、と疑問に思う。主任、と背後から宇野に話しかけられ、

「少し、話をしませんか」

「後にして。それより、あいつの姿を見て」

小さく前方を指差し、

「徳野の様子、不自然じゃない？」

「緊張しているようですが、それが何か」

「指揮官車の中にいた方が、落ち着いているように見えた」

「大学校舎の爆破を恐れているのでは」

「核融合爆弾とは、比べものに――」

轟音が辺りに響き渡った。驚いたイルマが首を竦め振り返ると、暗闇の中、大学校舎の上部から破片が粉塵《ふんじん》となって傘のように広がり、四方へ降りかかるところだった。

イルマはこちらを庇う素振りをみせた宇野を避け、しばらくの間校舎の様子を眺めていたが、破片も遠くへは飛散せず、二十二階やその上下から建物の崩壊が始まるようなこともなかった。指揮官車を見るが、取り乱した雰囲気はない。計画通りに狙撃班が研究室の窓を長距離から銃弾で割り、班長の読み通りアセチレンガスの濃度低下を検知器が察知して爆発が早められた、とみていいのだろう。けれど何か……腑に落ちないものを感じる。

イルマはＳＡＴ狙撃班が陣取る、校舎向かいの建物を見上げた。

新産業開発機構。あの組織は確か、特殊法人だった頃は別の場所に位置していたはず……思考を巡らせるイルマへ、鳴っています、と宇野が教えた。機械的に携帯端末を手に取り通話を接続して、相手が庶務班の伊野上であるのに気付いた。

『イルマさんですか？　すみません、特捜本部と連絡を取ろうとしているのですが、全然繋がらなくて』

「今、捜査員全員が目先のことで精一杯だから……」

上の空で返答しつつ、イルマは地域課の警察車両《PC》に猫背姿で乗り込む徳野の姿を見た。

徳野は背後の校舎を振り返らなかった。

『戸辺泰の聴取についてですが……先程庶務班の方から、常温核融合爆弾の実現性についての質問を加えて欲しい、という要請がありました』

「その話はもう……」

『実現は完全に可能であり、そのための知識は全て英田稟へ伝えた、ということです』

イルマの首筋の皮膚が、粟立った。

――まさか。

PCへ駆け出そうとするが、すぐに発進し去ってしまった。伊野上、と端末へ話しかけ、

「今も聴取は可能な状況？」

『面接室に場所を移して、これから聴取を再開するところです。戸辺教授は目の前にいます。ですから、特捜本部の方でさらに追加の質問事項があるなら、と……』

「至急、訊ねてもらいたいことがある」

短く用件を伝え、伊野上を通じて答えを聞き、イルマは急いで幾つかの質問を重ねたのち、通話を終了した。今度は宇野へ、

「すぐに徳野名義の不動産を調べる。自宅以外も、早急に……」

そういいかけたイルマは非常線の先、混雑した十字路の中に覚えのある軽トラックを見付け、思わず微笑んでしまう。先程は地域課員と揉めていた車で、覚えがあるだけでなく、イルマにとっては馴染みのトラックだった。いい読みしてるじゃない。端末に着信履歴を呼び出し、幾つも並んだバイクショップの店名に触れた。

「そこで歩道に寄せて、停まっていて」

『あんたか。やっぱりこの付近にいるんだろう』

勢い込んだ声が、

『警察車両が何台もこっちへ向かっていたからな。警察署にいっても、何かの揉めごとのせいで近寄ることもできなかったぞ。こっちはこっちで、不発弾だって？　凄《すご》い音が聞こえたが、もう済んだんだろう？　だったら早く……』

「早く、私の二輪を下ろして。急いでるから」

軽トラックの荷台からラダーレールを使って下ろされたデュアルパーパス・バイクに跨がり、キーを回してエンジンを始動させると、その感触に懐かしささえ覚えてしまう。イルマが書類にサインをしてペンを返すと、店長はさっさとトラックに戻ってしまった。地図機能を表示させた携帯端末をハンドル中央のホルダーに固定し、宇野へ、

「指揮官車に戻って、管理官へ警戒を緩めないよう、伝えて──

「不動産の件は──

「これから本人に訊く。その方が早い」

「……本当に、まだ爆発物が存在すると？」

「本当だったら大変だから、さ。英田稟のやり方を思い出したからね」

硝子張りのマンションでも、退路の途中の隧道でも、《ｅｘ》は必ず二つの罠を用意していた。一つ目の脅威が過ぎ、安堵した時にこそ、本命の罠が発動するのだ。イルマは、さっきから鈍い痛みを訴えている左肩の関節をゆっくりと回した。ステアリングのグリップを握り締める。この程度なら全然いける。たぶん。

「主任。警視庁を辞める気はありませんか」

突然、宇野からそういわれたイルマは相手の顔をまじまじと見て、

「……どういう意味？」

「ずっと考えていた話です。主任には捜査一課以上に相応しい仕事はない、と理解しているつもりでした。だから、僕なりに補佐を続けてきました。ですが……そろそろ限界です」

「辞めて、どうするの？　夕食を作って誰かの帰りを待っている、とか？」

宇野が無言で、こちらを見詰めている。イルマは鼻で笑う。自分自身を笑ったのだ。無理だよ、そんなの。

「……あのさぁ、私が今から事件の核心へ向かおうとしている時に、やる気の出るひと言とか、いえないわけ？」

「ひと言？」

「愛してる、とか何とかさ」

宇野の唇が開きかけ、イルマは慌てて目を逸らし、スロットル・グリップを回してデュ

アルパーパスを発進させた。渋滞でもたつくバイクショップの軽トラックを簡単に追い越し、前に出る。自分でも驚くほど、胸の中で心臓が大きく鳴っていた。思わず逃げ出した自分へ、中学生かよ、と悪態をついた。

渋滞する一般車の隙間を縫って走り続け、すぐに先行するPCに追いついた。手のひらで胸元を叩いて気持ちを切り替え、徐行中のPCの運転席、その硝子窓を拳でノックする。車内の若い地域課員はこちらの姿を見上げて驚いたらしい。分からなくもない。ノーヘルメットの女性ライダーの方から、警察車両に近付いて来たのだから。急停止気味にPCを停めた運転席の硝子に警察手帳を貼り着けて示し、後部座席のサイドウィンドウを開けさせた。アスファルトを蹴ってバイクを後退させ、一課の藤井越しに徳野の顔を覗き込む。

橙《だいだい》色の街灯を浴びていても、顔面蒼白《そうはく》なのが分かる。血走った目をイルマへ向けた。今も英田稟に呪縛され続ける「協力者」へ、

「あなたが英田稟に誑《たぶら》かされていようが、彼女の肉体に溺《おぼ》れていようが、そんな話はどうでもいい」

突然の聴取に驚いたらしい徳野が、車酔いです、と主張するのをイルマは無視して、

「本当にこのままでいいの？　街なかで核融合爆弾が炸裂すれば、科学がそれを後押ししたことになるんだよ」

徳野の、硬く閉ざされた口。紫色に変色している。汗が目に入り、何度も瞬きした。背

後から、クラクションの音が響き始める。イルマは痛みを堪えつつ左腕を伸ばし、呆然とする藤井を押し退け、徳野の背広の襟につかみ掛かった。

「やっぱり実在するんだね。今なら、まだ間に合う。おおよその位置は分かるよ。でも、ピンポイントで教えて――」

徳野も視線を逸らさなかった。その口が震えながら、ようやく動き出す。

＋

渋滞も赤信号も無視して走り続け、さらに速度を上げると車体の振動が体に響き、その分左肩の痛みも増していった。けれどその痛みが、宇野との会話を振り返りそうになるのを打ち消してくれているのも確かだった。

やがて、夜の闇に浮かび上がる高層マンション、徳野の自供した建物が見えてきた。藤井に頼んだ管理官への伝言は、しっかり届いているだろうか？　避難が開始されているようには見えないが、この短時間では計画を立てることも難しいだろう。警察車両の気配もない。車体前方のウィンドシールドに沿って流れる風が耳元で轟き、呼吸を塞ぐ。風は周囲の光とともにライダースジャケットの表面を震わせて流れ去り、疲労のせいか、何か自分だけが世界から隔絶されたような錯覚に、イルマは一瞬陥ってしまう。

マンションの車寄せに沿ってデュアルパーパス・バイクを停め、両開きの自動扉を抜ける。オートロックシステムに徳野から押収したICカードをかざし、エントランスに足を踏み入れた。大理石の床——たぶん本物だろう——にソファーを配置した広い空間を横切り、上層エリアへ直行するエレベータを見付け、乗り込んだ。

最上階の五十階のボタンを押し、イルマは大きく深呼吸する。室内に英田稟がいるとすれば、徳野のICカードがエントランスで使用されたことが、すでに伝わっているかもしれない。徳野が本当のことを白状しなかった可能性を改めて考えるが、住所を伝えた後の、全ての気力を使い果たしたかのような表情は、安堵を表しているとしか思えない。幽鬼のような顔色に、赤味の戻る様子。徳野はあの時、幽明の境にいたのだ。

そして——今は私も、そのラインを踏み越えようとしている。

イルマの背後に、懐かしい影が現れる。

＋

最上階で扉が開くが、イルマは通路へ出ることを躊躇する。

閉じかかる扉を片手で押さえた時には、肩に強い痛みが生じた。どうしても一歩を踏み出すことができない。爆発物への恐れと同時にまた別の感情が、脚の動きを奪っていた。

躊躇っている時間はないのに。英田稟がいるはずの場所へ、一刻も早く――

エレベータの中で、カオルの存在をすぐ傍に感じていた。いつもなら無条件に歓迎するその存在感が今は心の中の何かと衝突していた。安堵は訪れず、焦燥感だけが増してゆく。

――大丈夫だって。

イルマは影へと語りかける。カオルは体内の「未練」と衝突している。肺の中の空気が、ずっと小刻みに震えていた。

――私もそっちにいくから。もしかしたら、もうすぐに。

ようやく存在が薄れ始めたのを感じ、イルマは通路へと出た。ジャケットの前を開き、自動拳銃をホルスターから抜き出す。拳銃の安全装置《セイフティ》を外し、遊底《スライド》を引いて弾倉《マガジン》の初弾を薬室《チャンバー》へ送り込む。

建物の中心の吹き抜けを囲むように、扉が並んでいた。歩き続けると、徐々にカオルの気配が震えと一緒にイルマから離れてゆく。大丈夫、と最後にもう一度話しかける。

――私しかいないからさ。今、英田稟を止めることのできる人間は。

歩きながら強く瞼を閉じ、開いた。

目指す角部屋が近付くにつれ、覚悟と怒りとプライドの混ざり合う感情が熱気となり、イルマの内面を満たしてゆく。金属製の扉に設えられたセンサーにカードを当て、解錠した。ホルスターバッグの中で、カードと手錠を交換する。

静かに扉を開け、ブーツのまま通路に上がった。暗い室内に空気の動きを感じる。それだけで、ここが《ｅｘ》の部屋であるのを実感する。通路の先の薄く開いた扉、その中央のスリットに磨り硝子が嵌め込まれており、淡い光が漏れていた。

扉を開けると視界が開け、部屋を囲む街明かりを背景に、広いフローリングのリビングと大型の無人航空機《ドローン》と、一人の女性が現れた。

英田凜。

以前に会った時とは、全く表情が違う。天井の四隅に設置された間接照明を浴び、黒色のドローンの向こう側で真っ直ぐに立つ英田は、微笑みを浮かべる短い髪をした麗人だった。身につけたワンピースのシルエットだけは以前と変わらず、けれどそれは漆黒の色であり、今の状況では、まるで喪服のように見える。

イルマはそっと部屋を見回した。徳野から聞いた通りの１ＬＤＫであり、小型の旋盤機械が部屋の隅に置かれ、小さなタンクが幾つも転がり、壁に沿って段ボール箱が積み上げられ、タワー型のＰＣが数台、ダイニングキッチンのテーブルに載せられている。ドローンは部屋の中央の大きな工作台の上にあり、それだけの設備が室内に存在しても、リビングの広さにはまだ余裕があった。英田の脇には、小部屋に繋がっているはずの木製の扉が見える。

英田凜が携帯端末の画面に触れる。ドローンの六基の回転翼《ローター》が高い音を立てて回り出し、紡錘形の装置を下部に抱える大きな機体を宙に浮かばせた。

イルマは、銀河のような光景を背にする英田稟へ、自動拳銃の銃口を突きつけた。英田に怯んだ様子は少しもなく、

「……律儀に、予告した時刻まで待っている必要もなかったのだけど」

暗がりの中、英田稟の声にも笑みが含まれ、

「外を眺めていたら、いつの間にか時間が経っちゃって。それに……もう一度あなたに会えるかも、っていう予感があったから。綺麗な球体を、あなたも見たいでしょう」

闇に浮かぶドローンの機体表面に、幾つもの光が明滅している。

「下で徳野のカードが使われたのは分かった。でも、あの鈍間《のろま》とは思えないしね。やっぱり、あなただった。ここに辿り着いたということは、この機体が何を積んでいるのか知っているのでしょ？　どう、実際に目にした感想は。想像した通りだった？」

「正直な感想をいうとね……本当に戸辺泰の理論通りの性能があるとは思えない、かな」

「そう。実はスケールダウンせざるを得なくて……この機体は相当な高出力タイプなのだけど、それでも重量制限があって、重水素を三〇キロに減らすことになってしまったの。水素吸蔵合金貯蔵ユニットと、特製の昇圧トランスの重量がどうしても足枷《あしかせ》になって」

楽しげな声色で、

「でもね、どうしても空中で起爆させたかったから。そのためにわざわざ、ドローン技術

を借りたのだし。空中で核融合爆発させるとね、火球そのものの被害を広げることができるんだ。遮蔽物《しゃへいぶつ》が少なくなるから、熱線の範囲も大きくすることができる。放射線の届く距離は変わらないけど、それは二次的な反応だから最初から期待していない」

「それで満足なわけ？」

　相手の反応を観察しつつドローンを避け、英田稟との距離を詰めようと試みる。

「英田和司の無念を晴らして、それで全部終わり。満足？」

　英田稟が静かに頷き、

「人生に必要なのは、目標。私が生まれた時には、父はもうこの世にいなかった。でも、長い手紙は残してくれた。他人というものが、どれほど簡単に離れていくものか。信じることができるのは、家族と自らの目標だけ……社会から攻撃された結果、母子家庭となった私たちがどれほど苦労したか、想像してみて。誰かに陥れられないよう、息を潜めて這い進む人生を。常に肌を焼く緊張を。母の死に顔に刻印された、濃い陰を。今の私の気持ち、あなたには理解できないでしょうね。目標を達成した者だけが、感じることのできるものだから。達成するのに、歳を取るまで待つ必要はないのだし」

　イルマは最後の数歩分を一息に詰め寄り、英田稟の片腕に手錠を掛けた。反対側を素早く自分の手首に嵌めるが、英田は何の抵抗もみせず、

「まだ学習していないの……これ、遠隔操作式じゃないんだよ」

手にしていた携帯端末を、少し離れたソファーへ放り、

「室内を計測して初期設定が済んだら、勝手に外へ出るの。新産業開発機構については調べた？　三十年前には父のいた大学の傍には存在しなかった、って知ってた？　窓の外を見て。すぐ近くの、六十階建ての高層ビル。あの丁度中間に、当時の本部が入っていたんだよ。別に今更、研究開発法人になんて興味もないのだけど、爆発物に標的は必要でしょ？　ここは人口が密集しているし、ぴったりよね……ドローンはあのビルの上空を目指して飛び、内蔵された高度計で二五〇メートルを超えたところで即座に起爆することになってる」

銃の先を英田へ向けたまま窓外を見た。二〇〇メートルも離れていない場所に、その方角の視界の半分を塞ぎ、赤い航空障害灯を瞬かせ、高層建築が聳え立っている。イルマは顎で外を指し、

「あの位置で起爆したら、あなたもただでは済まないよ」

「うまくいけば、ね。核融合は、卵。物質を生み出す。そう表現すれば、あなたも包まれてみたいと思えるかな……もう全部、完成している。私を撃っても無駄」

吐息がかかるほど傍に存在する、短髪の英田稟の輪郭。自分自身の影と向き合うようだった。

「それとも、ドローンのエンジンかローターを撃ってこの部屋に墜落させる？　五分をす

ぎたら、どんな状況でも爆発してしまうのだけど。隣の部屋には若い家族がいて、小さな双子がいるのよ。どうするの……ねえ、外を眺めていた時の私の気持ち、教えてあげましょうか」

機体の明滅が消え、暗い空へ向かい、悠然とドローンが動き出す。

「まるで、別の惑星に立ったみたいだった。全てを、凄く静かに感じていた。こんな穏やかな気分、今まで味わったことがない。どう？　羨《うらや》ましい？」

イルマは手錠を嵌めた手で、街明かりをわずかに反射するドアノブをつかんだ。英田へ、

「私が今考えているのは、目先の問題をどうするかってことだけ。それに」

扉を静かに開く。

「お前が立っている星はきっと、地獄、って名前だね」

闇の中でも二つの瞳が光ったように思え、

「この状況を、どうにかできるとでも？」

「試してみるよ」

イルマは英田稟を扉へと突き飛ばした。小部屋へ倒れ込む英田に引っ張られる格好で、転がるように扉の裏に回り込んだ。隙間から片腕を伸ばし、窓外へ出ようとする機体に抱え込まれた、水素吸蔵合金貯蔵ユニットに自動拳銃の照準を合わせる。同じ箇所を目掛け、.32ACP弾を連続して叩き込み、着弾が増えるにつれ金属製のユニットの破損が広が

り、そして亀裂から青い炎が噴き出した。

閃光とともに、ドローンが破裂する。

素早く扉を閉めたつもりだったが、間に合わなかった。英田稟へ覆い被さるイルマの上に、爆風で蝶番を吹き飛ばされた重い扉が倒れかかり、その衝撃を後頭部と背中でまともに受けたイルマは、体の芯に響く痛みに息を詰まらせる。

木製の扉が燃えていることに気付き、少しの間、自分が気を失っていたのを知る。扉を蹴ってリビングへと強引に撥ね除けた。上半身を起こすと、リビングの全ての窓硝子が消えているのが分かった。スプリンクラーのパイプが天井の隅で裂けたらしく、そこから激しく水が噴き出ている。壁のあちこちが歪み、ところどころに黒い機体の破片が突き刺さり、今も様々な場所で炎が揺らめいていた。それでも、これは水素の化学反応の結果であり、核融合云々とは関係がない。破壊されたのはリビングとその周囲だけで、建物の骨格までは被害も届いていなかった。

後頭部のすぐ傍で金属音が鳴り、振り返ると伏せていたはずの英田稟が身を起こしていた。イルマの自動拳銃がその手に握られている。銃口がこちらの額を指していた。爆発の衝撃で、手放してしまったのだ。英田が口を開き、

「……思いきったこと、するのね」

リビングの炎が、二つの瞳の中で赤く燃えていた。英田へ、

「詳しいことは分からないんだけどさ、あのユニットは減圧されると合金から水素が放出される、って聞いたから」

イルマは軽く首を竦め、

「その話を教えてくれたのは戸辺泰本人。結局あなたと同じ星では生きられない、って気付いたんじゃないかな……彼にも科学者としての矜持《きようじ》は残されていた、ってこと」

英田稟の目元に険が走り、イルマの眉間を目掛け、至近距離で引き金を絞った。空撃ちの打撃音が響き、それだけだった。イルマはすでに、八発全弾をドローンへと撃ち込んでいる。膝を突いたまま右手の拳を握り締め、

「一々、人のものに頼ってんじゃねえよ」

イルマは思いきり英田稟の顎を殴りつけた。英田の体から力が抜け、室内に置かれたソファーベッドの足元へとくずおれる。

その場に座り込み、足を投げ出して広げた。リビングの炎を見詰め、燃え広がる様子のないことを確かめる。視線の先、硝子を失った大きな窓から、住宅の明かりが幾千も見えていた。街を見下ろすイルマは、自分が微笑んでいることに気付く。

特捜本部へ現在状況を報告しなくては、と思い出したが、携帯端末は二輪のホルダーに置き忘れたままだ。

やがて風の音を越えて、ＰＣのサイレンが耳に届いた。

あいつはそれに乗っているだろうか、と想像してみる。

■取材協力　前川 裕　徳弘 崇

（この作品『捜査一課殺人班イルマ　エクスプロード』は平成二十九年十月、小社より四六判で刊行されたものです。文庫化にあたり、一部を加筆・訂正しました。なお、本作はフィクションであり、登場人物および団体名は、実在のものといっさい関係ありません）

捜査一課殺人班イルマ　エクスプロード

一〇〇字書評

切・り・取・り・線

購買動機（新聞、雑誌名を記入するか、あるいは○をつけてください）

□（　　　　　　　　）の広告を見て	
□（　　　　　　　　）の書評を見て	
□ 知人のすすめで	□ タイトルに惹かれて
□ カバーが良かったから	□ 内容が面白そうだから
□ 好きな作家だから	□ 好きな分野の本だから

・最近、最も感銘を受けた作品名をお書き下さい

・あなたのお好きな作家名をお書き下さい

・その他、ご要望がありましたらお書き下さい

住所	〒				
氏名		職業		年齢	
Eメール	※携帯には配信できません		新刊情報等のメール配信を 希望する・しない		

この本の感想を、編集部までお寄せいただけたらありがたく存じます。今後の企画の参考にさせていただきます。Eメールでも結構です。

いただいた「一〇〇字書評」は、新聞・雑誌等に紹介させていただくことがあります。その場合はお礼として特製図書カードを差し上げます。

前ページの原稿用紙に書評をお書きの上、切り取り、左記までお送り下さい。宛先の住所は不要です。

なお、ご記入いただいたお名前、ご住所等は、書評紹介の事前了解、謝礼のお届けのためだけに利用し、そのほかの目的のために利用することはありません。

〒一〇一－八七〇一
祥伝社文庫編集長　坂口芳和
電話　〇三（三二六五）二〇八〇

祥伝社ホームページの「ブックレビュー」からも、書き込めます。

http://www.shodensha.co.jp/bookreview/

祥伝社文庫

捜査《そうさ》一課《いっか》殺人班《さつじんはん》イルマ　エクスプロード

令和元年5月20日　初版第1刷発行

著　者　結城《ゆうき》充考《みつたか》

発行者　辻　浩明

発行所　祥伝社《しょうでんしゃ》

東京都千代田区神田神保町3-3
〒101-8701
電話　03（3265）2081（販売部）
電話　03（3265）2080（編集部）
電話　03（3265）3622（業務部）
http://www.shodensha.co.jp/

印刷所　堀内印刷
製本所　ナショナル製本
カバーフォーマットデザイン　芥　陽子

 ISBN978-4-396-34524-2 C0193

祥伝社文庫の好評既刊

石持浅海
彼女が追ってくる
かつての親友を殺した夏子《なつこ》。証拠隠滅は完璧。だが碓氷優佳《うすいゆか》は、死者が残したメッセージを見逃さなかった。

石持浅海
わたしたちが少女と呼ばれていた頃
教室は秘密と謎だらけ。少女と大人の間を揺れ動きながら成長していく。名探偵碓氷優佳の原点を描く学園ミステリー。

一田和樹
サイバー戦争の犬たち
裏稼業を営む尚樹《なおき》。ある朝、何者かによってハッカーに仕立てられていた！　焦った尚樹は反撃に乗り出すが……。

浦賀和宏
緋《あか》い猫
殺人犯と疑われ、失踪した恋人を追って彼の故郷を訪ねた洋子《ようこ》。そこにはあまりにも残酷で、衝撃の結末が……。

河合莞爾
デビル・イン・ヘブン
カジノを管轄下に置く聖洲《きよす》署に異動になった刑事・諏訪《すわ》。カジノの闇に踏み込んだ時、巨大な敵が牙を剥く！

佐藤青南
ジャッジメント
容疑者はかつて共に甲子園を目指した球友だった。新人弁護士・中垣《なかがき》は、彼の無罪を勝ち取れるのか？

祥伝社文庫の好評既刊

沢村　鐵
ゲームマスター
国立署刑事課　晴山旭《はるやまあきら》・悪夢の夏

ゲームマスターという異能者が潜んでいるとされる高校の校舎から突然、銃声が！　晴山を凄惨な光景が襲い……。

富樫倫太郎
生活安全課0係
スローダンサー

「彼女の心は男性だったんです」——性同一性障害の女性が自殺した。冬彦は彼女の人間関係を洗い直すが……。

中山七里
ヒポクラテスの誓い

法医学教室に足を踏み入れた研修医の真琴《まこと》。偏屈者の法医学の権威、光崎《みつざき》とともに、死者の声なき声を聞く。

東野圭吾
ウインクで乾杯

パーティ・コンパニオンがホテルの客室で服毒死！　現場は完全な密室。見えざる魔の手の連続殺人。

東野圭吾
探偵倶楽部《くらぶ》

密室、アリバイ崩し、死体消失……政財界のVIPのみを会員とする調査機関・探偵倶楽部が鮮やかに暴く！

日野　草
死者ノ棘《とげ》

人の死期が視《み》えると言う謎の男・玉緒《たまお》。他人の肉体を奪い生き延びる術《すべ》があると持ちかけ……戦慄のダーク・ミステリー。

〈祥伝社文庫　今月の新刊〉

富樫倫太郎
生活安全課０係　**ブレイクアウト**
行方不明の女子高生の電話から始まった三つの事件。天才変人刑事の推理が冴えわたる！

青柳碧人
悪魔のトリック
殺人者に一つだけ授けられる、超常的な能力。人智を超えた不可能犯罪に刑事二人が挑む！

垣谷美雨
農ガール、農ライフ
職なし、家なし、彼氏なし。どん底女、農業始めました――勇気をくれる再出発応援小説。

結城充考
捜査一課殺人班イルマ　**エクスプロード**
元傭兵の立て籠もりと爆殺事件を繋ぐものとは――世界の破滅を企む怪物を阻止せよ！

長沢　樹
St.《セント》・ルーピーズ
トンネルに浮かんだ女の顔は超常現象か？セレブ大学生と貧乏リケジョがその謎に迫る。

北原尚彦
ホームズ連盟の冒険
犯罪王モリアーティはなぜ生まれたか。あの脇役たちが魅せる夢のミステリー・ファイル。

笹沢左保
死人《しびと》狩り
二十七人の無差別大量殺人。犯人の狙いは？真実は二十七人の人生の中に隠されている。

伊東　潤
吹けよ風　呼べよ嵐
謙信と信玄が戦国一の激闘――歴史小説界の旗手が新視点から斬り込む川中島合戦！

五十嵐佳子
かすていらのきれはし　読売屋お吉甘味帖
問題児の新人絵師の教育係を任されたお吉。取材相手の想いを伝えようと奔走するが……。

岩室　忍
信長の軍師　巻の四　大悟《だいご》編
織田信長とは何者だったのか――本能寺に散った信長が戦国の世に描いた未来地図とは？